AF274400

El Jugador y
Un trance difícil

Plutón
Ediciones

COLECCIÓN
ETERNA

El Jugador y
Un trance difícil

FIÓDOR DOSTOYEVSKI

TRADUCCIÓN: ALARIC DUKASS

© Plutón Ediciones X, s. l., 2014

Sexta Edición: 2025
Séptima Edición: 2026

Diseño de cubierta: Alejandro Díaz
Maquetación: Saul Rojas

Edita: Plutón Ediciones X, s. l.,

E-mail: contacto@plutonediciones.com
http://www.plutonediciones.com

Impreso en España / Printed in Spain

I.S.B.N anterior: 978-84-15089-52-0

I.S.B.N: 979-13-87692-20-9
Depósito Legal: B-6635-2025

Estudio Preliminar

El Jugador, subtitulado *De las notas de un joven*, se trata de un relato escrito por Dostoyevski en 1866 y publicado al año siguiente. Refleja la propia *ludopatía* del autor al juego de ruleta, durante su estancia de cuatro días en la ciudad alemana de Wiesbaden, presentada como la ciudad ficticia de Roulettenbourg (La ciudad de la ruleta) con Apollinaira (Polina) de quien se enamoró perdidamente. Completó su obra bajo amenaza del cumplimiento de un plazo para pagar unas deudas de juego. Tres años después dictó el relato a la taquígrafa Anna Snitkina, joven de veinte años con quien terminaría casándose, por segunda vez.

La narración, escrita en forma, más o menos, de *diario* o conjunto de notas recopiladas de vez en cuando por el protagonista, posee una base autobiográfica, confesional, además de un propósito terapéutico, desarrollada en primera persona, a través del punto de vista del protagonista y de su conducta como *tutor* que refleja el alma atormentada de Dostoyevski.

Refleja un acertado retrato de gran parte de los rusos de su tiempo, que vivían en el extranjero: extravagantes, apasionados, orgullosos, ridículos y en muchos casos, degradados por el alcohol. Por otra parte, sale a la luz, descarnadamente, la dependencia psicológica que producen las apuestas y se nos muestra como un testimonio fatalista de la incapacidad del ser humano de controlar sus impulsos, además de otras pasiones personales como el amor.

El protagonista Aleksei Ivanovich es el preceptor pobre, noble y honrado de la familia de un general. Enamorado de su hijastra

Polina, no se atreve a confesarle sus sentimientos. El general ruso, retirado, aristócrata, vive por encima de sus posibilidades una engañosa vida de fastos. Encarna una obsesión que lo lleva al delirio —el juego— y a la más completa desesperación. Arriesga todo en la ruleta y no tiene cuidado en maltraerse en cuestiones amorosas con tal de conseguir un: sí quiero.

La abuela (la *baboulinka*), rica e inconsciente, fustiga primero el comportamiento ludópata, pero después, pierde su fortuna en el casino y el general ve alejadas sus esperanzas de heredar. Aleksei cree que consiguiendo dinero podrá alcanzar el amor de Polina y juega compulsivamente a la ruleta, gana una gran cantidad de dinero, pero luego la pierde con la misma indiferencia con la que amontonó sus billetes. Los personajes son profundamente fatalistas y piensan en un golpe de fortuna para salvar su existencia, pero pierden sus esperanzas en realizar sus sueños.

Dostoyevski no realiza un juicio moral sobre las conductas de los personajes, solo los describe y los comprende y en cierta manera, los justifica porque son como él y piensa que nada se puede hacer contra la mala suerte, filosofía hondamente arraigada en el pueblo ruso. La xenofobia de Aleksei Ivanóvich, que es en gran medida la del propio autor, se trasluce en la caracterización de franceses, alemanes y polacos, todos ellos son cualidades negativas. Solo se salvan de la quema los ingleses, cuyo tacto y generosidad destaca en el excéntrico mister Astley.

Como todas las obras de Dostoyevski, los retratos psicológicos superan a la descripción de los lugares con un lenguaje sencillo y sobrio. Abundan las expresiones en francés, la lengua culta de Europa de los siglos XVIII y XIX.

Prokófiev convirtió la obra en ópera y entre las versiones cinematográficas destacaremos la de 1949, protagonizada por Gregory Peck y Ava Gardner.

El libro se completa con el relato corto *Un trance difícil*, traducido también como *Un episodio vergonzoso* o *Un episodio desagradable* de 1862. Se trata de una narración paréntesis entre las grandes obras de Dostoyevski, y un homenaje al gran maestro de escritores rusos Nikolái Gogol (1809 – 1852). Recuerda a sus cuentos o composiciones cortas. "Todos descendemos del *capote de Gogol*" confesó el propio Dostoyevski, aludiendo a uno de los más famosos relatos de aquel.

En *Un trance difícil* el autor desenmascara con dureza la falsa retórica y las posturas teatrales surgidas de la denominada *regeneración* por el famoso *Ukase* (edicto dado por el Zar) de *Emancipación de los siervos* de 1861. El protagonista del relato Iván Illich Pralinski, un noble acomodado de alto rango se cree en la obligación de poner en práctica la teoría reformista de la época con el consiguiente fracaso bochornoso. La obra es una caricatura sin perdón, de la clase dirigente en la Rusia del Zar Alejandro II (1853 – 1881) aparentemente el gran soberano reformista, que por otra parte es la época dorada de la producción de Dostoyevski.

El Jugador

I

Después de una ausencia de quince días ¡he vuelto por fin! Hace ya tres días que los nuestros llegaron a Roulettenburg. Creí que me esperarían impacientes, pero no fue así. El general tenía un aspecto desenfadado. Hablándome con cierta arrogancia me dijo que fuera a hablar con su hermana. Evidentemente habían conseguido un préstamo de dinero. Incluso pensé que al general le molestaba encontrarse conmigo. María Filipovna parecía nerviosa. Apenas pronunció unas palabras, pero cogió el dinero, lo contó y escuchó hasta el fin lo que yo le decía. Esperaban a comer a Mezentov, al francés y a un inglés. Igual que siempre, en cuanto tienen dinero invitan a la gente a comer: a lo moscovita. Cuando Polina Alexandrovna me vio, me preguntó la causa de haber estado tanto tiempo ausente, pero no esperó a oír mi respuesta. No tengo duda de que lo hizo deliberadamente. Es preciso, de todos modos, que tengamos una explicación. Necesito aliviar mi corazón.

En el cuarto piso del hotel me han asignado una pequeña habitación, y todos aquí saben que formo parte del séquito del general. Evidentemente se han hecho notar. Aquí consideran al general como a un riquísimo señor ruso. Antes de comer, entre otros encargos, me dio, para que se los cambiase, dos billetes de mil francos. Lo hice en la oficina del hotel. Ahora, por lo menos durante una semana, nos mirarán como a millonarios. Fui a buscar a Micha y a Nadia para llevarlas a pasear, pero cuando estaban en la escalera me mandó llamar el general: quería saber el sitio adonde me llevaba a las niñas. Realmente este hombre no puede mirarme a la cara. Lo intenta algunas veces, pero le dirijo siempre una mirada tan insistente, mejor dicho, insolente, que parece va a desquiciarle.

Para darme a entender que debía pasear con las niñas por el parque, alejándonos del casino, pronunció un enfático discurso, lleno de paréntesis, en el que terminó por armarse un verdadero lío.

—Es usted capaz, si no, de llevarlas ante una ruleta. Perdóneme —añadió—, pero sé que su cabeza no está muy sentada todavía y el juego podría arrastrarle. En todo caso, aunque no sea yo su protector ni tenga intención de asumir esa responsabilidad, tengo, creo yo, el derecho de desear que no me comprometa, valga la expresión.

Yo, con calma, respondí:

—Sabe usted perfectamente que no tengo dinero. Para poder perderlo en el juego es necesario antes poseerlo.

—Ahora mismo se lo daré —respondió el general, enrojeciendo ligeramente.

Buscó en su mesa, consultó una agenda y vio que me debía cerca de ciento veinte rublos.

—¿Cómo podremos arreglar esto? —preguntó—. Hay que convertirlos en táleros. Tome usted cien táleros, en números redondos. Ya le daré el resto.

Sin decir nada cogí el dinero.

—No se ofenda por lo que he dicho, se lo ruego. Es usted tan susceptible... Si le hago esta observación es tan solo, ¿cómo diríamos?, para ponerle en guardia. Tengo un cierto derecho...

Cuando un poco antes del almuerzo volví con las niñas, nos cruzamos con una cabalgata. Los nuestros iban a visitar no sé qué ruinas. Dos magníficas calesas y espléndidos caballos. Mademoiselle Blanche estaba en uno de los coches con María Filipovna y Polina, e iban escoltadas por el francés, el inglés y el general, a caballo. Los transeúntes se paraban para mirarlos. Causaban efecto; pero esto acabará muy mal para el general. He calculado que con los cuatro mil francos que he traído, sumados a los que por lo visto han conseguido que les presten, poseen ahora de siete mil a ocho mil francos. Es muy poco para Mademoiselle Blanche.

Mademoiselle Blanche se ha hospedado, con su madre, en nuestro mismo hotel. Nuestro francés también se aloja aquí. Los criados le llaman Monsieur le Comte; la madre de Mademoiselle Blanche se hace llamar Madame la Comtesse. Tal vez sean realmente conde y condesa.

Yo estaba convencido de que Monsieur le Comte no me reconocería cuando nos encontrásemos durante la comida. Al general, naturalmente, no se le había ocurrido presentarnos, o por lo menos presentarme a mí. Monsieur le Comte ha vivido en Rusia y sabe qué personajillo es un preceptor. Además de que me conoce muy bien. Pero lo cierto es que no me esperaban a comer. Al general sin duda alguna se le había olvidado dar las oportunas órdenes, pues de otro modo me habría mandado a comer a la mesa redonda. He venido por mi propio impulso y he atraído sobre mí una mirada general de desagrado. La buena María Filipovna me señaló un sitio en seguida, pero mi encuentro con el señor Astley me sacó de ese desairado trance, y, por la fuerza de las circunstancias, me vi formando parte del grupo. En Prusia me encontré por primera vez con este hombre original. Estábamos sentados uno frente al otro en un compartimiento del tren cuando iba a reunirme con mis amigos. Luego le volví a encontrar en la frontera francesa y después en Suiza. Le he visto, pues, dos veces, en quince días, ¡y ahora me lo encuentro en Roulettenburg! Jamás había visto un hombre tan tímido: llega hasta la ñoñez, y lo sabe porque, desde luego, no tiene nada de tonto. Su carácter es reposado y encantador. Cuando nos encontramos la primera vez en Prusia conseguí hacerle hablar. Me explicó que aquel verano había visitado el cabo Norte y que tenía mucho interés en ver la feria de Nijni-Novgorod. No sé cómo entró en relación con el general, y creo que está enamorado de Polina. Al entrar esta se puso él rojo como la grana. Se hallaba contento de tenerme a su lado en la mesa, e incluso creo que me considera ya como a un tímido amigo.

Durante la comida, el francés, que trata a todo el mundo con desdén y sin cumplidos, se ha dado mucho tono. Recuerdo que en Moscú le gustaba deslumbrar. Ininterrumpidamente ha hablado sobre la política y la economía rusas. Un par de veces, aunque discretamente, se ha permitido el general llevarle la contraria, con el fin de no perder su prestigio por completo. Yo me encontraba en un estado de ánimo bastante extraño. A media comida ya me había preguntado a mí mismo una vez más por qué voy a remolque del general. Debí haberlos dejado hace mucho tiempo. Desde luego miré de vez en cuando, a hurtadillas, a Polina Alexandrovna, que no me prestaba la menor atención. Finalmente me irrité, y esto me llevó a cometer una impertinencia.

Comencé por mezclarme bruscamente en la conversación, sin ser invitado previamente, y hablé en voz muy alta. Sobre todo trataba de discutir con el francés. Me dirigí al general, y sin preámbulos, con voz perfectamente inteligible —creo que le irrumpí incluso—, le hice notar que aquel verano los rusos se encontraban en la casi imposibilidad de comer en mesa redonda. El general me miró con asombro.

—Si es usted un hombre que se respete a sí mismo —proseguí—, se expondrá irremisiblemente a ser afrentado y a tener que aguantar desaires. En París, en el Rin, e incluso en Suiza, las mesas redondas están tan invadidas por los polacos y sus semejantes, los franceses, que no le quedará la posibilidad de, siendo ruso, poder pronunciar ni una sola palabra.

Yo había hablado en francés. El general me miraba perplejo y no sabía si debía molestarse o tan solo asombrarse por haberme olvidado de tal forma de los convencionalismos.

—No hay duda de que alguien le ha dado una lección —me dijo el francés, con desdeñoso y negligente acento.

Yo le respondí:

—En París discutí primero con un polaco y luego con un oficial francés que defendía al polaco. Después un grupo de franceses se puso de mi parte cuando les dije que había estado a punto de escupir en el café de un *monsignor*.

—¿Escupir? —preguntó el general, con altivo asombro, dirigiendo a la vez una mirada circular por la habitación.

El francés me miró receloso.

—Precisamente —repuse—. Durante cuarenta y ocho horas tuve la idea de que quizás había que ir en un salto a Roma para nuestro asunto, de modo que me dirigí a la nunciatura de París para hacer visar mi pasaporte. Allí fui recibido por un sacerdote de unos cincuenta años, delgado y con aire indiferente. Tras haberme escuchado cortés pero secamente, me dijo que esperase. Tenía prisa, pero, naturalmente, me senté, saqué del bolsillo la *Opinion Nationale* y me puse a leer una violenta diatriba contra Rusia. Pese a ello pude oír que alguien se dirigía a *monsignor* en la habitación contigua. Vi a mi sacerdote hacerle una reverencia. Repetí mi petición. Más secamente que antes me rogó que tuviera la bondad de esperar. Poco después entró un visitante que resultó ser austriaco. Tras haberle escuchado, le condujo inmediatamente arriba. Irritado, me levanté, me acerqué al sacerdote y le dije, en un tono que no admitía réplica, que puesto que *monsignor* recibía, podía despachar mi asunto. El sacerdote se apartó de mí extraordinariamente sorprendido. No se explicaba cómo un insignificante ruso quería compararse con los invitados de *monsignor*. En el tono de voz más insolente, como si gozara pudiendo ofenderme, me contempló altivamente de pies a cabeza y me espetó:

»—¿Me imagino que no creerá usted que *monsignor* va a renunciar a su café por usted?

»Entonces exclamé, más fuerte que él:

»—Sepa usted que escupo en el café de su *monsignor*. ¡Me tiene sin cuidado! Si no despacha usted inmediatamente mi pasaporte, iré a verle a él en persona!

»—¡Cómo! ¡En el momento en que recibe a un cardenal! —exclamó espantado el sacerdote, alejándose de mí.

»Corrió hacia la puerta y se puso con los brazos en cruz como para hacerme comprender que prefería morir a dejarme pasar. Entonces le dije que yo era un herético y un bárbaro y que me importaban un comino todos esos arzobispos, cardenales, monseñores, etcétera. En una palabra: le demostré que no cedía. El sacerdote me miró con odio insondable, me arrebató el pasaporte y subió. Un minuto después tenía mi visado. Aquí lo tengo. ¿Quieren verlo?

Saqué mi pasaporte y exhibí el visado pontificio.

—Sin embargo... —comenzó a decir el general.

—Lo que le salvó fue declararse herético y bárbaro —observó el francés, con una risita—. Cela n'était pas si bête.

—Yo no soy como esos rusos que permanecen como pasmarotes sin atreverse a despegar los labios y que, si se presenta el caso, son capaces de renegar de su patria. En París, por lo menos, la gente de mi hotel me ha tratado con mayor deferencia en cuanto les conté mi disputa con el sacerdote. Y un señor polaco gordo, que era el que más desabrido se portaba conmigo en la mesa redonda, fue relegado por todos a segundo término. Los franceses ni protestaron siquiera cuando les conté que hace dos años vi a un hombre sobre quien un cazador francés, en mil ochocientos doce, había disparado solamente por el gusto de descargar su fusil. Ese hombre era un niño de diez años. Su familia no había tenido tiempo de abandonar Moscú.

—¡Eso es imposible! —exclamó el francés—. Un soldado francés jamás dispararía sobre un niño.

—Sin embargo lo hizo —respondí—. Me lo contó un distinguido capitán retirado, y yo mismo vi la cicatriz que tenía en una de las mejillas.

El francés se puso a hablar con volubilidad. El general quiso apoyarle, pero le aconsejé que leyera, a título de ejemplo, las *Memorias* del general Perovski, hecho prisionero por los franceses en 1812. Por último María Filipovna abordó otro tema para cambiar de conversación. El general parecía muy descontento de mí porque el francés y yo comenzamos casi a vociferar. En cambio nuestra discusión parecía agradar muchísimo al señor Astley. Cuando nos levantamos de la mesa me propuso que bebiera con él una copa.

Por la noche, tal como yo deseaba, pude estar un cuarto de hora con Polina Alexandrovna. Nuestra conversación tuvo efecto durante el paseo. Todos se habían ido al casino por el parque. Polina se sentó en un banco, frente al surtidor, y dejó que Nadia fuese a jugar un poco más lejos con otros niños. Envié también a Micha junto al surtidor, y finalmente nos quedamos solos.

Para empezar hablamos de negocios.

Polina se encolerizó cuando en total le di setecientos florines. Estaba convencida de que en París habría podido empeñar sus diamantes en dos mil florines por lo menos.

—Necesito dinero, cueste lo que cueste —me dijo—. He de conseguirlo o estoy perdida.

Entonces le pregunté qué había sucedido durante mi ausencia.

—Nada. De Petersburgo hemos recibido dos noticias: la primera, que la abuela estaba grave; y dos días después, que había muerto. Esto lo hemos sabido por Timoteo Petrovich —añadió Polina—, que es un hombre muy minucioso. Esperamos la confirmación.

—Entonces ¿todos aquí están esperando? —pregunté.

—Sí, todos, absolutamente todos. Hace seis meses que no esperamos otra cosa.

—¿Y usted también lo espera? —pregunté.

—Tenga usted en cuenta que yo no soy parienta suya, sino solo la hijastra del general. Pero estoy segura de que no me habrá olvidado en su testamento.

—Creo que recibirá usted una cantidad considerable —dije.

—Sí, ella me quería mucho. Aunque ¿por qué está usted tan seguro de ello?

—Dígame —respondí, interrogándola—: me parece que nuestro marqués está también enterado de todos los secretos de la familia, ¿verdad?

—¿Le interesa saberlo? —me preguntó Polina, mirándome fría y severamente.

—¡Claro que sí! No creo equivocarme al pensar que el general ha sabido arreglárselas para pedirle dinero prestado.

—Y acertó en sus conjeturas.

—¿Se lo habría dado si hubiese ignorado lo de la abuela? Supongo habrá advertido que al hablar de ella en la mesa la ha llamado tres veces *babulinka* *. ¡Qué cariñosa intimidad!

—Sí, tiene usted razón. En cuanto sepa que yo también he heredado pedirá mi mano. Era esto lo que usted deseaba saber, ¿verdad?

—¿Aún ha de pedir su mano? Creí que desde hacía tiempo se consideraba pretendiente suyo.

—Sabe perfectamente que no —replicó Polina, colérica—. ¿Dónde encontró usted a ese inglés? —preguntó, tras un minuto de silencio.

—Sabía que me haría esa pregunta.

Le expliqué mis anteriores encuentros, durante el viaje, con el señor Astley.

—Es tímido y sentimental, y como es lógico está ya enamorado de usted.

—Sí, está enamorado de mí —contestó ella.

—Es diez veces más rico que el francés. Realmente ¿tiene fortuna el francés? ¿No hay dudas sobre ello?

—En absoluto. Tiene un *château*. Ayer mismo me lo aseguró el general. Bien; ¿le basta esto?

—Yo, en su lugar, me casaría con el inglés.

—¿Por qué? —preguntó Polina.

—El francés es más bien parecido, pero es un mal bicho, mientras que el inglés es honrado y, por añadidura, diez veces más rico —dije en tono cortante.

—Es cierto; pero el francés es marqués y más inteligente —replicó ella calmosamente.

---

* Abuelita

—¿De veras? —pregunté en el mismo tono de antes.

—Completamente de veras.

A Polina le molestaban terriblemente mis preguntas, y por su tono de voz y lo raro de su respuesta me percaté de que lo que deseaba era encolerizarme. Así se lo dije.

—Es verdad: me divierte molestarle. Y me debe una compensación por el solo hecho de permitirme todas estas preguntas y suposiciones.

—Me reconozco precisamente este derecho de hacerle cuantas preguntas quiera —repuse, con tranquilidad—, porque estoy dispuesto a pagarlas al precio que usted quiera y porque mi vida me tiene sin cuidado.

Polina se echó a reír.

—El otro día, en el *Schlangenberg*[*], me dijo que estaba dispuesto, a una palabra mía, a arrojarse de cabeza, y nos encontrábamos a más de mil pies de altura. Algún día diré esa palabra tan solo para ver si la cumple. Y tenga en cuenta que no me volveré atrás. Precisamente le odio porque le he permitido tantas cosas, y más aún porque me es tan necesario. Pero como todavía le necesito, es preciso, por tanto, que le conserve a usted.

Se puso en pie. Parecía irritada. En aquellos últimos tiempos nuestras conversaciones terminaban siempre con idéntico tono de exasperación y de rencor, de rencor auténtico.

—¿Me permite que le pregunte quién es Mademoiselle Blanche? —dije, en mi deseo de no dejarla marchar sin una explicación.

—Lo sabe usted perfectamente. No ha sucedido nada nuevo. Mademoiselle Blanche se convertirá sin duda en generala si la muerte de la abuela se confirma, naturalmente. Porque tanto Mademoiselle Blanche como su madre y su primo hermano el marqués saben perfectamente que estamos arruinados.

—¿Y el general está locamente enamorado?

—Por el momento no se trata de eso. Escúcheme y recuerde bien lo que voy a decirle: tome esos setecientos florines y váyase a

---

[*] «Monte de las Serpientes»

jugar. Gane a la ruleta todo lo que pueda. Ahora necesito dinero a toda costa.

Después de haber pronunciado estas palabras llamó a Nadia y se fue al casino, donde se reunió con nuestro grupo. Yo tomé el primer sendero de la izquierda. Estaba pensativo y no me recobraba de mi sorpresa. Aquella orden de que me fuera a jugar a la ruleta me había dejado aturdido. Cosa extraña: ahora que tenía tantas cosas en que pensar me dedicaba totalmente a analizar mis sentimientos hacia Polina. A decir verdad me había sentido mucho más ligero durante aquellos quince días de ausencia que ahora, en el día de mi regreso. Y sin embargo, mientras duró el viaje sufrí como un insensato. Corría de un lado para otro como si me persiguiese el diablo, y hasta en sueños la veía ante mí constantemente. Una vez, en Suiza, me quedé dormido en el vagón y hablé en voz alta a Polina, lo que divirtió grandemente a mis compañeros de viaje. Hoy nuevamente me he preguntado: «¿La quiero?» Y tampoco esta vez he sabido qué contestarme. O mejor dicho: por centésima vez me he respondido que la odiaba; sí, que la odiaba. Ha habido instantes, sobre todo al final de cada una de nuestras conversaciones, en los que habría dado la mitad de mi vida por poder estrangularla. Juro que si me hubiese sido posible hundir lentamente un afilado puñal en su pecho, creo que me habría deleitado haciéndolo.

Y sin embargo juro también, por lo que más sagrado pueda existir para mí, que si en el Schlangenberg, en el pico más frecuentado, me hubiese dicho realmente que me arrojara abajo, lo habría hecho en el acto, incluso sintiendo un verdadero placer. Yo lo sabía. Era necesario que esto, de una manera u otra, se resolviera de una vez. Ella comprende todo esto admirablemente, y ante la idea de que estoy plenamente convencido de su intangibilidad, plenamente convencido de la inutilidad de mis deseos, estoy seguro de que siente un extraordinario júbilo. De otro modo, siendo tan reservada e inteligente como es, ¿podría tratarme con tanta familiaridad y franqueza? Tengo la impresión de que me ha mirado hasta ahora como esa emperatriz de la antigüedad que se desnudaba ante su esclavo porque no le consideraba un hombre. Sí, muchas veces le sucede que no me considera un hombre...

Sin embargo me había confiado una misión: ganar a la ruleta fuese como fuese. No tenía tiempo de preguntarme por qué ni en cuánto tiempo había que ganar, ni qué nuevos cálculos habían nacido en aquel cerebro siempre en actividad. Era evidente, además, que durante esos quince días habían ocurrido una cantidad enorme de cosas nuevas que yo ignoraba aún. Convenía aclarar todo esto, absolutamente todo, y lo antes posible. Pero por el momento tenía otra cosa que hacer: era necesario ir a la ruleta.

II

Verdaderamente esto me desagradaba: había decidido jugar, pero de ninguna forma esperaba empezar por cuenta de otro. Incluso estaba algo desconcertado y entré de muy mal humor en las salas de juego. A primera vista todo me desagradó. Me parece insoportable el servilismo folletinesco del mundo entero, y principalmente de nuestros periódicos rusos, en los que casi todos los años, al empezar la primavera, nuestros columnistas trazan dos temas: primero, la magnificencia y el lujo de las salas de juego en los balnearios del Rin; y en segundo lugar, los montones de oro que al parecer se apilan sobre las mesas. Sin embargo no se les paga para eso: sencillamente, dan muestras de una complacencia desinteresada. Esas feas salas carecen de todo esplendor, y no solo el oro no se amontona sobre las mesas, sino que apenas se ve. Claro que de vez en cuando, durante la temporada, suele caer por allí algún inglés, asiático o turco original, como este verano, que en pocos instantes gana o pierde sumas fabulosas. Pero los demás no arriesgan sino algunas míseras monedas, y por regla general poco dinero hay sobre el tapete.

Cuando por primera vez entré en el salón de juego permanecí mucho rato sin decidirme a jugar. Además la multitud me lo impedía. Pero aunque hubiese estado solo, creo que me habría marchado sin decidirme a hacerlo. Confieso que mi corazón latía fuertemente y que había perdido la sangre fría. Estaba convencido, y lo tenía decidido así desde hacía mucho tiempo, que no me iría de Roulettenburg como había llegado. Un acontecimiento fundamental y decisivo intervendría de manera infalible en mi destino. Así debe ser y así será. Por ridícula que sea la esperanza que he puesto en la ruleta, encuentro muchísimo más ridícula la opinión, generalmente admitida, que considera un absurdo esperar algo del juego. ¿Por qué ha de ser el juego peor que cualquier otro medio de procurarse dinero, como por ejemplo el comercio?

Es verdad que de cada cien hombres solamente gana uno, pero eso a mí ¿qué me importa?

Aquella noche adopté la decisión de observar primero sin hacer nada. Si sucedía algo sería tan solo por casualidad, por lo que no debía preocuparme mucho. Quería además estudiar el juego. Pese a las numerosas descripciones de la ruleta que siempre había leído con avidez, no acababa de comprender su manejo, salvo que lo viera con mis propios ojos.

Ante todo, aquello me pareció sucio, sucio y abyecto moralmente. No quiero decir nada de esos rostros ávidos e inquietos que rodean las mesas de juego por decenas y hasta por centenares. Sinceramente no encuentro sucio el deseo de ganar rápidamente. La idea de aquel moralista que cuando se le decía que se jugaba pequeñas cantidades respondía: «Tanto peor, porque eso se debe a una codicia mezquina», me ha parecido siempre absurda. Como si ambas codicias no fueran la misma cosa. Es cuestión de proporción. Lo que a los ojos de un Rothschild resulta mezquino constituye la opulencia para los míos, y en cuanto a lo que se refiere a pérdidas y ganancias, la gente, no solo en la ruleta sino en todas partes, no se siente guiada más que por un solo móvil: ganar o quitar algo a los demás. ¿Son acaso sórdidos en sí el lucro y el provecho? Esta es otra cuestión, y no la resolveré aquí. Como yo también me hallaba poseído en el más alto grado por el deseo de ganar, toda esa codicia, toda esa infamia de la codicia, si queréis, en cuanto penetré en el salón estuvo más cerca de mí, me fue, ¿cómo diría yo?, más familiar. No hay nada que sea tan agradable como prescindir de los demás y obrar con franqueza sin sentirse cohibido. ¿Y para qué engañarse? Es la ocupación más vana y desconsiderada. Lo que más me disgustaba a la primera ojeada entre toda aquella bribonería era la gravedad, la seriedad e incluso el respeto con que toda aquella gente rodeaba las mesas de juego. He aquí por qué existe tan marcada diferencia entre el juego de *mauvais genre* y el que está permitido a un hombre como debe ser.

Hay dos clases de juego: el de los caballeros y el de la plebe, juego interesado bueno para la chusma. Aquí la demarcación es clarísima, ¡y qué infame en el fondo! Un caballero, por ejemplo, puede arriesgar cinco o diez luises de oro, y muy contadas veces más; incluso puede llegar a los mil francos si es muy rico, pero únicamente por pasatiempo, por divertirse, solo por seguir el proceso de la ganancia o de la pérdida. No se interesa en el hecho en sí de ganar. Si ha ganado, puede, por ejemplo, reírse a carcajadas, hacer partícipe de sus observaciones a cualquiera de los que le rodean, o hasta jugar una vez y doblar su apuesta, pero tan solo por curiosidad, por ver sus posibilidades, por hacer cálculos, y no por un deseo vulgar de ganar. No considera, en una palabra, todas esas mesas de juego, tanto en la ruleta como en el *trente et quarante*, sino como una diversión constituida para su exclusivo placer. Ni siquiera debe sospechar la codicia y las trampas en que se apoya la banca. Hasta sería elegante que imaginase que todos los demás jugadores, toda aquella gentecilla que tiembla por un florín, son caballeros potentados como él, que juegan con el único fin de distraerse y de pasar el tiempo. Este desconocimiento completo de la realidad y estos sencillos puntos de vista sobre los hombres son, efectivamente, muy aristocráticos.

Veía cómo las madres conducían a sus hijas, inocentes y frágiles muchachitas de quince o dieciséis años, les daban unas monedas y les enseñaban la marcha del juego. La criatura ganaba o perdía y se retiraba contenta, siempre sonriendo. Nuestro general, con gran aplomo, se aproximó a la mesa. Precipitadamente un criado le acercó una silla, pero él no le prestó atención. Despaciosamente sacó el portamonedas, con igual lentitud sacó trescientos francos en piezas de oro, las colocó sobre el negro, y ganó. No recogió la ganancia, sino que la dejó sobre la mesa. De nuevo salió negro y tampoco retiró su apuesta, y cuando a la tercera vez salió rojo, de un golpe perdió mil doscientos francos. Muy dueño de sí, se retiró sonriendo. Yo estoy convencido de que sentía una gran opresión en el corazón y que si la postura hubiese sido el doble o el triple, no le habría sido tan fácil dominar su turbación. Un francés, a mi lado, ganó, y luego perdió unos treinta mil francos con el rostro sereno y sin que apareciera en él ni un signo de emoción. Un auténtico caballero no debe emocionarse ni aun cuando pierde toda su fortuna. El dinero debe estar de tal forma tan por debajo de él que llegue hasta a no preocuparse de que existe. Es, desde luego, cabalmente aristocrático hacer que se ignora el fango y la decoración entre la cual esa gentuza se mueve. Sin embargo, la actitud contraria es a veces igualmente distinguida: observar, contemplar y mirar, aunque solo sea a hurtadillas, toda esa podredumbre, pero considerando todo ese gentío y todo ese fango como una especie de diversión, como una representación organizada para servir de entretenimiento a los *gentlemen*. Uno puede incluso mezclarse con la gente, pero mirando a su alrededor con la absoluta seguridad de que está allí como un espectador y que no forma parte de su composición. No conviene, tampoco, observar persistentemente: eso sería indigno de un *gentleman*, porque, en cualquiera de los casos, no merece el espectáculo una persistente atención. Y en general hay pocos espectáculos dignos de una atención demasiado marcada para un caballero. Yo, por mi parte, estaba en la idea de que, por el contrario, todo aquello merecía ser atentamente observado, más aún para aquel que no tan solo ha venido a mirar, sino a unirse sinceramente y de buena fe con toda esa chusma. Por lo que se refiere a mis convicciones morales más íntimas, carecen evidentemente de lugar en las presentes consideraciones. No niego que todo esto lo digo para aliviar mi conciencia, pero advierto que en estos últimos tiempos he sentido una repugnancia atroz a ajustar mis pensamientos y acciones a ningún criterio moral. Me he sentido arrastrado en otra dirección.

La chusma, realmente, juega de muy sucia manera. Llego a creer incluso que los hurtos más vulgares se cometen aquí, frecuentemente, alrededor de las mesas de juego. Los *croupiers* que permanecen sentados a los extremos de la mesa vigilan las posturas y hacen cálculos, lo que supone un abrumador trabajo. ¡Y qué gentuza esta también! La mayoría son franceses. Además si hago estas observaciones no es para dar una descripción de la ruleta: me adapto, con la intención de saber cómo comportarme en el porvenir. Por ejemplo, he observado que no hay nada más trivial que ver una mano tenderse bruscamente por encima de la mesa y apropiarse de lo que uno acaba de ganar. Surge una disputa, incluso frecuentemente gritos..., y os desafío a demostrar, invocando testigos, que es precisamente vuestra apuesta.

En un principio toda esta comedia era indescifrable para mí. Comprendía más o menos que las apuestas se colocaban sobre las cifras, sobre pares o impares y sobre colores. Aquella noche decidí arriesgar cien florines del dinero de Polina Alexandrovna. Me sentía algo desorientado por la idea de que iba a jugar por otros y no por mí. Era una penosa sensación y deseaba poderme librar de ella lo antes posible. Durante todo el tiempo tuve la impresión de que empezando por Polina malograba mi propia suerte. ¿No es posible, realmente, acercarse a la mesa de juego sin sentirse contagiado al instante de mil supersticiones?

Saqué para empezar cinco federicos, o sea, cincuenta florines, y los puse sobre los pares. La ruleta giró y salió el trece... Había perdido. Dominado por una sensación dolorosa y con el solo deseo de terminar y marcharme, puse otros cinco federicos al rojo. Salió rojo. Puse los diez federicos..., y volvió a salir rojo. No toqué el dinero..., y de nuevo salió rojo. Recibí cuarenta federicos y puse veinte sobre los doce números del medio, sin saber lo que saldría. Me pagaron el triple. Mis diez federicos se habían convertido bruscamente en ochenta. Pero entonces experimenté una sensación extraña, y se me hizo tan intolerable que decidí irme. Me pareció que si hubiera jugado por mí no lo habría hecho de aquella forma. No obstante coloqué los ochenta federicos en los pares. Esta vez salió el cuatro: me dieron otros ochenta federicos. Me metí en el bolsillo los ciento sesenta federicos y salí en busca de Polina Alexandrovna.

Se paseaban todos por el parque y no la vi hasta la hora de la cena. Esta vez el francés no estaba allí y el general se hallaba a sus anchas. Entre otras cosas estimó necesario hacerme saber una vez más que no quería verme en la mesa de juego. Según él, se vería muy comprometido si yo perdía mucho.

—Y si gana usted mucho, también me veré comprometido —añadió, dándose importancia—. Naturalmente que yo no tengo derecho alguno a disponer de sus actos, pero estará de acuerdo conmigo en que...

Como siempre ocurría la frase quedó incompleta.

Secamente le respondí que tenía muy poco dinero y que, por tanto, no podía perder gran cosa, ni siquiera empezando a jugar como principiante. Al marcharme a casa tuve ocasión de dar a Polina la suma que por ella había ganado, y le dije que no volvería a jugar de esa forma.

—¿Por qué? —me preguntó, inquieta.

—Quiero jugar por mí —contesté, mirándola con asombro—, y esto me lo impide.

—¿Persiste entonces en su idea de que la ruleta es su única salida, su única posible salvación? —me preguntó, en tono de burla.

Seriamente le contesté que era cierto. En cuanto a mi seguridad de ganar infaliblemente, admitía que ello podía resultar algo ridículo «pero que me dejaran en paz».

Ella insistió en que compartiéramos la ganancia de aquella noche y me ofreció ochenta federicos, diciéndome que continuara jugando con esta condición. Me negué rotundamente y le aseguré que si no podía jugar por los demás no era porque no quisiera, sino porque estaba seguro de perder.

—Sin embargo, por estúpido que parezca —me dijo ella, pensativa—, casi no tengo otra esperanza que la ruleta. Por eso no le queda a usted otro recurso que seguir jugando a medias conmigo, y usted, naturalmente, lo hará. Dichas estas palabras me dejó, sin escuchar mis protestas.

III

Ayer, sin embargo, no me dijo nada sobre el juego. En realidad ha evitado dirigirme la palabra. Su actitud con respecto a mí es la misma. Idéntica absoluta indiferencia cuando nos encontramos, con un no sé qué despreciativo y rencoroso. Lo cierto es que no trata de disimular la aversión que le inspiro, claramente lo veo. Pero pese a ello, no me oculta que necesita de mí y que me reserva para un fin que yo ignoro. Se han establecido entre nosotros unas relaciones extrañas que me son grandemente incomprensibles considerando el orgulloso desdén que testimonia a todo el mundo. Sabe, por ejemplo, que la amo con locura, e incluso me permite hablarle de mi pasión. No podría manifestar mejor su desprecio que autorizándome a que le hable de mi amor libremente y sin obstáculos.

«Hago tan poco caso de tus sentimientos —parece que me dijera—, que todo lo que me puedas decir, todo lo que por mí puedas sentir, me es indiferente por completo.»

En otros tiempos me hablaba con frecuencia de sus asuntos, aunque jamás ha sido completamente sincera. Además en su desdén hacia mí hacía aparecer refinamientos de este tipo: sabía, por ejemplo, que yo estaba al corriente de tal circunstancia de su vida o de una coyuntura que le inspiraba serios temores. Ella misma me contaba en parte los acontecimientos si, para alcanzar sus fines, tenía que utilizarme a mí, bien como esclavo o como mensajero, aunque no me decía nada más que lo justo que debe conocer un hombre empleado en un encargo, y si todo el encadenamiento de los hechos me era desconocido aún, si ella veía que me atormentaba e inquietaba por su sufrimiento y sus inquietudes, jamás se dignaba tranquilizarme completamente con una amistosa franqueza. Sin embargo, como a menudo me encargaba misiones delicadas e incluso peligrosas, a mi entender debería ser franca conmigo. Pero ¡buena era ella para preocuparse de mis sentimientos, de la parte que tomaba en sus preocupaciones y angustias, mil veces peores que las suyas tal vez, que me hacían experimentar sus inquietudes y sus contrariedades!

Desde hacía tres semanas conocía sus intenciones de jugar a la ruleta. Me había prevenido, incluso, diciéndome que debía jugar en su lugar porque no era conveniente que lo hiciera ella por sí misma. Yo había observado, en el tono de sus palabras, una seria preocupación y no el simple deseo de jugar. El dinero en sí no le interesa. Existe un propósito, circunstancias que puedo adivinar, pero que todavía ignoro. La humillación y esclavitud en que me tiene me darían sin duda alguna, y a menudo me la dan, la posibilidad de poder preguntarle sin preámbulos ni miramientos. Ya que soy para ella un esclavo, ya que no existo a sus ojos, no puede ofenderla ni mi descortesía ni mi curiosidad. Si bien es igualmente cierto que aunque me permite que le haga preguntas, ella no las contesta. Muchas veces ni me escucha. Estas son nuestras relaciones.

Ayer se habló mucho de un telegrama enviado hace cuatro días a Petersburgo y que no ha tenido respuesta. El general está notoriamente nervioso y preocupado. Sin duda es algo que se relaciona con la abuela. También el francés está irritado, nervioso. Ayer, por ejemplo, después de comer, hablaron un buen rato seriamente. El francés adopta una actitud inverosímilmente altiva e insensible.

Como dice el proverbio, «se sentó a la mesa y puso las patas en ella». Incluso está impertinente y grosero con Polina. Por lo demás toma parte gustosamente en los paseos en familia por el parque del casino o en las cabalgadas y excursiones por los alrededores. Estoy al corriente, desde algún tiempo a esta parte, de qué circunstancias fueron las que pusieron al francés y al general en relación: en Rusia tuvieron la intención de poner juntos una fábrica. No sé si ha sido abandonado este proyecto en la actualidad o si aún siguen hablando de él. He sorprendido, además y por casualidad, una parte de su secreto de familia: el francés, efectivamente, sacó al general del apuro adelantándole treinta mil rublos para completar la suma que debía a la corona cuando dimitió de su cargo. El general está en sus manos, pero ahora es Mademoiselle Blanche la que representa el principal papel en esta comedia, y tengo la seguridad de no equivocarme al decir esto.

¿Quién es Mademoiselle Blanche? Aquí entre nosotros se dice que es una francesa distinguidísima que viaja con su madre y que es dueña de una considerable fortuna. Se sabe, además, que es una parienta lejana de nuestro marqués, algo así como la hija de una prima hermana. Se dice que antes de mi viaje a París el francés y Mademoiselle Blanche tenían relaciones más protocolarias, más delicadas. Su amistad y su parentesco se muestran ahora de forma más directa, más íntima. Tal vez nuestros asuntos les parezcan hallarse tan mal que encuentran absurdo disimular y andarse con cumplidos. Anteayer observé la forma en que el señor Astley miraba a Mademoiselle Blanche y a su madre. Me pareció que las conocía. Incluso he llegado a creer que nuestro francés no era la primera vez que veía al señor Astley. Por lo demás es tan tímido, tan recatado y taciturno el señor Astley que no es posible esperar nada de él. Se seguirá sacando a relucir los trapos sucios en familia...

De todas formas el francés apenas le saluda y no le presta casi atención. Esto me hace pensar que no le teme. Se comprende, pero ¿por qué Mademoiselle Blanche parece ignorarle también?

Tanto más cuanto que ayer el marqués se traicionó declarando en el transcurso de la conversación, de repente, sin que recuerde ahora sobre qué motivo, que el señor Astley era inmensamente rico y que él lo sabía. ¡Entonces Mademoiselle Blanche debió haber mirado al señor Astley! Resumiendo: el general está inquieto. Se comprende la importancia que para él puede tener el recibir un telegrama anunciando la muerte de su tía.

Aunque yo tuviera el convencimiento de que Polina eludía intencionadamente una conversación conmigo, adopté un aire indiferente y frío. Pensé que se decidiría de pronto a acudir a mí. En cambio ayer y hoy toda mi atención la he dirigido a Mademoiselle Blanche. ¡Pobre general! ¡Está perdido irremisiblemente! Enamorarse con tamaña violencia a los cincuenta y cinco años es una desgracia sin ninguna duda. Añadid a esto su viudez, sus hijos, la ruina, las deudas y, para terminar, la mujer de quien está enamorado. Mademoiselle Blanche es muy hermosa. Pero no sé si sabré hacerme comprender si digo que posee uno de esos rostros que inspiran espanto. Yo al menos siempre he sentido miedo de esa clase de mujeres. Tiene unos veinticinco años. Es alta, posee unos hermosos hombros, opulento pecho, piel bronceada, cabellos negros como el ébano y muy abundantes: bastaría para dos peinados. Ojos negros, con el blanco de la córnea amarillento; mirada descarada, dientes deslumbrantes, labios siempre pintados; huele a almizcle. Se viste de manera efectista, con lujosa elegancia, con exquisito gusto. Sus pies y sus manos son admirables. Su voz es la de una contralto un poco ronca. A veces se ríe a carcajadas, enseñando todos los dientes, pero generalmente permanece silenciosa, con aire insolente, al menos en presencia de Polina y de María Filipovna. (Circula un extraño rumor: María Filipovna regresa a Rusia.) Me parece que Mademoiselle Blanche no posee ninguna cultura; incluso es posible que sea tonta, pero, como contrapartida, es astuta y desconfiada. Creo que su vida no carece de aventuras. Y digámoslo todo: es posible que el marqués no sea pariente suyo ni que tampoco su madre sea su verdadera madre. Pero parece que en

Berlín, donde nos encontramos con ellas, Mademoiselle Blanche y su madre tenían algunas relaciones importantes. Por lo que se refiere al marqués, aun cuando hasta ahora dude de que sea marqués, el hecho de que forme parte de la buena sociedad tanto entre nosotros, en Moscú, por ejemplo, como en Alemania, parece fuera de duda. Ignoro lo que es en Francia. Se dice que posee un castillo. Yo imaginé que pasarían muchas cosas durante estos quince días, y sin embargo no sé todavía si Mademoiselle Blanche y el general han cambiado palabras decisivas. En definitiva, todo depende ahora de nuestra situación, es decir, de la cantidad de dinero que el general pueda hacer espejear ante sus ojos. Estoy seguro de que si se supiera, por ejemplo, que la abuela vive todavía, Mademoiselle Blanche desaparecería inmediatamente. Me asombra y me parece ridículo que me haya vuelto tan chismoso. ¡Cómo me repugna todo esto! ¡Con qué satisfacción dejaría a toda esta gente y todas estas cosas! Pero ¿puedo alejarme de Polina, puedo dejar de espiar en torno a ella? Sé que el espionaje es algo ignominioso, pero me da lo mismo.

Ayer y hoy me ha parecido encontrar extraño al señor Astley. Sí, tengo el convencimiento de que está enamorado de Polina. Es curioso y cómico todo lo que a veces puede expresar la mirada de un hombre enamorado, tímido y de una pudibundez enfermiza, en el preciso instante en que este hombre preferiría se abriera la tierra bajo sus pies antes que traicionarse por una mirada o una frase. Frecuentemente nos cruzamos con el señor Astley en el paseo. Se descubre y sigue andando, ardiendo en deseos de reunirse con nosotros. Y si se le ruega que lo haga, declina el ofrecimiento en seguida. En los lugares de descanso, en el casino, en el concierto, ante el surtidor, se detiene siempre cerca de nuestro banco. Dondequiera que nos sentemos, en el parque, en el bosque, en el Schlangenberg, basta mirar en torno para ver aparecer su silueta, inevitablemente, en el más próximo sendero o tras un matorral. Estoy seguro de que anda buscando siempre la oportunidad de hablar a solas conmigo. Esta misma mañana nos hemos encon-

trado y hemos cambiado algunas frases. A veces habla entrecorta-
damente. Incluso antes de darme los buenos días exclamó:

—¡Ah, Mademoiselle Blanche!... ¡He visto muchas mujeres
como Mademoiselle Blanche!

Se calló y me miró con aire significativo. No sé qué querría
darme a entender con esto, porque a mi pregunta «¿Qué ha querido usted decir?» respondió, con una sonrisa maliciosa:

—Pues eso... ¿Le gustan mucho las flores a la señorita Polina?

Yo le respondí:

—No lo sé.

—¡Cómo! ¿No sabe usted eso? —exclamó, sorprendido.

—No, no sé nada. No me he dado cuenta —repetí, riendo.

—¡Hum! Esto me da una idea.

Y diciendo esto me hizo una inclinación de cabeza y continuó
su camino. Por lo demás parecía muy satisfecho. El francés que
hablábamos los dos era detestable.

IV

Hoy el día ha sido ridículo, absurdo y escandaloso. Son ahora
las once de la noche. Sentado en mi pequeño cuarto trato de poner mis recuerdos en orden. Empezó todo esta mañana: tuve que
ir a jugar a la ruleta por Polina Alexandrovna. Tomé sus ciento
sesenta federicos, aunque con dos condiciones: una, que no acep-
taba jugar a medias, de modo que si ganaba no cogería nada para
mí; y la otra, que por la noche me diría Polina por qué tenía tanta
necesidad de ganar y qué cantidad en total. No puedo creer que
sea solo por afán de dinero. No hay duda de que lo necesita de una
manera perentoria, pero no sé con qué fin. Me prometió explicaciones, y me fui.

En las salas de juego se apretujaba la gente. Y todos, ¡qué ávidos
e insolentes! Me abrí paso entre la muchedumbre y me coloqué al
lado del *croupier*. Luego empecé a jugar tímidamente, sin arriesgar

más allá de dos o tres monedas a la vez. Entretanto, observaba y hacía mis cábalas. Me parecía que todos aquellos cálculos no significaban gran cosa y que no tienen en sí mayor importancia que la que quieren atribuirle muchos jugadores. Se han sentado a la mesa con papeles llenos de números, observan las jugadas, cuentan, calculan las posibilidades, hacen una postrera operación y por último apuestan... y pierden. Pierden exactamente lo mismo que los simples mortales que juegan sin calcular nada. Saqué, en cambio, una conclusión que parece justa: de hecho, en la sucesión de suertes inopinadas hay, si no un sistema, al menos una especie de orden. Esto evidentemente, es muy extraño. Por ejemplo, sucede que después de las doce cifras centrales salen las doce últimas cifras. Dos veces, por ejemplo, sale una de estas doce últimas cifras y pasa a las doce primeras. Una vez ha caído en las doce primeras, vuelve sobre las centrales; tres, cuatro veces más, salen las cifras centrales, y después vuelven a salir las doce últimas. Después de dos vueltas cae sobre las primeras, que no salen más que una vez, y las cifras centrales salen tres veces sucesivas. Esto continúa así durante dos horas o más. Uno, tres y dos; uno, tres y dos. Es curiosísimo. Una mañana o una tarde el negro alterna con el rojo, casi en desorden constante; cada color no sale más que dos o tres veces seguidas. Al día siguiente o por la tarde sale solo el rojo, por ejemplo hasta veintidós veces sucesivas, y esto continúa algún tiempo así, un día entero algunas veces. Una buena parte de estas observaciones se las debo al señor Astley, que si bien no juega jamás, permanece toda la mañana ante las mesas de juego.

En cuanto a mí, he perdido hasta el último céntimo, y en muy poco rato. Puse primero veinte federicos a los pares y gané, los dejé y volví a ganar. Así dos o tres veces. Creo que en cinco minutos llegué a tener en mis manos unos cuatrocientos federicos. Debí haberme retirado entonces, pero una extraña sensación se apoderó de mí: un deseo de provocar al destino, de gastarle una broma, de sacarle la lengua. Arriesgué la mayor cantidad autorizada, cuatro mil florines, y perdí. Me irrité y saqué todo el dinero que me quedaba, lo coloqué como la vez anterior y perdí otra vez. Entonces, aturdido, dejé la mesa. No comprendía qué había ocurrido, y no conté mi mala suerte a Polina Alexandrovna hasta el mismo momento de ponernos a comer. Hasta entonces anduve errante por el parque.

Durante la comida volví a sentirme excitado como tres días atrás. El francés y Mademoiselle Blanche comían aún con nosotros. Ocurrió que Mademoiselle Blanche había estado por la mañana en el casino y presenció mis hazañas. Al hablarme lo hizo con una mayor consideración. El francés, yendo al grano, me preguntó sin rodeos si el dinero que había perdido era mío. Me parece que sospecha de Polina. En una palabra: aquí hay gato encerrado. Improvisé una mentira y dije que el dinero era mío.

El general se hallaba asombradísimo. ¿De dónde había sacado yo semejante cantidad? Le expliqué que había empezado con diez federicos, que doblando la postura seis o siete veces seguidas llegué a tener cinco o seis mil florines, y que en dos jugadas lo había perdido todo.

No parecía ser inverosímil. Mientras daba esta explicación, miré a Polina, pero no pude descubrir nada en su semblante. Sin embargo, sin decir nada, dejó que yo prosiguiera. Saqué la consecuencia de que había que mentir y ocultar que jugaba por ella. Aunque de todos modos, me dije, me debe la explicación que me ha prometido.

Por un instante creí que el general iba a hacer alguna observación, pero permaneció en silencio. Mas vi en su rostro que se sentía inquieto y molesto. Quizá las dificultades en que se hallaba le hacía más penoso oír decir que un tan respetable montón de oro se había escabullido, en menos de quince minutos, de las manos de un estúpido tan imprudente como yo.

Supongo que ayer tarde tendría un vivo altercado con el francés. Hablaron animadamente mucho rato; habían cerrado la puerta con llave. El francés salió furioso. Esta mañana volvió muy temprano a ver al general, sin duda alguna para seguir la interrumpida conversación de ayer.

Cuando el francés supo que yo había perdido, en tono sarcástico y con cierta malignidad observó que convenía ser razonable. No sé por qué añadió que aunque los rusos sean frecuentemente jugadores, ni siquiera son capaces de jugar.

—A mi entender —repliqué— la ruleta ha sido inventada por los rusos.

Y como el francés sonrió despreciativo, le hice saber que la verdad estaba completamente de mi parte; diciendo que los rusos eran jugadores, los censuraba más que los elogiaba, y así se me podía creer.

—¿En qué basa esa opinión? —me preguntó el francés.

—En el hecho de que en el curso de la historia la facultad de adquirir capitales figura en el catecismo de las virtudes y méritos del hombre occidental civilizado, y es posible que hasta se haya convertido en su artículo principal. Mientras que el ruso no es tan solo incapaz de adquirir capitales, sino que estúpidamente los derrocha sin un estricto sentido de las conveniencias. Sea lo que sea, nosotros los rusos también tenemos necesidad de dinero —añadí—. Por tanto precisamos de procedimientos tales como la ruleta, con la que en dos horas se puede hacer una fortuna sin trabajar. Esto nos seduce, y como jugamos a la buena de Dios, sin tomarnos el menor trabajo, perdemos.

—En parte eso es verdad —dijo el francés, con aire de suficiencia.

—No, es falso, y usted debería avergonzarse de hablar así de su país —observó sentenciosa y severamente el general.

—Permítame —le respondí—: todavía está por demostrar qué es más vergonzoso: si la indecencia de los rusos o la del sistema alemán consistente en amontonar dinero gracias a un trabajo honrado.

—¡Qué idea más inmoral! —exclamó el general.

—¡Como que es rusa! —repuso el francés.

Yo me reí. Me moría de ganas de encizañarlos.

—Preferiría vivir toda mi existencia en una tienda quirguiz que adorar al ídolo alemán —exclamé.

—¿Qué ídolo? —gritó el general, que esta vez empezaba a molestarse seriamente.

—La forma alemana de acumular riquezas. Hace poco tiempo que estoy aquí, pero por mis observaciones, por lo que yo he podido comprobar, mi naturaleza tártara se subleva. A fe mía que no quiero yo esas virtudes. Ayer recorrí una docena de verstas por los alrededores. Es exactamente como esos libritos alemanes de moral ilustrados: aquí cada casa tiene su *Vater**, horriblemente virtuoso y extraordinariamente honrado. Tanto que uno tiene casi miedo de acercarse a él. No puedo sufrir a esas gentes honradas a las que uno tiene miedo de aproximarse. Cada *Vater* tiene una familia y por la noche leen todos en voz alta libros edificantes. Por encima de la casita cuchichean los olmos y los castaños. La puesta de sol, una cigüeña en el tejado... Todo esto es muy poético y muy conmovedor... No se enfade, general, y permítame que le hable de algo emocionante: recuerdo que mi difunto padre nos leía libros semejantes, a mi madre y a mí, por las noches, bajo los tilos de nuestro jardín. Puedo, por tanto, juzgar las cosas. Cada familia, aquí, se encuentra al servicio del *Vater*. Todos trabajan como bueyes y ahorran como judíos. Supongamos que el padre haya amasado ya una suma determinada y piensa en transmitir al primogénito su tierra o su oficio: no dará dote a su hija, que no se casará. Al pequeño le venderán como criado o como soldado y así aumentará el dinero del patrimonio. Esto es lo que se hace: me he informado. Todo esto no tiene otro origen que la honestidad, una honestidad llevada al límite, de tal manera que el hijo pequeño, que ha sido vendido, cree sinceramente que le han vendido por honestidad. Aquí está el ideal: cuando la propia víctima se regocija de ser llevada al sacrificio. ¿Y luego? Luego el primogénito no lleva una vida de príncipe que digamos: allí hay una tal Amalchen, la vida de su vida, pero

---

* En alemán, padre

con quien no puede casarse porque no ha amasado todavía suficientes florines. Esperan, también virtuosamente, sinceramente, y van al sacrificio con la sonrisa en los labios. Las mejillas de Amalchen empiezan a hundirse, la joven se marchita. Por último, al cabo de veinte años, ha llegado a la prosperidad y los florines han sido amontonados honesta y virtuosamente. El padre bendice a su primogénito cuarentón, y Amalchen, que ha cumplido ya treinta y cinco, tiene el pecho marchito y roja la nariz... En esta ocasión llora, hace moral y muere. El primogénito a su vez, se transforma en un padre virtuoso, y la historia empieza de nuevo. Al cabo de cincuenta o sesenta años el nieto del primer padre consigue realmente un importante capital y lo transmite a su hijo, éste al suyo, y al cabo de cinco o seis generaciones aparece el barón de Rothschild en persona o Hoppe y Compañía*, o cualquiera sabe qué. Es éste verdaderamente un espectáculo grandioso: uno o dos siglos de trabajo, paciencia, honestidad, inteligencia, energía, firmeza, previsión, y la cigüeña en el tejado. ¿Falta algo más? Nada hay más sublime: desde este punto de vista comienzan a juzgar el mundo entero y a castigar a los culpables, es decir, a los que, por poco que sea, difieren de ellos. Y aquí está el quid del asunto: prefiero sumirme en el libertinaje a la manera rusa o hacer fortuna en la ruleta. No quiero ser un banquero al cabo de cinco generaciones. Necesito dinero para mí, y de ningún modo me siento subordinado a un capital. Sé qué he dicho muchas tonterías, pero tanto peor. Estas son mis ideas.

—No sé si hay o no algo de verdad en lo que usted dice —añadió el general, pensativo—, pero sí hay algo de lo que yo estoy seguro, y es que usted demuestra una insoportable presunción desde que se le da un poco de pie y...

Siguiendo su costumbre, no acabó la frase. Cuando nuestro general aborda un tema un poco más amplio que los de la conversación habitual, nunca termina sus frases. El francés escuchaba con actitud de indolencia, abriendo mucho los ojos. Polina permane-

---

* Entidad bancaria de la ciudad de Amsterdam.

cía en actitud de altiva indiferencia. Daba la sensación de que no había oído ni una palabra de todo lo que en aquella ocasión se había dicho en la mesa.

V

Estaba más pensativa que de costumbre, pero en cuanto se levantó de la mesa me dijo que la acompañara en el paseo. Nos hicimos, pues, cargo de los niños y nos fuimos al parque, junto al surtidor.

Como me sentía muy excitado, estúpida y groseramente le pregunté a quemar ropa por qué nuestro marqués Des Grieux, el francés, no solamente ya no la acompañaba cuando salía, sino que se pasaba días enteros sin dirigirle la palabra.

—Porque es un miserable —me respondió, con voz extraña.

Jamás la había oído hablar así de Des Grieux, y me callé porque temí comprender la causa de tal irritación.

—¿Se ha percatado usted de que hoy estaba en desacuerdo con el general?

—Lo que usted quiere es enterarse de lo que pasa —me respondió, en tono seco y exasperado—. Usted sabe que ha prestado dinero al general contra hipoteca de todos sus bienes. Si la abuela no muere, el francés entrará inmediatamente en posesión de todo lo que le corresponde.

—Entonces ¿es verdad que todo está hipotecado? Lo había oído decir, pero no estaba seguro.

—Puede estarlo.

—En ese caso ¡adiós Mademoiselle Blanche! —observé—. ¡No será generala! ¿Sabe una cosa? Me parece que el general está enamorado de tal modo que si Mademoiselle Blanche le abandona, se suicidará. A sus años es muy peligroso enamorarse tan violentamente.

—También yo creo que le sucederá algo —dijo Polina Alexandrovna, con aire pensativo.

—¡Qué admirable es esto! —exclamé—. No se puede demostrar más brutalmente que solo consentía en casarse con él por dinero. Ni siquiera ha guardado las formas; se ha dejado de toda clase de formulismos. ¡Es maravilloso! Y por lo que se refiere a la abuela, nada más gracioso y más denigrante que enviar telegrama tras telegrama para preguntar: «¿Ha muerto?» «¿Está bien muerta?» ¿qué piensa usted, Polina Alexandrovna, de todo esto?

—Que no son más que estupideces —dijo, con disgusto—. En cambio, me sorprende que esté usted de tan excelente humor. ¿Qué le alegra? ¿Acaso el haber perdido mi dinero?

—¿Por qué me lo dio usted para que lo perdiera? Le dije que no podía jugar por los demás, y con mayor razón por usted. Obedezco, sea lo que sea lo que usted me ordene, pero el resultado no depende de mí. Ya la había prevenido de que no saldría nada bueno. Dígame: ¿la ha afectado mucho haber perdido de este modo el dinero? ¿De qué le habría servido?

—¿Por qué estas preguntas?

—Usted me había prometido explicarme... Escuche: estoy convencido de que en cuanto empiece a jugar por mí (tengo doce federicos) ganaré. Entonces le daré todo el dinero que quiera.

Desdeñosa, hizo una mueca.

—No se enfade conmigo —dije— si le hago este ofrecimiento. Estoy absolutamente convencido de ser una nulidad a sus ojos para que usted pueda aceptar de mí ni siquiera dinero. No puede usted ofenderse si le hago un regalo. Además he perdido su dinero.

Me dirigió una mirada rápida y, observando que le hablaba con irritación y en tono sarcástico, volvió a cambiar de conversación.

—Nada hay en mis asuntos que pueda interesarle. Si insiste en saberlo, le diré que tengo deudas. He pedido dinero prestado y quisiera devolverlo. Tenía la idea extraña y absurda de que ganaría aquí en el juego. ¿Por qué? No lo sé, pero creía en eso. ¡Quién sabe! Quizá tuve esa esperanza porque no me quedaba otro recurso y era mi última posibilidad.

—O bien porque «era preciso» ganar, costase lo que costase. Igual que un hombre que se ahoga y se agarra a una pajita. Estará de acuerdo conmigo en que si estuviese a punto de ahogarse no confundiría una pajita con la rama de un árbol.

Polina se sorprendió.

—¡Cómo! ¿No tiene usted las mismas esperanzas? —me preguntó—. Hace quince días me habló largamente de que estaba seguro de ganar a la ruleta y me rogó que no le creyera loco. ¿Bromeaba acaso? Recuerdo, sin embargo, que hablaba tan en serio que no pude considerar una broma lo que decía.

—Es verdad —respondí, pensativo—; todavía estoy convencido de que ganaré. He de decirle que también usted me obliga a hacerme una pregunta: ¿por qué esta pérdida estúpida y escandalosa que he tenido hoy no ha hecho que la duda surja en mi alma? Estoy plenamente convencido de que ganaré en cuanto juegue por mi cuenta y riesgo.

—¿Por qué está tan convencido?

—Si he de decirle la verdad, no lo sé. Sé tan solo que «es preciso» que gane, que es la única salida para mí. Quizá por esto también yo tengo la impresión de que debo ganar infaliblemente.

—Por tanto «es preciso» también que gane usted, cueste lo que cueste, ya que tiene esa fanática seguridad.

—Apostaría algo a que usted duda de que yo tenga también una necesidad seria.

—Me tiene sin cuidado —dijo Polina en tono tranquilo e indiferente—. Puesto que me lo pregunta, sí, dudo de que algo pueda atormentarle profundamente. Es usted capaz de atormentarse, pero no en serio. Es usted un hombre desordenado e inestable. ¿Para qué necesita dinero? Por más que lo intento no he hallado nada serio en ninguna de las razones que me expuso usted el otro día.

—A propósito —la interrumpí—: usted me dijo que tenía precisión de saldar una deuda. Al parecer, una deuda importante. ¿Acaso al francés?

—¿Qué significa esto? ¡Está usted hoy muy caballeroso! ¿Ha bebido quizá?

—Ya sabe usted que suelo decirlo todo, e incluso hacer muchas veces preguntas muy directas. Una vez más le digo que soy su esclavo. Y un esclavo es incapaz de confundirla u ofenderla.

—¡Qué tontería! Es insufrible esa teoría de la «esclavitud».

—Tenga en cuenta que no hablo de mi esclavitud por deseo de ser esclavo suyo. Hablo de ella sencillamente como de una realidad independiente por completo de mi ánimo.

—Dígame, con franqueza: ¿para qué necesita dinero?

—Y usted, ¿por qué quiere saberlo?

—Como quiera —repuso con un movimiento de cabeza lleno de altivez.

—No soporta usted la teoría de la esclavitud, pero exige que sea su esclavo: «¡Responda sin replicar!» Está bien, sea así. Me pregunta que por qué necesito dinero. ¡Qué pregunta! El dinero... lo es todo.

—De acuerdo, pero no hay que caer en semejante locura deseándolo. Porque le veo a usted camino del delirio, casi del fatalismo. Hay algo en ello, una finalidad determinada. Vamos: hábleme sin rodeos.

Se hubiera dicho que empezaba a enojarse. Me gustaba que siguiera haciéndome preguntas en aquel tono casi colérico.

—Tengo, naturalmente, una finalidad, pero no sabría explicarle cuál. Es sencillamente que con dinero me convertiré en un hombre distinto hasta para usted, dejando a la vez de ser un esclavo.

—¿Cómo? ¿Cómo lo conseguirá?

—¿Qué cómo lo conseguiré? ¡No puede ni siquiera comprender que yo pueda llegar a que usted me mire de manera distinta que a un esclavo! Y eso es precisamente lo que yo no quiero; no quiero ni esos asombros ni esas incomprensiones.

—Usted aseguraba que esa esclavitud le resultaba una verdadera delicia. Yo había llegado a creerlo.

—¡Usted había llegado a creerlo! —exclamé, no sin sentir una voluptuosidad extraña—. ¡Qué maravillosa ingenuidad la suya! Pues bien: la esclavitud que me hace sufrir es para mí, en efecto, una delicia. Se encuentra un deleite en el más íntimo grado de bajeza y de humillación —proseguí, casi desvariando—. ¡Quién puede saberlo! Es posible que se sienta idéntico deleite cuando el *knut* cae sobre la espalda y desgarra la carne... Pero quizá yo quiero experimentar otros goces. Hace unos instantes, en la mesa, me regañó el general ante usted por setecientos rublos al año, que tal vez no llegará a pagarme nunca. El marqués Des Grieux, con las cejas fruncidas, me miró tratando a la vez de ignorar mi presencia. Y yo acaso desee por mi parte, apasionadamente, asir al marqués Des Grieux por la nariz ante usted.

—¡Eso son solo bravatas! En cualquier situación puede uno comportarse dignamente. La lucha eleva, no humilla.

—Habla usted con máximas. Supone tan solo que no sé mostrarme con dignidad. Que, aunque yo sea un hombre digno, no sé comportarme como tal. ¿Cree que puede ser esto? Más así somos todos los rusos. ¿Y sabe usted por qué? Pues porque los rusos están dotados demasiado rica y diversamente para encontrar en seguida una forma que les convenga. Aquí lo que interesa es la forma. Nosotros los rusos estamos, por lo común, tan ricamente dotados que nos falta genio para hallar una forma conveniente. Y con frecuencia carecemos de genio, porque el genio, por lo general, es muy raro. En los franceses, y quizá también en algunos otros europeos, la forma está tan bien determinada que se pueden tener actitudes extremadamente dignas incluso siendo el hombre más indigno del mundo. He aquí por qué la forma tiene para ellos tanta importancia. El francés aguanta, sin parpadear, una ofensa, una ofensa grave, auténtica, pero no soportará un pellizco en la nariz, porque significa una derogación de los convencionalismos admitidos y de la forma tradicional. Si tienen tanto éxito los franceses con nuestras mujeres es porque tienen buenas maneras. Por lo que se refiere a mí, no veo en ello forma alguna, sino un gallo, le *coq gaulois*. Sin embargo no puedo comprender esto: no soy mujer. Quizá los gallos tengan algo bueno. Pero no hago más que decir estupideces, y usted no me hace callar. Hágalo con más frecuencia. Cuando converso con usted ardo en deseos de decir todo lo que se me ocurre, absolutamente todo. Pierdo las formas, reconociendo incluso que no solamente no las tengo, sino que me encuentro desprovisto de todo mérito. Lo confieso. Ni siquiera me preocupa ningún mérito. En mí ahora todo se ha inmovilizado. Y usted sabe la causa. En mi cabeza no hay ni una sola idea. Hace mucho tiempo que no sé lo que pasa por el mundo, ni en Rusia, ni aquí. Véalo usted misma: he pasado por Dresde y he olvidado a qué se parece esa ciudad. Sabe usted perfectamente qué era lo que me absorbía. Como no tengo ninguna esperanza y para usted no significo nada, puedo hablarle con toda franqueza: solo a usted la veo en todas partes. Todo lo demás me tiene sin cuidado. Por qué la quiero y cómo la quiero, no lo sé. ¿No sabe usted que acaso no tenga nada de hermosa? ¿Puede imaginarse que no sé siquiera si es bella o no, ni siquiera de rostro? Su corazón es malo, tal vez, y es posible también que su alma carezca de nobleza.

—¿Y tal vez porque no cree usted en mi nobleza piensa comprarme con dinero?

—¿Cuándo he pensado en comprarla? —pregunté yo.

—Se ofusca y pierde el hilo. Si no a mí, espera comprar mi aprecio.

—No, no es eso exactamente. Ya le he dicho que me era muy difícil explicarme. Usted me abruma. No tome a mal mi charla. Comprende usted muy bien por qué no es posible enojarse conmigo: sencillamente, estoy loco. Aunque además eso no me importa: enójese si quiere. Arriba, en mi cuarto, me era suficiente imaginarme el simple roce de su ropa para estar dispuesto a morderme los puños. ¿Por qué se enfada usted conmigo? ¿Por qué me declara su esclavo? ¡Aprovéchese, aprovéchese de mi esclavitud! ¿Sabe usted que un día la mataré? No por celos, ni porque haya dejado de quererla, no. Simplemente la mataré porque desde hace unos días tengo deseos de devorarla. Ríase...

—No me hace ninguna gracia —dijo ella, furiosa—. Le mando que se calle.

Se detuvo, sofocando su cólera. Dios es testigo de que no sé si es bonita o no, pero me gusta mirarla cuando se detiene así ante mí; por esto me gusta provocar su cólera. Tal vez ella lo había advertido y se enfadaba intencionalmente. Se lo dije.

—¡Qué infamia! —exclamó con repugnancia.

—Me tiene sin cuidado —repliqué—. Sepa que es peligroso que paseemos juntos: hay veces que siento el irresistible deseo de pegarle, de desfigurarla, de estrangularla. ¿Cree usted que no llegaré a tanto? ¡Me saca usted de quicio! ¿Cree que temo al escándalo? ¿O a su cólera? ¡Me río de su cólera! La amo sin ninguna esperanza y sé que después de esto la amaré mil veces más. Si la mato un día, será preciso que yo me mate también. Pero me mataré lo más tarde posible, para experimentar sin usted este sufrimiento intolerable. Y sepa algo increíble: cada día que pasa la quiero más, y sin embargo es casi imposible. ¡Y quiere que no sea fatalista! Recuérdelo: anteayer, en el Schlangenberg, le dije en voz baja cuando usted me provocó: «Diga una palabra y me arrojo por el precipicio.» Si usted hubiese dicho la palabra, yo habría saltado. ¿Verdad que me cree?

—¡Qué conversación más estúpida! —exclamó.

—¡Me importa muy poco que sea o no estúpida! —dije—. Sé que cuando la tengo ante mí necesito hablar, hablar, hablar..., y hablo. Ante usted pierdo el amor propio y todo me importa un bledo.

—¿Por qué iba yo a obligarle a que se arrojase desde lo alto del Schlangenberg? —me dijo secamente, en un tono marcadamente ofensivo—. Era completamente inútil.

—¡Estupendo! —exclamé—. Ha empleado usted ese admirable «inútil» con el propósito de abrumarme. La veo como es. ¿Inútil, dice? Pero el placer es inútil siempre, y un poder absoluto, sin límites, aunque sea sobre una mosca, es también una especie de goce. El hombre, por naturaleza, es déspota: le agrada hacer sufrir. A usted le gusta esto por encima de todo.

Recuerdo que me examinaba con una particular atención. No me cabe ninguna duda de que mi rostro expresaba entonces todas las absurdas y extravagantes sensaciones que yo experimentaba. Recuerdo también que nuestra conversación se desarrolló casi exactamente en los términos que he empleado para decirlo aquí. Mis ojos estaban inyectados en sangre. La espuma subía a mi boca. Y por lo que se refiere al Schlangenberg, juro por mi honor, hasta en este mismo instante, que si me hubiese ordenado que me arrojara abajo, lo habría hecho. Incluso de habérmelo dicho en broma, con desprecio y escupiéndome, también me habría arrojado.

—No, ¿por qué? Le creo —dijo, pero en ese tono que solo ella sabe emplear, con tanto desprecio y malicia y tanta arrogancia que, por Dios, habría sido capaz de matarla en aquel instante. Ella se arriesgaba a eso. Y yo no había mentido cuando se lo dije.

De pronto me preguntó:

—¿No es usted cobarde?

—No lo sé; tal vez sí. No lo sé... Hace mucho tiempo que no me lo he preguntado.

—Si yo le dijera: «Mate a ese hombre», ¿lo haría?

—¿A quién?

—A quien yo quiera.

—¿Al francés?

—Soy yo quien hace la pregunta. A quien yo le diga. Quiero saber si habla usted en serio.

Esperaba con tanta ansiedad e impaciencia mi respuesta que me pareció extraño.

—¡Dígame de una vez de qué se trata! —exclamé—. ¿Tiene acaso miedo de mí? Veo perfectamente todas las complicaciones entre las que usted se debate aquí. Es usted la hijastra de un hombre arruinado y loco, consumido de pasión por ese demonio... Blanche. Está además el francés, con su secreto influjo sobre usted. Y ahora viene a hacerme esa pregunta. Por lo menos, que yo lo sepa. Si no, me voy a volver loco y cometeré un disparate.

¿O acaso la avergüenza distinguirme con su confianza? Usted no puede sentir vergüenza delante de mí.

—No le hablo de nada de eso. Le he preguntado y espero su respuesta.

—¡Naturalmente! —exclamé—. Mataré a quien usted me indique. Pero ¿tal vez podría..., usted me ordenaría semejante cosa?

—¿Cree que yo le tendría compasión? Le daría una orden y me mantendría al margen. ¿Soportaría eso? No, ¡no tiene usted esa talla! Quizá mataría si yo se lo ordenase, pero vendría en seguida a matarme a mí por haberme atrevido a inducirle a cometer un crimen.

Esas palabras me dejaron anonadado. Naturalmente, incluso entonces consideré su pregunta mitad broma mitad provocación, pero aun así había hablado demasiado seriamente. Estaba sorprendido de que se hubiera expresado así, que afirmase tal derecho sobre mí, que se reconociera con un poder semejante y que dijese con tanta franqueza: «Ve a tu perdición; yo me mantengo al margen.» Había tal cinismo en esas palabras, tal sinceridad, que pensé se había pasado del límite. ¿Y cómo se comportaría después de eso conmigo? Esto superaba los confines de la esclavitud y de la bajeza. Esta forma de ser me elevaba hasta ella. Por absurda e increíble que fuera nuestra charla me sentía desfallecer.

De repente soltó una carcajada. Estábamos sentados en un banco, ante los niños que se disponían a jugar, precisamente en el lugar donde los coches se paraban para dejar a los pasajeros en la alameda que conducía al casino.

—Fíjese en esa gorda —exclamó—. Es la baronesa Wurmerhelm. Hace solo tres días que está aquí. Mire a su marido: ese prusiano flaco y escuchimizado que lleva un bastón en la mano. ¿Recuerda usted cómo nos miraba anteayer? Acérquese en seguida a la baronesa, quítese el sombrero ante ella y dígale algo en francés.

—¿Para qué?

—Usted me juró que se habría arrojado desde la cima del Schlangenberg, y me ha jurado que estaba dispuesto a matar si yo se lo mandaba. En vez de todas esas muertes y tragedias tengo tan solo unos enormes deseos de divertirme un poco. Obedezca sin réplica. Quiero ver al barón dándole a usted bastonazos.

—Me está provocando. ¿Cree que no lo haré?

—Sí, le provoco. Hágalo; yo lo quiero.

—Está bien; voy. Pero que conste que es un extraño capricho. Solo faltaría que esto acarreara un contratiempo al general, y, de rechazo, a usted. Por Dios, que no me preocupo por mí, sino por usted... y por el general. ¡Qué idea la de que vaya a insultar a una mujer!

—Ya veo bien que usted es un charlatán —me dijo con desprecio—. Hace un instante tenía los ojos inyectados en sangre..., pero es posible que fuera porque había bebido mucho vino en la mesa. Sé perfectamente que es algo absurdo y trivial, y que el general se pondrá furiosísimo. Solo tengo ganas de divertirme. Eso es todo. No tiene necesidad de insultar a una mujer. Antes le pegarán a usted.

Me levanté y me fui, sin decir nada, a ejecutar mi misión. Evidentemente era absurdo y no había sabido salir del paso, pero mientras me acercaba a la baronesa recuerdo que me sentí impulsado por el deseo de cometer una pillería. Estaba además tan excitado como si hubiese bebido.

VI

Hace ya dos días de esto. ¡Qué día más estúpido aquel! ¡Cuántos gritos, ruido, alboroto y comentarios! ¡Y yo fui la causa de todo aquel escándalo, de toda aquella tontería y vulgaridad! Por lo demás, en mi opinión, a veces resulta cómico. No puedo aún darme cuenta de lo que me sucedió. ¿Me encuentro en un período de exaltación, o sencillamente me he descarriado y estoy a punto de cometer insensateces en espera de que me encierren? A veces creo que voy a perder la razón. Y a veces también me parece que apenas si he salido de la infancia, del colegio, y que cometo groserías de colegial.

¡La culpa, toda la culpa es de Polina! Quizá no hubiera llegado a cometer ni con el pensamiento esas pillerías si ella no hubiese estado allí. ¡Quién sabe! Quizá lo hice todo por desesperación —aunque es estúpido razonar así—, y no comprendo, no puedo comprender lo que ella tiene de bueno. Es bonita, por lo menos así lo creo yo. Y yo soy el único a quien vuelve loco. Es alta y está muy bien formada, pero es muy delgada. Tengo la impresión de que se podría hacer con ella un nudo y doblarla en dos. Las huellas de sus pies son largas y estrechas..., torturante. ¡Torturante! ¡Esta es la palabra! Tiene reflejos rojos en los cabellos. Verdaderos ojos de gata. ¡Y cuánto orgullo y cuánta arrogancia sabe poner en ellos! Unos cuatro meses atrás, cuando acababa de entrar a su servicio, tuvo una noche, en el salón, una extensa charla con Des Grieux. Parecían animados. Ella le miraba de tal forma... que cuando más tarde subí para acostarme, me imaginé que ella le había dado una bofetada, que acababa de dársela, y que estaba de pie ante él, mirándole...

Aquella noche me enamoré de ella.

Pero volvamos a los hechos.

Tomé un sendero que daba a la alameda, me detuve en medio de esta y esperé al barón y a la baronesa. A unos cinco pasos de ellos me descubrí y los saludé.

Recuerdo que la baronesa llevaba un vestido de seda gris claro, asombrosamente ancho, adornado con volantes, miriñaque y cola. Es una mujer bajita, robusta, con una barbilla grasa y hundida que llega a confundirse con sus mejillas. Su rostro es rojizo y tiene ojillos perversos y desvergonzados. Sus andares están henchidos de condescendencia. El barón es muy delgado y alto. Su rostro está atravesado por numerosas arrugas. Como es costumbre en Alemania, lleva lentes. Tiene unos cuarenta y cinco años. Sus piernas le nacen casi en el pecho: señal de casta. Es vanidoso como un pavo real. Un poco pesado. Tiene algo de aborregado en la expresión, lo que él cree es una característica de profundidad.

Me bastaron pocos segundos para advertir todo esto.

En un principio mi saludo con el sombrero en la mano apenas si llamó su atención. El barón se contentó con fruncir el ceño ligeramente. La baronesa vino hacia mí con paso majestuoso.

—*Madame la baronne* —dije en voz alta e inteligible, marcando cada sílaba—, *j'ai l'honneur d'être votre esclave.*

A continuación me incliné, me puse el sombrero, me coloqué al lado del barón y le miré con sonrisa afable.

La orden de Polina había sido que me descubriera, pero la reverencia y la travesura fueron de mi cosecha. Solo Dios sabe lo que me impulsaba. Me parecía que estaba cayendo desde lo alto de una montaña.

—*Hein!* —gruñó más que gritó el barón, volviéndose hacia mí con furioso asombro.

Me volví y me detuve con respetuosa expectación, sin dejar de sonreír mientras le miraba. Se hallaba visiblemente perplejo y fruncía el ceño hasta el no va más. Su rostro se hacía cada vez más sombrío. También la baronesa se volvió y me miró con indignación y asombro. Los transeúntes empezaron a mirarnos. Algunos se detuvieron.

—*Hein?* —gruñó otra vez el barón, con una voz doblemente chillona y airada.

—*Ja wohl!* * —contesté, arrastrando las palabras y sin dejar de mirarle fijamente a los ojos.

—*Sind Sie rasend?* ** —gritó, blandiendo su bastón.

Se hubiera dicho que comenzaba a temblar. Quizá fue mi traje lo que le desconcertó. Yo vestía muy bien, incluso con elegancia, como un hombre que pertenece a la mejor sociedad.

—*Ja wo-o-oh!* —grité súbitamente con todas mis energías, arrastrando la o como hacen los berlineses, que emplean a cada instante este «*Ja wohl*» en la conversación, alargando más o menos la letra O según deseen expresar tal o cual matiz del pensamiento o del sentimiento.

---

* «Sí, desde luego.»

** «¿Está usted loco?»

Bruscamente el barón y su esposa se alejaron casi corriendo. Tenían mucho miedo. Entre el público, algunos se pusieron a hablar; otros me miraron con asombro. No lo recuerdo muy bien.

Di media vuelta y me dirigí con mi paso acostumbrado hacia Polina Alexandrovna.

Pero apenas estuve a un centenar de pasos de su banco cuando vi que se levantaba y se dirigía al hotel con los niños.

En la escalinata le di alcance.

—He cumplido... esa tontería —le dije cuando me hallé a su lado.

—¿Sí? Entonces despabílese ahora —me respondió.

Y subió la escalinata sin dirigirme una mirada siquiera.

Durante toda la tarde me paseé por el parque. Lo atravesé, y después el bosque, pasando, incluso, a otro principado. En casa de unos campesinos comí una tortilla y bebí vino. Esto me costó un tálero y medio.

No regresé hasta las ocho de la noche. Inmediatamente me llamaron de parte del general.

Nuestros amigos ocupan en el hotel dos apartamentos y disponen de cuatro habitaciones. La primera es el salón: una habitación enorme con un piano de cola, que comunica con otra habitación también grande: el gabinete del general. Allí era donde me esperaba, de pie en el centro de la estancia, en una actitud marcadamente majestuosa. Des Grieux se hallaba muellemente tendido en el diván.

—¿Me permite usted, señor mío, que le pregunte qué ha hecho? —empezó el general.

—Preferiría que fuese usted al grano, general —le respondí—. No hay duda de que quiere hablarme de mi reciente encuentro con un alemán.

—¡Con un alemán! ¡Ese alemán es el barón Wurmerhelm, un gran personaje! Se ha comportado usted groseramente con él y con la baronesa.

—De ningún modo.

—Usted los ha asustado, señor mío —exclamó el general.

—Nada de eso. En Berlín he oído constantemente la frase «*Ja wohl!*», que la gente coloca a cada palabra y que arrastra de una manera exasperante. Cuando me crucé con él en la avenida, no sé por qué ese «*Ja wohl!*» vino a mi memoria y me sacó de quicio... Además, ya van tres veces que cuando me encuentro con la baronesa se dirige a mí como si yo fuese una lombriz a la que pudiera aplastar con el pie. Convenga usted conmigo en que yo también puedo tener mi amor propio. Me quité el sombrero y cortésmente, le aseguro a usted que fui muy cortés, le dije: «*Madame, j'ai l'honeur d'être votre esclave.*» Cuando el barón se volvió gritando: «*Hein?*», yo sentí a mi vez el deseo de gritar: «*Ja wohl!*» Y lo dije dos veces. La primera, de forma habitual, y la segunda, arrastrando las sílabas lo más posible. Eso es todo.

Confieso que esta explicación, tan digna de un pillete, me encantó. Me moría de deseos de adornar esta historia de la manera más absurda.

Y además, ya metido en ella, iba tomándole gusto.

—Creo que se está burlando de mí —dijo el general.

Se volvió hacia el marqués y le dijo en francés que, realmente, yo había tratado de provocar un incidente. Des Grieux sonrió despreciativo y se encogió de hombros.

—¡Oh! ¡No lo crea: no es nada! —exclamé—. Reconozco sinceramente que lo que hice no estuvo bien. Puede decirse que es absurdo, que fue una chiquillada estúpida, pero... nada más. Y sepa, general, que estoy muy arrepentido. Pero hay una circunstancia que creo me dispensa casi de arrepentirme. Desde hace unas semanas, en estos últimos tiempos, no me encuentro muy bien: estoy enfermo, nervioso, irritable, y en algunas ocasiones pierdo el dominio de mí mismo. Es cierto: varias veces he sentido un terrible deseo de dirigirme bruscamente al marqués Des Grieux y... Aunque..., ¿para qué continuar? Se ofendería probablemente. En una palabra: todo esto son síntomas de enfermedad. No sé si la baronesa Wurmerhelm tomará en consideración esta circunstancia cuando le presente mis excusas, ya que es esta mi intención. Creo que no, tanto más cuanto que sé cómo se ha empezado a abusar de esta circunstancia en el mundo jurídico en los últimos tiempos; los abogados, en los procesos criminales, tratan de justificar a sus clientes pretendiendo que eran inconscientes en el momento en que cometieron el crimen y que esto es una enfermedad. «Golpeó —dicen—, y no se acuerda de nada.» Imagínese, general, que la medicina les da la razón... Sostiene con machaconería que existe una enfermedad de tal género, una locura transitoria, durante la cual el hombre no se acuerda de nada o lo recuerda solo a medias. Pero el barón y su esposa pertenecen a la vieja generación. Además son *junkers* prusianos y propietarios. Sin duda desconocen esa evolución de la medicina legal y no aceptarían mis explicaciones. ¿Qué cree usted, general?

—¡Basta, caballero, basta! —dijo bruscamente el general, con una indignación apenas contenida—. Intentaré, de una vez para siempre, protegerme contra sus chiquilladas. No dará excusas al barón y a su esposa. Toda relación con usted, aunque se limite a sus disculpas, les parecería excesivamente humillante. Cuando supo el barón que usted formaba parte de mi casa tuvo conmigo una explicación en el casino y, se lo confieso, poco faltó para que me pidiera una satisfacción. ¿Comprende usted a lo que me ha obligado? He tenido que presentar excusas al barón y darle mi palabra de que hoy mismo dejaría usted de pertenecer a mi casa.

—Permítame, permítame, general: ¿es él quién le ha exigido que deje de formar parte de su casa, según su propia expresión?

—No, pero me he sentido obligado a concederle esta reparación, y, naturalmente, el barón se ha mostrado satisfecho con ella. Vamos a separarnos, señor. Tiene usted que cobrar cuatro federicos y tres florines. Aquí tiene su dinero; cuéntelo. Puede usted comprobarlo. Adiós. En lo sucesivo somos dos extraños. No tengo que agradecerle otra cosa que molestias y disgustos. Voy a llamar al camarero para decirle que desde mañana no me hago responsable de sus gastos de hotel.

Cogí el dinero, el papel donde figuraba mi cuenta, saludé al general y le dije muy seriamente:

—General, esto no puede terminar así. Lamento que haya tenido que soportar las impertinencias del barón, pero, perdóneme, la culpa es de usted. ¿Por qué se sintió obligado a responder por mí al barón? ¿Qué significa la expresión de que yo pertenezco a su casa? Soy el preceptor de sus hijos y nada más. Ni soy hijo suyo, ni me hallo bajo su tutela, y usted no tiene que responder de mis actos. Tengo una personalidad jurídica. Tengo veinticinco años, soy bachiller universitario, soy noble y no tengo nada que ver con usted. Solo mi gran respeto hacia sus méritos me impide exigirle una reparación por haberse arrogado el derecho de responder en mi lugar.

El general se quedó tan desconcertado que dejó caer los brazos a lo largo del cuerpo. Luego, bruscamente, se volvió al francés y le dijo en pocas palabras que yo casi le acababa de desafiar. El francés se rio a carcajadas.

—No estoy dispuesto a que el barón se quede tan tranquilo —dije, con gran sangre fría, sin sentirme turbado por la hilaridad demostrada por Des Grieux—, y puesto que usted, permitiéndose hoy escuchar las quejas del barón y representar sus intereses, se ha inmiscuido en cierto modo en este asunto, tengo el honor de informarle, general, de que mañana a lo más tardar exigiré al barón, en mi nombre, una explicación formal de las razones que le impulsaron, teniendo una cuestión conmigo, a ignorarme y dirigirse a un tercero, como si yo fuese incapaz o indigno de responder de mis actos.

Sucedió lo que había previsto: el general se asustó al escuchar este nuevo absurdo.

—¡Cómo! ¿Tiene usted la intención de llevar más lejos este maldito asunto? —exclamó—. ¡Me está usted metiendo en un atolladero! ¡Ah, señor! No se le ocurra, no se le ocurra, o le doy mi palabra... Aquí también hay autoridades, y yo..., yo... En resumidas cuentas: en consideración a mi cargo oficial..., y al barón también... En resumen: será usted detenido y se hará que la policía le expulse, para evitar que dé un escándalo. ¡Se lo aseguro!

Pese a la cólera que le ahogaba, tenía un miedo horrible.

—General —contesté, con una calma exasperante—, no se puede detener a nadie por escándalo antes de que haya ocurrido. Todavía no he tenido explicaciones con el barón, y usted ignora aún por completo en qué aspecto y sobre qué bases tengo intención de abordar este asunto. Solo quiero desvanecer la idea, insultante para mí, de que me hallo bajo la tutela de una persona que tiene poder sobre mi libre albedrío. Su alarma y su preocupación son inútiles.

—¡En nombre del cielo, en nombre del cielo, Alexis Ivanovich, abandone ese proyecto absurdo! —tartamudeó el general, que bruscamente cambió su ampulosidad por un tono de súplica, llegando incluso a cogerme las manos—. ¿Se imagina usted lo que ocurrirá? Más disgustos. Reconozca que debo proceder en esto de una forma particular, ahora sobre todo... ¡Ahora sobre todo! ¡Usted no conoce verdaderamente la situación! Cuando nos marchemos de aquí estoy dispuesto a admitirle otra vez. Pero ahora debemos tan solo cubrir las apariencias. ¡Comprenda las razones que me obligan a ello! —exclamó, con desesperado patetismo—. ¡Alexis Ivanovich, Alexis Ivanovich!

Al marcharme todavía le rogué con insistencia que no se preocupara por nada; le prometí que todo iría bien y abandoné la habitación apresuradamente.

En el extranjero los rusos suelen ser a veces extremadamente cobardes: tienen un miedo tremendo a lo que se pueda decir de ellos, a la manera como los miran, y temen faltar a los convencionalismos. En una palabra: podríamos decir que llevan un corsé, sobre todo los que pretenden ser importantes. Consideran preciso adoptar servilmente en los hoteles, en el paseo, en las reuniones, en el viaje, una preconcebida actitud, estableciéndola de una vez y para siempre... Pero al general se le había escapado que ciertas circunstancias le obligaban «a proceder de una manera particular». Por eso, de pronto, había tenido miedo y había cambiado de tono conmigo. Tomé buena nota de ello. Era lo bastante estúpido para recurrir a las autoridades, y por tanto tenía yo que obrar con prudencia.

Además yo tampoco quería molestar al general. Era a Polina a quien me habría gustado encolerizar ahora. Me había tratado con tanta crueldad y lanzado por un camino tan absurdo que deseaba hacer que ella misma me rogase que me detuviera. Después de todo mis chiquilladas también podían comprometerla a ella. Además nacían en mí sensaciones, deseos nuevos: si, por ejemplo, me aniquilaba voluntariamente ante ella, esto no significaba ni mucho menos que yo apareciese ante los demás como un gallina, y seguramente el barón no me apalearía con el bastón. Quería burlarme de toda aquella gente y quedar como un héroe. ¡Ya verían quién era yo! No había nada que temer. Ella temerá el escándalo y me llamará. Y aun cuando no me llame, también verá que no soy un gallina.

Una noticia sorprendente: acabo de enterarme, por la nodriza de los niños —con la que me he encontrado en la escalera—, de que María Filipovna se ha ido hoy sola a Carlsbad, en el tren de la tarde, a casa de su prima. ¿Qué significa esto? Me ha dicho la nodriza que tenía esa intención desde ya hacía tiempo. Pero ¿cómo no se ha enterado nadie? Por otra parte es muy posible que sea yo el único que lo haya ignorado. La nodriza me ha dado a entender que María Filipovna tuvo anteayer una pelotera con el general. Comprendo. Seguramente... Mademoiselle Blanche. Sí, se prepara algo decisivo.

VII

Esta mañana he dicho al camarero que me abran una cuenta aparte. Mi habitación no es tan cara como para que deba tener miedo y haya de abandonar el hotel definitivamente. Tenía dieciséis federicos, y abajo..., abajo ¡tal vez la fortuna! Cosa extraña: todavía no he ganado, pero ya me comporto, siento y pienso como un hombre rico, y no sé verme de otra manera.

Pese a que era temprano, tenía la idea de ir a ver al señor Astley al Hotel Inglaterra, muy cerca del nuestro, cuando Des Grieux entró súbitamente en mi cuarto. Nunca lo había hecho, y en estos últimos tiempos, además, había tenido con él unas relaciones distanciadas y más bien tirantes. No solo no disimulaba su desdén hacia mí, sino que se esforzaba en demostrármelo sin ambages. Y yo..., yo tenía mis razones particulares para no considerarle grato. En una palabra: le odiaba. Su visita me sorprendió mucho. Inmediatamente adiviné que algo muy singular sucedía.

Estuvo muy amable y me dedicó unos cumplidos por mi habitación. Al verme con el sombrero en la mano se extrañó de que saliera de paseo tan pronto.

Cuando le dije que iba a ver al señor Astley para un asunto de negocios, pareció reflexionar un momento y en su rostro se dibujó una expresión de inquietud.

Des Grieux, como todos los franceses, era afable y alegre cuando le convenía y le era de utilidad, e insoportable y molesto cuando la necesidad de ser amable y alegre había desaparecido. El francés es raramente amable al principio. Se diría que es amable por orden, por cálculo. Si, por ejemplo, ve la necesidad de ser, contrariamente a lo habitual, fantástico y original, la fantasía más absurda y artificiosa adquiere en él formas admitidas de antemano y desde hace tiempo situadas en la categoría de la trivialidad. El francés, en su estado natural, se integra en el positivismo más burgués, más mezquino y más vulgar. Es, en resumen, el ser más molesto que hay en el mundo. A mi juicio, solo los novatos y sobre todo las jovencitas rusas pueden caer bajo el encanto de los franceses. Todo hombre consciente advierte en seguida y siente aversión por esa repetición en serie de las formas, establecidas de una vez para siempre, de la amabilidad de salón, de la desenvoltura y la jovialidad.

—He venido a verle para un asunto —dijo con cierto desenfado, aunque cortésmente—. No le negaré que vengo por encargo del general, como embajador, o mejor dicho, como mediador. Como no sé muy bien el ruso, casi no comprendí ayer nada, pero el general me ha contado todo detalladamente, y confieso...

Yo le interrumpí:

—Escúcheme, señor Des Grieux: ¿también asume el papel de mediador en este asunto? Evidentemente soy un preceptor, y jamás he pretendido el honor de ser un íntimo amigo de esta casa ni tener más estrechas relaciones. Además hay circunstancias que yo ignoro. Pero dígame una cosa: ¿se considera usted acaso miembro de esta familia? Porque como se toma tanto interés por esto, y en todo interviene como mediador...

Mi pregunta no le gustó en absoluto. Era demasiado clara y no quería traicionarse.

—Estoy relacionado con el general en parte por negocios y en parte por «ciertas circunstancias particulares» —me dijo secamente—. El general me envía a que le ruegue que renuncie a sus intenciones de ayer. Cuanto a usted se le ha ocurrido es, evidentemente, razonable, pero me ruega que le indique que nada podrá conseguir.

Es más: el barón no querrá recibirle, y, por último, posee en todo caso los medios de evitarse posteriores molestias por parte de usted. Convendrá en que es así. Además ¿para qué ser tan testarudo? El general le promete volver a admitirle a su servicio cuando se lo permitan las circunstancias y pagarle hasta entonces sus honorarios, *vos appointements*. ¿No le parece que es ventajoso?

Con gran seriedad le contesté que estaba un poco equivocado, que quizá no me echara el barón, sino que tal vez quisiera escucharme. Le rogué que reconociera que había venido a saber qué era lo que yo estaba dispuesto a hacer.

—¡Dios mío! Como el general se interesa tanto por este asunto, realmente le agradaría saber lo que usted piensa. ¡Es lo más natural!

Se lo expliqué. Me escuchaba arrellanado en su asiento, con la cabeza ligeramente inclinada hacia mí y un brillo de ironía no disimulada en los ojos. Resumiendo: me trataba con altanería. Me esforcé cuanto pude para aparentar que consideraba este asunto con la mayor seriedad. Le dije que el barón, al quejarse de mí al general como si hubiese sido un criado de éste, me había hecho, en primer lugar, perder mi colocación, y segundo, me había tratado como a un hombre incapaz de responder por sí mismo de sus actos, al que no era preciso ni siquiera dirigir la palabra. Me sentía, pues, justamente ofendido. Sin embargo, teniendo en cuenta la diferencia de edad, la categoría social —me costó aguantarme la risa al llegar a esto—, no quería cargar sobre mis espaldas otra insensatez, es decir, exigir francamente del barón, o aunque solo fuera ofrecérsela, una reparación. De todos modos consideraba que tenía perfecto derecho a presentarle —sobre todo a la baronesa— mis excusas, tanto más cuanto que en los últimos tiempos me encontraba enfermo, deprimido y, digámoslo así, de un humor caprichoso. Sin embargo, el barón, al dar este paso tan ofensivo para mí e insistir en que el general me pusiera de patitas en la calle, me había colocado en una situación tal que me impedía ya presentarle mis excusas, tanto a él como a la baronesa, porque él y ella y todo el mundo pensarían, sin ningún género de duda, que yo había ido a excusarme por miedo y para tratar de recuperar mi empleo. De todo ello resultaba que me veía ahora obligado a rogar al barón que me diera sus excusas en los más moderados términos, diciendo, por ejemplo, que en modo alguno había querido ofenderme. Y cuando el barón hubiese accedido a mi demanda, entonces, con las manos libres, le presentaría mis excusas sinceramente y de todo corazón.

—En resumen —concluí—: todo cuanto solicito es que el barón me deje las manos libres.

—¡Qué susceptibilidad y qué refinamientos! ¿Por qué excusarse? Vamos: convenga conmigo, *monsieur..., monsieur...,* en que usted complica todo esto con el deseo de disgustar al general. Es posible que le guíe alguna cuestión personal..., *mon cher monsieur... Pardon, j'ai oublié votre nom, monsieur Alexis, n'est-ce pas?*

—Permítame, *mon cher marquis*: todo esto ¿en qué le atañe a usted?

—*Mais le général...*

—¿Qué tiene que ver el general? Ayer me dijo que se ve obligado a mantenerse sobre no sé qué línea de conducta...

Parecía muy preocupado, pero yo no comprendí nada.

—Precisamente se trata de una circunstancia particular —replicó Des Grieux en tono suplicante, en que se adivinaba cada vez más que estaba enojado—. *Vous connaissez mademoiselle de Cominges?*

—¿Se refiere usted tal vez a Mademoiselle Blanche?

—Sí, *mademoiselle Blanche de Cominges...*, y *madame sa mère...* Reconocerá usted que el general... En una palabra: el general está enamorado..., y hasta es muy probable que la boda se celebre aquí. Piense lo que en una ocasión como esta significan los escándalos, los chismorreos...

—No veo nada de eso con respecto a este matrimonio.

—Pero *le baron est si irascible, un caractère prussien, vous savez, enfin il fera une querelle d'Allemand.*

—A mí, pero no a usted, puesto que yo no formo parte de la casa —me esforzaba en parecer lo más estúpido posible—. Pero permítame: ¿se ha decidido ya que Mademoiselle Blanche se case con el general? Entonces ¿qué están esperando? Quiero decir, ¿por qué se ocultan, al menos ante nosotros, ante la gente de la casa?

—No le puedo... Por otra parte no todo... Sin embargo..., usted ya sabe que esperan noticias de Rusia. El general ha de poner sus asuntos en orden.

—¡Ja, ja, ja! *¡La babulinka!*

El marqués me lanzó una mirada de rencor.

—En pocas palabras —me interrumpió—: cuento firmemente con su innata delicadeza, con su inteligencia y su tacto... Sé que hará usted eso por esta familia que le ha acogido como a un pariente, le ha mimado y considerado...

—Perdóneme, pero me han puesto de patitas en la calle. Usted me asegura ahora que ha sido por cubrir las apariencias, pero convendrá conmigo en que eso es igual que si le dijeran: «Naturalmente, no quiero tirarte de las orejas, pero permíteme que te tire de ellas para guardar las apariencias»... ¿No es lo mismo?

—Si es así, si ningún ruego puede conmoverle —comenzó, en tono arrogante—, permítame que le diga que se tomarán las medidas oportunas. Aquí hay autoridades; hoy mismo le expulsarán..., *que diable! Un blanc-bec comme vous* quiere provocar en duelo a un personaje tan importante como el barón. ¡Y supone usted que van a dejarle tranquilo! Tenga la seguridad de que nadie le teme aquí. Si le dirijo esta súplica, es más bien por mi propia voluntad, porque usted ha hecho que se preocupase el general. ¿Cómo puede creer usted que el barón no hará que un lacayo le eche tranquilamente?

—No seré yo quien vaya en persona —respondí, con absoluta tranquilidad—. Se equivoca usted, señor Des Grieux. Todo esto se llevará a cabo de la manera más correcta que pueda imaginarse. Ahora me voy a ver al señor Astley para rogarle que me sirva de intermediario, es decir, que sea mi *second*. Este caballero me aprecia y sin duda no se negará. Irá a ver al barón, y el barón le recibirá. Aunque yo sea un preceptor y aparentemente un subalterno, un ser sin defensa, el señor Astley es sobrino de un lord, un verdadero lord, todo el mundo lo sabe, de lord Peabroke, y ese lord está aquí. Tenga la seguridad de que el barón será cortés con el señor Astley y le escuchará. Si no lo hace, el señor Astley considerará esto como una ofensa personal (ya sabe usted cómo son los ingleses). Enviará uno de sus amigos al barón, y los tiene muy buenos. Como ve, el desenlace puede ser muy distinto del que usted imaginaba.

El francés estaba francamente asustado. De hecho todo esto rozaba muy de cerca la verdad, y realmente parecía que yo me hallaba en condiciones de armar un escándalo.

En tono suplicante me dijo:

—No haga nada de eso, se lo ruego. Cualquiera creería que tiene usted interés en provocar un escándalo. Porque no es una reparación lo que quiere, sino un escándalo. Todo esto será divertido, ingenioso incluso, y hasta es posible que lo logre usted, pero..., en una palabra —terminó, al ver que me levantaba y cogía el sombrero—: he venido para hacerle entrega de estas líneas de una persona... Me ha rogado que espere la contestación.

Sacó del bolsillo un pliego doblado y sellado y me lo entregó.

La mano de Polina había escrito:

«Parece que usted proyecta llevar esta historia más lejos. Se ha enfadado y empieza a hacer chiquilladas. Pero hay circunstancias particulares que acaso yo le explique algún día. Por favor, sea usted razonable. ¡Qué estupidez es todo esto! Le necesito a usted y ha prometido obedecerme. Acuérdese del Schlangenberg. Le pido que sea obediente, y, si es preciso, le doy la orden de que lo sea. Suya,

P.

»P.S.: Si se ha molestado conmigo por lo que sucedió ayer, perdóneme.»

Me pareció que todo bailaba ante mis ojos cuando leí estas líneas. Mis labios palidecieron y me eché a temblar. El maldito francés había adoptado un aire de discreción y volvía los ojos hacia otro lado, como si no quisiera ver mi desconcierto. Habría preferido que se riera en mis barbas.

—Bueno: diga a la señorita que se tranquilice —dije—. Sin embargo, permítame que le haga una pregunta —añadí bruscamente—: ¿Por qué ha esperado tanto tiempo para entregarme esta nota? En vez de decir tonterías debió usted haber empezado por ella..., si realmente vino para cumplir este encargo.

—¡Oh! Quise... En realidad todo esto es tan extraño que usted sabrá disculpar mi natural impaciencia. Quería saber lo antes posible, y a través de sus propias palabras, cuáles eran sus intenciones. Por otra parte ignoro lo que dice esa nota, y pensé que siempre estaría a tiempo de entregársela.

—Ya. Comprendo: le dieron la orden de que sencillamente me la diera solo como último remedio, y que no lo hiciera si podía solucionar el asunto de viva voz. ¿No es esto? Señor Des Grieux, ¡respóndame con franqueza!

—*Peut-être* —dijo, afectando una gran reserva y mirándome con extraña curiosidad.

Cogí el sombrero, él me hizo un saludo con la cabeza y salió. Creí distinguir en sus labios una sonrisa burlona. ¿Cómo podía ser de otro modo?

—Ya arreglaremos cuentas, lechuguino; mediremos nuestras fuerzas —murmuré mientras bajaba la escalera.

Aún no podía poner mis ideas en orden. Me parecía que me habían dado un mazazo. El aire fresco me sentó bien.

En cuanto —dos minutos más tarde— pude empezar a reflexionar, dos ideas se me ocurrieron claramente: la primera era que una diversión pueril y algunas amenazas absurdas pronunciadas el día anterior por un muchacho habían provocado una «universal» alarma. La segunda fue: ¿qué influencia tiene ese francés sobre Polina? Una palabra suya... y ella hace todo lo que sea, escribe una carta, llega incluso a rogarme. Indudablemente sus relaciones, desde el instante en que los conocí, habían sido para mí siempre un enigma. Pero, no obstante, en estos últimos días había yo observado en Polina una auténtica repulsión, incluso desprecio por su parte, hacia el francés. En cuanto a él, ni la miraba siquiera, y se comportaba con ella muy groseramente. Así lo había advertido yo. Ella misma me había confesado su aversión. Había dejado escapar dos confesiones tremendamente significativas. No hay duda de que él la tiene dominada, la tiene bajo su férula.

VIII

En el «paseo», como aquí lo llaman, es decir, en la alameda de los castaños, encontré al inglés.

Al verme exclamó:

—¡Oh, oh! Yo iba a su casa y usted a la mía. ¿Así que ha dejado a sus amigos?

—Ante todo, ¿cómo es que sabe usted todo esto? —le pregunté asombrado—. ¿O acaso lo sabe ya todo el mundo?

—¡Oh, no! ¡Todo el mundo no! No vale la pena. Nadie habla de esto.

—Entonces ¿cómo lo ha sabido usted?

—Lo sé, o mejor dicho, he tenido ocasión de saberlo. ¿Adónde irá usted ahora? Le aprecio, Alexis, y por eso iba a verle.

—Señor Astley, es usted extraordinario —le dije. Estaba todavía asombrado: ¿cómo se había enterado?—. Como aún no he tomado café, y usted sin duda ha desayunado mal, vamos al casino. Fumaremos, se lo contaré todo y... Usted también tendrá algo que contar.

El café estaba a cien pasos. Nos instalamos cómodamente, nos sirvieron y encendí un cigarrillo. Astley, que no fumaba, se dispuso a escucharme mirándome fijamente.

—No me voy a ningún sitio. Me quedo aquí —comencé.

—Estaba seguro de que se quedaría —me dijo él, en tono aprobador.

Cuando me dirigía a ver al señor Astley no tenía la menor intención de hablarle de mi amor por Polina. Incluso quería evitar ese tema. En aquellos últimos días no le había dicho una palabra. Y además él era muy tímido. Me di cuenta en seguida de que Polina le había causado una muy viva impresión, pero él jamás pronunció su nombre. Cosa extraña: en cuanto se hubo sentado y fijó en mí su apagada e insistente mirada, tuve, Dios sabe por qué, el deseo de contárselo todo, es decir, todo mi amor, con todos sus matices. Hablé durante media hora y esto me hizo mucho bien: era la primera vez que hacía a alguien confidente de ello. Habiendo observado que él se turbaba en los puntos particularmente apasionados, aumenté intencionadamente el ardor de mi relato. Hay algo de lo que me arrepiento: quizás he hablado demasiado del francés.

Sentado frente a mí, Astley me escuchaba inmóvil, sin pronunciar palabra o sonido alguno, fijos los ojos en los míos. Pero cuando hice alusión al francés me irrumpió bruscamente y con voz severa me preguntó si yo tenía derecho a mencionar esta circunstancia secundaria. Astley tiene siempre una manera muy rara de hacer preguntas.

—Tiene usted razón: me temo que no —repuse.

—Sobre la señorita Polina y el marqués ¿no puede decir nada en concreto, aparte de manifestar simples suposiciones?

—No, nada en concreto, claro está —respondí.

—Si es así, usted se ha equivocado no solo al hablarme de esto, sino incluso al pensar en ello.

—Bueno, bueno; estoy de acuerdo. Pero por el momento no se trata de esto —le interrumpí, sorprendido.

Entonces le conté lo ocurrido el día anterior, con todo detalle: la ocurrencia de Polina, mi aventura con el barón, mi despido, la cobardía del general, y finalmente le conté con minuciosidad la visita de Des Grieux. Como remate le tendí la carta.

—¿Qué deducción saca de todo esto? —le pregunté—. Iba a verle precisamente para preguntarle su opinión. Por lo que a mí respecta, gustosamente mataría a ese lechuguino francés, y tal vez lo haré.

—Y yo también —dijo Astley—. Por lo que se refiere a Polina..., ya sabe usted que muchas veces nos relacionamos con personas a quienes aborrecemos, si la necesidad nos obliga a hacerlo. Es posible entonces que haya relaciones que usted ignore y que dependen de circunstancias accidentales. Creo que puede usted estar tranquilo..., en parte, naturalmente. En cuanto a su acción de ayer, es evidentemente extraño no porque ella haya querido deshacerse de usted exponiéndole al bastón del barón (y aún no comprendo cómo no echó mano de él, puesto que lo tenía), sino porque una ocurrencia de esa clase es indecente para..., para una muchacha tan noble. Evidentemente ella no pudo imaginar que realizara tan caprichosa travesura.

Mirando atentamente a Astley le pregunté de pronto:

—¿Sabe una cosa? Tengo la impresión de que usted ya conocía todo esto, y ¿sabe por quién? Por la propia Polina.

Astley me miró asombrado.

—En el brillo de sus ojos veo que recela —dijo, recobrando la calma inmediatamente—. No tiene usted el menor derecho a dejar entrever sus recelos. Yo no puedo reconocerle tal derecho y me niego rotundamente a responder a su pregunta.

—Bueno; ¡dejémosla! Además creo que es inútil —exclamé, enormemente agitado, sin comprender cómo se me había ocurrido eso.

¿Y cuándo, dónde y cómo había sido elegido Astley como confidente de Polina? En los últimos tiempos he tenido algo perdido de vista a Astley. En cuanto a ella, siempre sería un enigma para mí, hasta tal extremo que ahora, por ejemplo, decidido a contar a Astley toda la historia de mi amor, me sorprendía, en el momento de abordar mi relato, no poder decir nada concreto ni casi positivo de mis relaciones con Polina. Por el contrario, todo era fantástico, extraño, inconsistente, y no se parecía a nada.

—Bueno: veo que he perdido el hilo de la conversación, y quedan muchas cosas aún sobre las que no estoy en condiciones de reflexionar —respondí casi anhelante—. Además es usted un hombre extraordinario. Pasemos ahora a otro tema. No voy a pedirle un consejo, sino su opinión.

Tras un breve silencio continué:

—¿Por qué cree usted que el general tiene tantísimo miedo? ¿Por qué han hecho un drama de mi inocente chiquillada? Han llegado hasta el punto de que el propio marqués ha considerado indispensable intervenir, y él solo hace eso en gravísimas circunstancias. Ha venido a verme, y él, Des Grieux, me ha rogado y suplicado...

Fíjese, además, que fue a verme poco antes de las nueve y ya llevaba en el bolsillo la carta de la señorita Polina. ¿Cuándo la había escrito? Se lo podría preguntar. ¿Acaso la despertaron a propósito? Además deduzco de ello que la señorita Polina es su esclava (¡porque me ha pedido perdón a mí!), y por otra parte ¿qué papel representa ella en todo esto, ella personalmente? ¿Por qué se toma tantísimo interés? ¿Por qué tienen miedo del primer barón que llega? ¿Acaso esto puede hacer que el general se case con Mademoiselle Blanche? Dicen que hay que proceder de una «manera especial» por dicha circunstancia, pero reconozcamos que ¡es demasiado especial! Veo en sus ojos que de todo esto usted sabe mucho más que yo.

—Sí, realmente creo que, también sobre esto, sé yo mucho más que usted —me dijo—. Pero todo esto solo concierne a Mademoiselle Blanche, y estoy convencido de que es la única verdad.

—¿Qué tiene que ver en este asunto Mademoiselle Blanche? —pregunté impaciente. De pronto esperé descubrir algo sobre Polina.

—Creo que Mademoiselle Blanche tiene en este momento un particular interés en evitar a toda costa un encuentro con el barón y la baronesa, y con mayor razón un encuentro desagradable y, lo que aún es peor, escandaloso.

—¡No me diga!

—Mademoiselle Blanche viene a Roulettenburg, desde hace dos años, durante la temporada. Yo también estaba al principio. Entonces no se llamaba *mademoiselle de Cominges*, y su madre, *madame veuve Cominges*, no existía. Al menos no se hablaba de ella. Tampoco estaba Des Grieux. Tengo la íntima seguridad de que no solo no son parientes, sino que se conocen desde hace poco tiempo. Des Grieux es un marqués de nuevo cuño; una circunstancia me ha dado esta seguridad. Incluso se puede suponer que no hace mucho tiempo que se llama Des Grieux. Aquí conozco a alguien que le ha conocido con otro nombre.

—Sin embargo posee un gran número de importantes relaciones.

—Es posible. También Mademoiselle Blanche puede tener amigos. Pero hace dos años fue, a ruegos de esa misma baronesa, invitada a abandonar la ciudad... por la policía. Y lo hizo.

—¿Cómo ocurrió?

—Al principio apareció por aquí con un italiano, un príncipe de histórico nombre, Barberini o algo así, un hombre cargado de sortijas y de brillantes auténticos. Daban sus paseos en un coche deslumbrante. Mademoiselle Blanche jugaba al *trente et quarante*. Al principio ganó. Luego, por lo que creo recordar, cambió. Hubo una tarde que perdió una cantidad fabulosa. Pero lo peor fue que un *beau matin* su príncipe desapareció, y nadie supo adónde fue: los coches, los caballos, todo desapareció. Ella debía cantidades fabulosas al hotel. Mademoiselle Zelma (de Barberini se transformó bruscamente en Mademoiselle Zelma) estaba en el colmo de la desesperación. Sollozaba y gritaba por todo el hotel y, en su cólera, se desgarraba los vestidos. Había entonces en el hotel un conde polaco (todos los polacos que viajan son condes), y Mademoiselle Zelma, desgarrándose el traje y arañándose el rostro como una gata con sus lindas manos blancas y perfumadas, le causó cierta impresión. Tuvieron una charla, y a la hora de comer ya se había consolado. Por la noche hizo su entrada en el casino cogida de su brazo. Mademoiselle Zelma, como tenía por costumbre, reía a carcajadas y se mostraba más desenvuelta en sus modales. Inmediatamente se situó en esa categoría de damas acostumbradas a la ruleta que, para abrirse paso hacia la mesa, apartan a un jugador con el hombro para hacerse sitio. Es un *chic* especial de las damas de aquí. Sin duda usted ya lo habrá observado.

—¡Oh, sí!

—Pero esto no vale la pena. A pesar del público decente, aquí se las soporta, por lo menos a aquellas que cada día cambian billetes de mil francos. Pero en cuanto dejan de cambiarlos se les ruega que se marchen. Mademoiselle Zelma siguió cambiándolos, pero fue todavía más desgraciada en el juego. Piense usted que frecuentemente estas damas suelen ser afortunadas en el juego y poseen un extraordinario dominio de sí mismas. Y aquí termina mi historia. Un día el conde desapareció, igual que el príncipe. Y aquella noche Mademoiselle Zelma jugó sola. Esta vez nadie le ofreció el brazo. Todo lo que poseía lo perdió en cuarenta y ocho horas. Cuando hubo jugado y perdido su último luis de oro miró a su alrededor y vio a su lado al barón Wurmerhelm, que la miraba con profunda indignación. Pero ella no sabía distinguir la indignación y, dirigiéndose a él con una equívoca sonrisa, le pidió que pusiera por ella diez luises de oro al rojo. En consecuencia, a una queja de la baronesa fue invitada a no comparecer por el casino. Le sorprenderá que yo conozca todos estos detalles, mezquinos e indecorosos, pero ha de saber que me los transmitió el señor Fieder, un pariente mío que aquella misma noche llevó a Spa a Mademoiselle Zelma en su coche. Ahora comprenderá que Mademoiselle Blanche quiera ser generala, sin duda para no recibir en adelante invitaciones como aquella. Ya no juega, pero es porque ahora, según todos los indicios, tiene un capital que ha prestado con intereses a los jugadores de aquí. Es mucho más prudente. Incluso sospecho que el desdichado general es uno de sus deudores. Es posible que Des Grieux le deba también dinero. A menos que no sea su socio. Reconocerá que, por lo menos hasta que se haya casado, no quiera atraer sobre sí la atención del barón y la baronesa. En una palabra: es un escándalo que puede perjudicarla en la situación en que se encuentra. Usted está vinculado a su casa, y sus actos pueden provocar un escándalo, tanto más cuanto que cada día ella se muestra en público del brazo del general o de la señorita Polina. ¿Lo ha comprendido ahora?

—No, en absoluto —exclamé, asestando un puñetazo sobre la mesa que hizo acudir al asustado camarero—. Dígame, señor Astley —proseguí, lleno de furor—: si usted conocía ya toda esa historia y sabía perfectamente quién era Mademoiselle Blanche, ¿cómo no me puso en guardia a mí o al general, y sobre todo a la señorita Polina, que aparece aquí, en el casino, en público, del brazo de ella? ¿Cómo es posible?

—No podía prevenirle porque usted nada podía hacer —me contestó tranquilamente Astley—. Además, ¿contra qué podía prevenirle? Tal vez el general sepa mucho más que yo sobre ella, y esto no impide que se pasee cogido de su brazo y con la señorita Polina. El general es un desdichado. Ayer vi a Mademoiselle Blanche pasear en un magnífico caballo acompañada del señor Des Grieux y de ese principito ruso, y el general iba tras ellos en un alazán. Por la mañana se había lamentado de que le dolían las piernas, y sin embargo se mantuvo firme en la silla. En ese preciso momento se me ocurrió de repente la idea de que era un hombre definitivamente perdido. Por lo demás nada de esto me incumbe, y hace muy poco tiempo que conozco a la señorita Polina. Por si fuese poco —dijo de pronto el inglés—, yo le he dicho ya a usted que no podía reconocerle el derecho de hacerme según qué preguntas, aunque sienta hacia usted una amistad sincera.

—Basta —dije, levantándome—; ahora veo con claridad que la señorita Polina también sabe a qué atenerse sobre Mademoiselle Blanche, pero que no puede separarse de su francés y que por eso acepta pasear con ella. Tenga la seguridad de que ninguna otra influencia la obligaría a pasearse con esa mujer y a suplicarme en una carta que no me metiera con el barón. Precisamente en esto hemos de ver esa influencia, ante la cual todo se inclina. Y sin embargo fue ella precisamente la que me lanzó contra el barón. ¡Cielos! ¡No comprendo nada!

—En primer lugar olvida usted que esa señorita de Cominges es la prometida del general, y en segundo, que la señorita Polina, la hijastra del general, tiene un hermano y una hermana más jóvenes, hijos del general, a quienes ha abandonado ese insensato por completo y sin duda arruinado también.

—Sí, sí, exactamente; dejar a esos niños equivale a abandonarlos por completo. Quedarse es defender sus intereses y quizá salvar un pellizco de su fortuna. Sí, sí, todo esto es verdad; pero, de todos modos... ¡Oh, comprendo por qué todos se interesan tanto por la abuela!

—¿Por quién? —preguntó Astley.

—Por esa vieja bruja de Moscú que no se decide a morir. Esperan el telegrama que les anuncie su fallecimiento.

—Naturalmente: todo el interés está concentrado sobre ella. Todo depende de la herencia. En cuanto se resuelva eso, el general se casa. Polina tendrá también las manos libres, y Des Grieux...

—¿Des Grieux, qué?

—Cobrará lo que se le debe. Es todo lo que espera.

—¿Lo cree así?

—No lo sé —dijo Astley, y se encerró en un obstinado silencio.

—Pues yo sí lo sé —repetí, furioso—. También espera la herencia, porque Polina recibirá una dote, y en cuanto la reciba echará los brazos al cuello del francés. ¡Todas las mujeres son iguales! Las más orgullosas se convierten en esclavas de los más viles. Polina no puede amar sino con pasión, eso es todo. Esta es mi opinión. Mírela sobre todo cuando está sentada, sola y pensativa: parece predestinada, condenada, víctima propiciatoria de todos los horrores de la vida y de la pasión... Ella..., ella... Pero ¿quién me llama? He oído una voz que decía en ruso: «¡Alexis Ivanovich!» Es una voz de mujer. ¿No la oye?

En aquel momento nos acercábamos a nuestro hotel. Casi sin darnos cuenta habíamos salido, hacía rato, del café.

—He oído una voz de mujer, pero no sé a quién llamaba: hablaba en ruso. Ahora veo quién llamaba —dijo Astley, extendiendo una mano—. Es aquella mujer sentada en un sillón, a quien todos aquellos lacayos han sacado a la terraza. Detrás de ella van un gran número de baúles, señal de que acaba de llegar.

—Pero ¿por qué me llamaba? Empieza a gritar. ¿Lo ve? Nos hace señas con la mano.

—Sí, ya lo veo —dijo Astley.

—¡Alexis Ivanovich! ¡Alexis Ivanovich! ¡Oh Dios mío, qué estúpido!

Estas exclamaciones, pronunciadas con voz aguda, nos llegaron desde la terraza del hotel.

Corrimos casi hasta la escalinata. Subí los peldaños...

El estupor paralizó mis miembros, y mis pies parecieron clavarse en el suelo.

IX

En el rellano superior de la amplia escalinata adonde la habían conducido en su sillón, rodeada de lacayos, de criados y de la innumerable y obsequiosa servidumbre del hotel, en presencia del *maître*, que había acudido a recibir esta visita de tanta trascendencia que llegaba de manera tan bulliciosa, con sus criados y un montón de baúles y maletas, clamaba la abuela. Sí, era ella, la terrible y rica Antonina Vassilievna Tarassevich, de setenta y cinco años, propietaria y gran dama de Moscú, la *babulinka* objeto de esas idas y venidas de telegramas, moribunda y siempre viva y que, repentinamente, surgía entre nosotros, como el que no quiere la cosa.

Privada del uso de las piernas, era llevada en butaca, como siempre desde hacía cinco años, pero según su costumbre estaba alerta, se mostraba agresiva y satisfecha de sí misma, se mantenía erguida, hablaba en voz alta y con verdadero tono de mando ordenaba a todo el mundo. En resumen: era tal cual yo había tenido el honor de verla dos veces en mi vida en la época en que entré como preceptor en la casa del general. No era de extrañar, pues, que me quedase ante ella petrificado por la sorpresa. Con sus ojos de lince me había visto a cien pasos mientras la colocaban en su butaca, me había reconocido y llamado por mi nombre y apellido, que, como de costumbre, se le habían quedado bien grabados en la mente.

«¿Y a una mujer así esperan ver en la tumba y dan su herencia por segura? —pensé—. Es ella quien nos enterrará a todos, incluso a la gente del hotel. ¡Señor! ¿Qué les va a suceder ahora a los demás? ¿Qué hará ahora el general? ¡Ella va a poner la casa patas arriba!»

—Bien, querido: ¿qué te pasa que estás ahí como un pasmarote, con los ojos como platos? —me gritó la abuela—. ¿No sabes saludar ni dar los buenos días? ¿Acaso eres demasiado orgulloso para esto? —Luego, dirigiéndose a un viejecito de blancos cabellos, con traje y corbata también blancos y rosada calva, su mayordomo, que la acompañaba en el viaje, dijo—: ¿Comprendes, Potapich, que no nos reconozca? ¡Ya me habían enterrado! Enviaban telegrama tras telegrama: «¿Ha muerto? ¿No ha muerto?» ¡Porque lo sé todo! Y ya ves cómo todavía me corre la sangre por las venas.

—Por favor, Antonina Vassilievna, ¿por qué había yo de desearle ningún mal? —respondí alegremente una vez hube recuperado el ánimo—. Tan solo estoy sorprendido... ¿Y cómo no estarlo? ¡Ha sido tan inesperado!...

—¿Por qué tienes que sorprenderte? Me metí en un vagón y he venido. Se viaja bastante bien, no hay apreturas. ¿Ibas de paseo?

—He dado una vuelta por el casino.

—Se está bien aquí —dijo la abuela mirando a su alrededor—. El clima es cálido y los árboles magníficos. ¡Lo que a mí me gusta! ¿Y mi gente? ¿Y el general?

—A estas horas están todos en sus habitaciones.

—¿También aquí cumplen sus horarios y sus convencionalismos? ¡Vaya tono que se dan! Según me han dicho, *les seigneurs russes* tienen un coche. Después de haber malgastado su fortuna se han largado al extranjero. ¿También está Prascovia con ellos?

—Sí, Polina Alexandrovna está también aquí.

—¿Y el francés? Pero ya los veré a todos. Alexis Ivanovich, llévame a ver al general. Y tú ¿estás bien aquí?

—Muy bien, Antonina Vassilievna.

—Potapich, di a ese camarero bobo que me dé una habitación cómoda, agradable, en el primer piso, y que lleven allí mi equipaje. Pero ¿por qué se desviven todos en llevarme? ¿Qué los hace apresurarse así? ¡Qué servilismo! ¿Quién es el que está contigo? —preguntó, dirigiéndose a mí otra vez.

—Es el señor Astley —contesté.

—¿Qué señor Astley?

—Un buen amigo mío. También conoce al general.

—Un inglés. Por eso me mira tan atentamente sin decir una palabra. Además me gustan los ingleses. Bueno: llevadme arriba, llevadme en seguida a sus habitaciones. ¿Dónde se han instalado?

Levantaron a la abuela; yo la había precedido y subía la amplia escalera del hotel. Nuestra comitiva causó sensación. Todos aquellos con quienes nos cruzábamos se paraban para mirarnos descaradamente. Nuestro hotel está considerado como el más bello, el más caro, el más aristocrático de la ciudad. En la escalera, en los pasillos, uno se cruza siempre con damas hermosas e ingleses importantes. Muchos fueron a pedir informes al *maître*, que, por su parte, se hallaba muy impresionado. A todos los que le preguntaban respondía con naturalidad, diciendo que era una extranjera de categoría «*une Russe, une comtesse, grande dame*», y que iba a ocupar las habitaciones que ocho días atrás había ocupado la *grande-duchesse* de N... El aire imperioso y dominante de la abuela, sentada en su butaca, causaba una profunda sensación. Cada vez que alguien se cruzaba con ella la anciana lo examinaba de la cabeza a los pies, con mirada escrutadora, haciéndome preguntas en voz alta sobre todo el mundo. Poseía un temperamento enérgico, y aunque permaneciera en su sillón se adivinaba al mirarla que era de gran estatura. Siempre estaba erguida como una i, sin apoyarse en el respaldo. Levantaba su gran cabeza de cabellos blancos y rasgos fuertes y definidos. Miraba con aire altivo y provocador. Se veía que tanto sus ademanes como su mirada eran completamente naturales. A pesar de sus setenta y cinco años, su rostro conservaba todavía la frescura y sus dientes no estaban estropeados por completo. Llevaba un traje negro, de seda, y un sombrero blanco.

Astley, que subía a mi lado, me susurró:

—Me interesa enormemente.

«Sabe lo de los telegramas —pensé—, conoce a Des Grieux, pero me parece que ignora a Mademoiselle Blanche.»

Llamé aparte a Astley.

Le confesé, para vergüenza mía, que, una vez se hubo disipado mi asombro, me regocijaba mucho por el golpe que íbamos a dar en aquel instante al general. Me producía un efecto estimulante, y, muy alegre, caminaba a la cabeza del grupo.

Los nuestros tenían sus habitaciones en el tercer piso. Sin avisar ni llamar abrí por completo la puerta, y la abuela hizo una entrada triunfal.

Todos, como a propósito, estaban reunidos en el gabinete del general. Era mediodía y, según me pareció, proyectaban una excursión todos ellos, unos en coche y otros a caballo. Tenían algunos invitados. Además del general, los niños, su nodriza y Polina se hallaban en el gabinete Des Grieux, Mademoiselle Blanche, otra vez vestida de amazona, su madre la señora viuda de Cominges, el principito y un sabio alemán a quien ya había visto una vez con ellos.

Llevaron la butaca de la abuela hasta el centro del gabinete, a tres pasos del general. ¡Dios mío! ¡Jamás olvidaré la impresión que produjo!

En el momento que entrábamos estaba el general contando algo, y Des Grieux le replicaba. Hay que observar que Mademoiselle Blanche y Des Grieux se mostraban desde hacía muchos días muy solícitos con el principito *à la barbe du pauvre général*, y la reunión había adoptado un tono un tanto ficticio, aunque divertido, íntimo y cordial.

Al ver ante sí a la abuela, el general se quedó con la boca abierta, pero sin ser capaz de decir nada. La miraba con ojos desorbitados, como fascinado por la visita de un basilisco. Ella le contemplaba también sin decir palabra, inmóvil, pero con una mirada de triunfo, provocadora y burlona. Permanecieron unos segundos observándose entre el general silencio. Des Grieux se quedó primero atónito, pero poco a poco su rostro reflejó la tremenda inquietud que le embargaba. Mademoiselle Blanche frunció las cejas; con la boca entreabierta miraba a la abuela con aire estúpido. El príncipe y el sabio contemplaban a todos, intrigadísimos. En la mirada de Polina se reflejaba el asombro y la perplejidad; de repente palideció, y al cabo de unos segundos la sangre afluyó a su rostro, haciendo enrojecer sus mejillas. Sí, para todo el mundo era una catástrofe.

Yo seguía mirando a la abuela y a todos los demás. Astley, como de costumbre, se mantenía aparte, tranquilo y digno.

—¡Bueno! Ya estoy aquí. He venido en lugar del telegrama —dijo finalmente la abuela, rompiendo el silencio reinante—. No me esperabais, ¿verdad?

—¡Antonina Vassilievna..., querida tía..., qué casualidad! —murmuró el infeliz general.

Si la abuela hubiese tardado unos segundos más en hablar, le habría dado un ataque.

—¿Cómo qué casualidad? ¡Me metí en un vagón y aquí estoy! ¿Para qué sirven, si no, los ferrocarriles? Todos pensaríais que había salido con los pies por delante y que os dejaba la herencia, ¿no es eso? Porque ya sé que has mandado telegramas. Debieron costarte muy caros. Esta no es una ciudad barata. Pero me he liado la manta a la cabeza y ¡aquí estoy! ¿Ese es el francés? ¿No es el señor Des Grieux?

—*Oui, madame* —respondió Des Grieux—, *et croyez que je suis si enchanté... Votre santé..., c'est un miracle... vous voir ici... Une suprise charmante...*

—Sí, sí, *charmante*; pero ya te conozco, farsante, y a mí no me la das —dijo, mostrándole el dedo meñique—. ¿Y esa quién es? —prosiguió, señalando a Mademoiselle Blanche. Evidentemente la francesa, vestida de amazona, le había llamado la atención—. ¿Es de aquí?

—Es Mademoiselle Blanche de Cominges, y esta es la señora de Cominges, su madre. Viven en nuestro hotel —expliqué yo.

La abuela, sin muchos cumplidos, preguntó:

—¿Está casada?

—No —repuse lo más respetuosamente que pude, bajando la voz con intención—, es una señorita.

—¿Alegre?

No comprendí la pregunta.

—¿No se aburre uno a su lado? ¿Sabe el ruso? En Moscú Des Grieux lo chapurreaba un poco.

Le dije que la señorita de Cominges no había estado nunca en Moscú.

—*Bonjour!* —dijo la abuela bruscamente, dirigiéndose, sin más preámbulos, a Mademoiselle Blanche.

—*Bonjour Madame* —respondió la francesa, con una ceremoniosa reverencia, dejando entrever, bajo la apariencia de una extremada cortesía, en la expresión de su rostro y de su persona, su asombro ante una pregunta y conducta tan extrañas.

—¡Oh! Baja la vista y hace remilgos. Pronto se ve la clase de pájara que está hecha: es una actriz o algo parecido. Me quedo en este hotel, en el piso de abajo —dijo, volviéndose bruscamente hacia el general—. Vamos a ser vecinos. ¿Estás o no contento?

—¡Oh, tía! Crea en mis sinceros sentimientos... de satisfacción —replicó el general. Ya se había repuesto un tanto, y como cuando llegaba el caso sabía encontrar los graves términos que convenían a una determinada circunstancia, comenzó a perorar—. Nos tenías tan alarmados, tan trastornados debido a las noticias de tu indisposición...

Habíamos recibido noticias tan pesimistas, y de pronto...

La abuela le interrumpió:

—¡Mientes, mientes!

—¿Cómo —la atajó a su vez el general, elevando la voz y simulando no haberla comprendido—, cómo se decidió a realizar viaje semejante? Estará de acuerdo conmigo en que a sus años y con su quebrantada salud... Al menos todo esto es tan inesperado que nuestro asombro es comprensible. Pero estoy tan contento... Todos nos vamos a esforzar —y sonrió con una expresión de tierna alegría— para hacerle su estancia aquí lo más agradable posible...

—Bueno, basta. Esto son ganas de hablar por no callar, palabrería inútil, como de costumbre. Ya sabré yo arreglármelas para pasar el rato. Además no os quiero mal, no os guardo ningún rencor. Me preguntabas cómo me había decidido a emprender este viaje. Pues te diré que de la manera más sencilla. ¿Sorprende esto a todos ustedes? ¡Hola, Polina! ¿Qué haces aquí?

Polina se aproximó:

—Buenos días, abuela. ¿Ha estado mucho tiempo de viaje?

—¡Vaya! Esta es al menos una pregunta inteligente, en lugar de todos esos «¡Oh!» y «¡Ah!». Bueno: el caso es que hacía una eternidad que estaba en cama y que me hacía cuidar. Mandé entonces al diablo a todos los médicos y llamé al sacristán de San Nicolás. Él ya había curado con polvos de heno a una mujer que tenía mi enfermedad. Y a mí me ha aliviado también. A los dos días empecé a sudar por todo el cuerpo y me levanté. Luego mis alemanes volvieron a reunirse, se calaron los lentes y deliberaron: «Si hace usted una cura de aguas en el extranjero, me dijeron, la obstrucción desaparecerá por completo.» «¿Por qué no?», pensé. Los Dour-Zajiguin empezaron a dar gritos: «¡Es una locura ir allí!» Pero yo lo tenía decidido. Mis maletas estuvieron listas en un día, y la semana pasada tomé a una doncella y a Potapich, y envié a Fedor a Berlín porque comprendí que ya no tenía necesidad de él y que muy bien podía viajar sola... Tomé un compartimiento especial. En todas las estaciones encuentras portadores que por veinte copecks te llevan adonde quieras... —Y concluyó, mirando en torno suyo—: ¡Qué bonitas habitaciones tenéis! Querido, ¿de dónde has sacado el dinero? Si no me equivoco lo tienes todo hipotecado. Seguro que a ese francesito le debes un montón de dinero. Lo sé todo; no te disgustes; estoy enterada de todo.

—Tía... —comenzó el general, lleno de confusión—, estoy sorprendido... Creo que puedo, sin la fiscalización de nadie... Además mis gastos no superan mis medios, y aquí nosotros...

—No sobrepasan tus medios... ¡Qué osadía tienes! De manera que has despojado a tus hijos del dinero que les quedaba, tú, su tutor.

—Después de tales palabras... —replicó el general, indignado—. No sé...

—¿Qué es lo que no sabes? ¡Imagino que no dejas la ruleta! Estás a dos velas.

El general estaba tan asustado que parecía a punto de estallar por la emoción.

—¿Yo, la ruleta? ¡Un hombre de mi categoría!... Tía, serénate; no estás bien del todo...

—Eso son solo mentiras. Apostaría a que no puedes salir de ahí. Estás diciendo insensateces. Hoy mismo iré a ver qué es esa ruleta. Polina, dime lo que hay para ver aquí. Alexis Ivvanovich me acompañará. Tú, Potapich, haz una lista de todos los sitios que merecen ser visitados. —Y volviéndose a Polina le preguntó otra vez—: ¿Qué hay que ver por aquí?

—En los alrededores, las ruinas de un castillo; luego el Schlangenberg.

—¿Qué es eso? ¿Un bosque?

—No, una montaña. Hay una *pointe*...

—¿Qué es una *pointe*?

—La cima de una montaña. La han rodeado de un espeso seto. La vista desde allí es incomparable.

—¿Habría que llevar hasta allí mi sillón? ¿Te parece que se podrá?

—Naturalmente. Pueden encontrarse porteadores —repuse.

En aquel momento Fedosia, la nodriza, llegó a saludar a la abuela. Traía a los hijos del general.

—¡Ah! ¡Nada de besuqueos! No me gusta besar a los niños. Están sucios. ¿Cómo estás aquí, Fedosia?

—Aquí se está muy bien, señora —respondió Fedosia—. Y a usted ¿cómo le ha ido? Nos tenía a todos muy preocupados.

—Lo sé. Tú por lo menos eres una alma sencilla. ¿Todos estos son vuestros invitados? —dijo, dirigiéndose otra vez a Polina—. ¿Quién es ese canijo de las gafas?

—El príncipe Nilski, abuela —dijo Polina en voz baja.

—¡Ah! ¿Un ruso? Creí que no me comprendería. Tal vez no me haya entendido. Ya he visto al señor Astley. Pero observo que está aquí —dijo la abuela al verle—. Buenos días —añadió, dirigiéndose a él.

El inglés, sin decir nada, se inclinó.

—Veamos: ¿qué frase agradable va a decirme usted? Diga algo. Polina, tradúceselo.

Polina lo hizo.

—Le diré que tengo un gran placer en verla y que estoy muy contento de que disfrute usted de buena salud —respondió Astley seriamente pero con solicitud extrema.

Traducidas estas palabras, a la abuela le gustaron visiblemente.

—¡Estos ingleses siempre tienen respuesta para todo! No sé por qué siempre me han gustado los ingleses. No pueden compararse con los franceses. Venga a verme —dijo a Astley—. Procuraré no aburrirle demasiado. Tradúcele esto y dile que vivo aquí en el primer piso. En el primer piso, ¿comprende? Abajo —repitió a Astley, señalando el suelo con el dedo.

Al inglés le encantó la invitación.

La anciana envolvió a Polina de pies a cabeza en una atenta y satisfecha mirada.

De pronto dijo:

—Te querré, Polina. Eres una buena muchacha, la mejor de todos, pero tienes un carácter... Yo también lo tengo... Vuélvete un poco. ¿Llevas postizos en la cabeza?

—No, abuela, el pelo es mío.

—¡Qué suerte! Me horroriza esa moda estúpida. Eres muy bonita. Si fuese un hombre joven me enamoraría de ti. ¿Por qué no te casas? Pero ya es hora de que me vaya. Tengo ganas de pasear después de tanto tiempo metida en el vagón. Bueno: ¿sigues enfadado? —preguntó al general.

—Tía, por favor, basta ya —replicó el general, ya recuperada la serenidad—. Comprendo que a sus años...

—*Cette vieille est tombée en enfance* —me murmuró Des Grieux.

—Quiero ver todo esto. ¿Me cedes a Alexis Ivanovich? —preguntó la abuela al general.

—Todo el tiempo que quieras, pero yo..., Polina y el señor Des Grieux... tendremos un gran placer en acompañarte.

—*Mais, madame, cela sera un plaisir...* —dijo Des Grieux con una encantadora sonrisa.

—¡Hum, un placer! ¡Qué gracia me haces, querido! Además —añadió de pronto la abuela dirigiéndose al general— no te daré dinero. Que me lleven a mis habitaciones. Voy a echarles una ojeada y en seguida nos vamos. ¡Llévenme!

De nuevo levantaron a la anciana, y todos en procesión bajamos por la escalera detrás de su sillón. El general caminaba aturdido, como si le hubiesen dado un mazazo. Des Grieux, pensativo. En un principio Mademoiselle Blanche quiso quedarse, pero luego consideró que sería mejor seguirnos. El príncipe iba pisándole los talones. En las habitaciones del general solamente se quedaron el alemán y la señora viuda de Cominges.

X

En los balnearios, y posiblemente en toda Europa, cuando los *maître d'hôtel* y los gerentes asignan una habitación a un cliente se inspiran menos en sus exigencias y deseos que en la opinión que se forman de él. Y hay que reconocer en su favor que muy pocas veces se equivocan. Pero solo Dios sabe por qué dieron a la abuela unas habitaciones tan fastuosas, pues esta vez sí que se pasaron de la raya: cuatro piezas magníficamente amuebladas, con cuarto de baño, dependencias para la servidumbre, habitación aparte para la doncella, etc. *Une grande-duchesse* había, efectivamente, ocupado aquellas habitaciones ocho días antes, y, como es natural, se apresuraron a comunicarlo a los nuevos ocupantes para dar mayor relieve e importancia al aposento. Transportaron, o mejor dicho, hicieron rodar a la abuela en su sillón por todas las habitaciones, que ella examinó severa y atentamente. En este reconocimiento de propietaria la acompañó el *maître*, un hombre de cierta edad y cráneo completamente calvo.

No sé por quién habrían tomado todos a la abuela. Sin duda por una persona de gran distinción y, sobre todo, muy rica. En el registro inscribieron: «*Madame la Générale, princesse de Tarassevicheva*», aunque la abuela no había sido jamás princesa. Su servidumbre, el compartimiento reservado, el montón de paquetes inútiles, de maletas e incluso de baúles que la acompañaban sirvieron sin duda alguna para dar prestigio a la anciana. Y el sillón, el tono mordaz y la voz de la abuela, sus preguntas impertinentes, hechas con desenvoltura y no soportando la menor réplica, en resumen, la figura toda de la abuela, erguida, brusca y autoritaria, acabaron por conquistarse la veneración de todos. Mientras pasaba revista a sus habitaciones la anciana hacía detener bruscamente su sillón, señalaba algún objeto del mobiliario y hacía inesperadas preguntas al *maître*, que sonreía respetuosamente pero que comenzaba a temblar. Ella le hacía las preguntas en francés, pero lo hablaba tan mal que yo tenía que traducir con frecuencia lo que decía. Las respuestas del *maître*, en su mayor parte, no le gustaban y le parecían parcas. Hacía, además, preguntas carentes de sentido, inspiradas siempre en la más exagerada fantasía. Por ejemplo, se detuvo bruscamente ante un cuadro: una copia muy mala de un original célebre, de tema mitológico.

—¿De quién es ese retrato?

El *maître* le respondió que seguramente se trataba del retrato de una condesa.

—¿Cómo? ¿No lo sabes? ¡Vives aquí y no lo sabes! ¿Por qué está aquí, entonces? ¿Por qué bizquea?

A ninguna de estas preguntas pudo responder el pobre hombre satisfactoriamente, ya que se hallaba aturdido.

—¡Es un imbécil! —dijo la abuela en ruso.

La llevaron a otro lado. El mismo incidente se repitió con una figurilla de Sajonia que la anciana contempló largo rato y dijo después que se la llevaran, sin que supiéramos por qué. Finalmente anonadó al *maître* preguntando cuánto valían las alfombras de la alcoba y adónde las fabricaban. Él, deferente, prometió que se informaría.

—¡Qué animales! —gruñó ella, y dedicó toda su atención al lecho—. Magnífico baldaquín. Deshaga la cama.

Deshicieron la cama.

—Más, más: deshágala del todo. Quite las almohadas, las fundas; saque el edredón.

Lo quitaron todo y la anciana lo examinó atentamente.

—Afortunadamente no hay chinches. Llévese toda la ropa de cama. Utilizaré la mía y mis almohadas. Además todo esto es demasiado lujoso. ¿Acaso a mi edad preciso de un apartamiento tan lujoso como éste? Será para aburrirme yo sola. Alexis Ivanovich, ven a verme con frecuencia cuando hayas terminado de dar clase a los niños.

—Desde ayer ya no estoy al servicio del general —repuse—, y vivo en el hotel por mi cuenta.

—¿Por qué?

—El otro día llegó de Berlín con su mujer un alemán importante: un barón. Ayer, durante el paseo, le dirigí la palabra en alemán sin tener en cuenta la pronunciación berlinesa.

—¿Y qué?

—Consideró esto una impertinencia y se quejó al general. Inmediatamente me despidió.

—Pero ¿insultaste al barón? Aunque lo hubieras hecho, la cosa no es para tanto.

—¡Oh, no! Al contrario. Él me amenazó con su bastón.

—Y tú, cobardón, le permitiste que tratara así al preceptor de tus hijos —dijo ella bruscamente al general—, y, por si eso fuese poco, le has despedido. Está visto que todos vosotros no servís para nada.

—No se preocupe, tía —respondió el general, con un matiz de altiva familiaridad—. Sé lo que debo hacer con mis cosas. Además Alexis Ivanovich no le ha informado con exactitud.

—¿Y cómo pudiste soportar esto? —me preguntó ella.

—Quería provocar al barón a un duelo —repuse con tranquila y modesta actitud—, pero el general se ha opuesto.

—¿Por qué? —preguntó la abuela—. Tú, amigo mío, vete. Ya vendrás cuando te llame —dijo al *maître*—. No puedo soportar a este pelma nuremburgués.

El otro saludó y se fue sin comprender, naturalmente, el cumplido de la abuela.

—Permítame, tía: ¿acaso es posible el duelo? —preguntó el general, con una risita.

—¿Por qué no? Todos los hombres son gallos. Se habrían batido y nada más. Pero vosotros sois gallinas y, naturalmente, eres incapaz de defender el honor de tu país. Vamos: llévame, Potapich. Da la orden de que haya siempre a mi disposición dos porteadores. Fija las condiciones y contrátalos. Bastan dos. Solamente tendrán que llevarme por la escalera. En terreno llano rodarán mi silla. Explícaselo. Y dales un anticipo; se portarán mejor. Tú estarás siempre cerca de mí, y tú, Alexis Ivanovich, muéstrame a ese barón del paseo. Quiero conocer, aunque sea de vista, a ese «von barón». Vamos, dime: ¿dónde está la ruleta?

Le expliqué que las ruletas estaban instaladas en los salones del casino. Después vinieron las preguntas: «¿Hay muchas?», «¿Juega mucha gente?», «¿Juegan todo el día?», «¿Cómo funciona?». Yo le respondí que lo mejor sería que viera todo aquello con sus propios ojos, ya que era muy difícil describirlo así.

—Bueno; pues que me lleven allí inmediatamente. Ve tú delante, Iván Ivanovich.

—¡Cómo, tía! ¿Sin descansar un poco? —preguntó el general, solícito.

Parecía algo agitado. Por otra parte todos se hallaban algo embarazados y se miraban de reojo. Probablemente los incomodaba e incluso los avergonzaba acompañar a la abuela al casino, donde sin duda cometería algunas excentricidades, y esta vez en público. Sin embargo se propusieron acompañarla.

—¿Por qué he de descansar? No me hallo fatigada. Hace cinco días que estoy inmóvil. Luego nos iremos a ver las fuentes, las aguas termales. Y después... esa..., ¿cómo dijiste que se llamaba, Polina? Esa *pointe*, ¿verdad?

—Sí, abuela.

—Bien por la *pointe*. ¿Y qué más cosas hay?

—Muchas, abuela —dijo Polina, algo apurada.

—Resulta que no sabes nada. Marta, ven tú también conmigo —dijo a la camarera.

—¿Por qué has de llevártela, tía? —preguntó en seguida el general, algo inquieto—. No es posible. No creo que dejen entrar siquiera a Potapich en el casino.

—¡Tonterías! ¿La van a dejar fuera porque es una criada? Sin embargo es una persona viva. Hace ocho días que estamos viajando juntas, y ella también tiene deseos de ver algo. ¿Con quién podría ir sino conmigo? Ni por la calle se atreve a dar ella sola un paso.

—¡Pero, abuela...!

—¿Acaso te avergüenza ir conmigo? Pues quédate en casa, que nadie te llama. ¡Vaya cosa, un general! También yo soy generala. Además no tengo tampoco necesidad de arrastrar detrás de mí toda esta procesión. Ya me las arreglaré con Alexis Ivanovich.

Pero Des Grieux insistió para que todos formasen parte de la expedición y dijo frases amables sobre el placer de acompañarla. Todos se pusieron en marcha.

—*Elle est tombée en enfance* —repitió Des Grieux al general—. No hará nada más que tonterías.

No pude oír más, pero era evidente que le guiaba alguna intención, y hasta es posible que se forjara ilusiones.

Había, hasta el casino, unos quinientos metros. Fuimos por la alameda de los castaños hacia el *square*, donde dimos la vuelta, y entramos en el casino directamente.

El general estaba ya un poco más tranquilo, porque nuestra comitiva, aunque excéntrica, no carecía de dignidad. Y no había nada sorprendente en el hecho de que una persona enferma y débil, privada del uso de sus piernas, visitara el balneario. Pero era evidente que el general le tenía miedo al casino. ¿Por qué una inválida, y vieja por añadidura, iba a la ruleta?

Polina y Mademoiselle Blanche caminaban a ambos lados del sillón. La francesa se reía, mostrando una discreta alegría, y de vez en cuando cambiaba frases triviales con la abuela, de forma tal que esta terminó llenándola de cumplidos. Por otra parte Polina se veía precisada a responder a las incesantes e innumerables preguntas que le hacía la anciana, preguntas como estas: «¿Quién es ese?», «¿Quién es esa mujer del coche?», «¿Es muy grande la ciudad?», «¿Es grande el jardín?», «¿Qué árboles son aquellos?», «¿Cómo se llaman esas montañas?», «¿Hay águilas por aquí?», «¡Qué tejado tan ridículo!». Astley, que iba a mi lado, me dijo que esperaba mucho de aquella mañana.

Potapich y Marta seguían detrás, pegados al sillón; él de frac y corbata blanca, pero con gorra, y ella, que era una mujer de unos cuarenta años, de mejillas rojas y cabellos que encanecían ya, con cofia, traje de paño y crujientes zapatos de piel de cabritilla. A menudo la abuela se volvía hacia ellos para hablarles. Des Grieux y el general se habían quedado un poco rezagados y charlaban animadamente. El general estaba muy abatido. Des Grieux hablaba con aire resuelto. Tal vez intentaba levantar el ánimo de su compañero. Era evidente, desde luego, que le daba consejos. Pero la abuela había pronunciado ya la frase fatal: «No te daré dinero.» Es posible que esta noticia pareciese inverosímil a Des Grieux, pero el general conocía a su tía. Yo había observado que Des Grieux y Mademoiselle Blanche continuaban haciéndose guiños. Vi al príncipe y al alemán al final de la alameda: nos habían dejado tomar la delantera y marcharon en otra dirección. En el casino hicimos una entrada triunfal.

El suizo y los criados nos testimoniaron idéntica solicitud que la servidumbre del hotel. Sin embargo nos miraban con curiosidad. La abuela ordenó que primero se le diera una vuelta por todas las salas. Cuantos más cumplidos se le hacían, más indiferente se mostraba, pero se iba informando de todo. Por último llegamos a los salones de juego. El criado apostado como un centinela ante la cerrada puerta la abrió inmediatamente de par en par, como desconcertado por la sorpresa.

La aparición de la abuela en el salón de la ruleta causó una profunda impresión en el público. En torno a las mesas de la ruleta y en otras que se hallaban al final del salón donde se jugaba al *trente et quarante* se apretujaban unos ciento cincuenta o doscientos jugadores, alineados en varias filas. Los que habían conseguido deslizarse hasta las mesas conservaban firmemente sus posiciones, según la costumbre, y no cedían su sitio hasta no haber perdido todo su dinero, porque está prohibido permanecer allí como simple espectador, ocupando gratuitamente el lugar de un jugador.

Aunque en torno a las mesas había muchas sillas, poca gente se sentaba en ellas, sobre todo cuando la multitud era compacta, porque permaneciendo de pie se ocupa menos sitio y se está más cómodo para efectuar las posturas. Las personas de la segunda y tercera filas se apretujaban tras de la primera, esperando su turno. Pero algunas veces, en su impaciencia, deslizaban la mano entre los jugadores para colocar sus posturas. También desde la tercera fila se las componían de la misma manera para colocar posturas sobre el verde tapete.

Así cada diez o cada cinco minutos surgía una discusión en uno u otro extremo de la mesa. Por lo demás la policía del casino era bastante eficiente. Era cierto que no podían evitar la aglomeración, pero se alegraban cuando había mucha afluencia de público, porque con ello salían ganando. Pero ocho *croupiers*, sentados en torno de la mesa, vigilaban atentamente las posturas. Eran ellos los que pagaban, y cuando surgía alguna discusión la cortaban en seguida. Era en casos extremos cuando se recurría a la policía, y la cosa se solucionaba inmediatamente. Los agentes estaban en la sala vestidos de paisano, mezclados entre los espectadores, de manera que no se los podía reconocer. Vigilaban, sobre todo, a los ladronzuelos y a los profesionales, que son muy numerosos en la ruleta, el ejercicio de cuya industria les es particularmente fácil.

Es cierto que en todas partes hay que robar metiendo la mano en los bolsillos o rompiendo las cerraduras, y, en caso de fracasar, cae sobre uno un montón de molestias. Pero aquí basta simplemente acercarse a la ruleta, comenzar a jugar y, de pronto, públicamente, en las mismas narices de todos, meter mano a la ganancia de otro y guardársela tranquilamente. En caso de altercado el ladrón proclama en voz audible y clara que la postura era suya. Si el golpe se ejecuta con habilidad y los testigos vacilan, el ladrón, con frecuencia, suele conservar el dinero cuando la cantidad, naturalmente, es poco importante; de otro modo habría sido observado por los *croupiers* o por otro jugador. Si la cantidad no es muy elevada, el verdadero dueño renuncia a veces a continuar la disputa y se marcha, temeroso del escándalo. Pero si se consigue desenmascarar al ladrón, sin miramientos se le expulsa inmediatamente.

Desde lejos, y con una ávida curiosidad, la abuela lo contemplaba todo, y se mostró encantada cuando expulsaron a un ladrón. El *trente et quarante* no despertó su curiosidad. Era la ruleta lo que le gustaba, sobre todo cuando la bolita giraba. Por último quiso ver más de cerca el juego. No sé cómo lo hizo, pero los criados y algunos solícitos individuos —polacos arruinados casi siempre por culpa del juego, que imponen a los jugadores afortunados y a los extranjeros sus servicios— en seguida le hicieron sitio casi en el centro de la mesa, al lado del *croupier* principal, y arrastraron hasta allí su sillón. Muchos visitantes que no jugaban, sino que miraban, la mayoría ingleses con sus familias, acudieron inmediatamente hacia la mesa a contemplar a la abuela por encima de los hombros de los jugadores. Los *croupiers* concibieron esperanzas: una jugadora tan excéntrica prometía, efectivamente, algo extraordinario. Una mujer de setenta años, inválida, que deseaba jugar...

Era un suceso poco común. Como pude me deslicé hasta la mesa para instalarme al lado de la abuela. Potapich y Marta se quedaron aparte, entre la multitud. El general, Polina, Des Grieux y Mademoiselle Blanche se unieron también a los espectadores.

La abuela, en un principio, miró a los jugadores que la rodeaban. En voz baja me hizo rápidas preguntas: «¿Quién es ese?», «¿Quién es esa?». Le interesó, sobre todo, un hombre joven sentado al extremo de la mesa y que jugaba fuerte, haciendo posturas de millares de francos, y ya había ganado, según murmuraban los vecinos, unos cuarenta mil francos que tenía ante él en un montón de monedas de oro y billetes de banco. Estaba muy pálido. Sus ojos brillaban y sus manos se agitaban temblorosas. Jugaba sin contar el dinero y lo recogía a puñados, y, no obstante, no dejaba de ganar el oro a montones, que se apilaban ante él. Los criados, en torno suyo, se desvivían; le llevaron una butaca y despejaron el lugar en torno suyo para que la gente no le molestara, todo esto con vistas a una recompensa espléndida.

Algunos jugadores afortunados suelen darla a veces sin contarla, sacando a manos llenas el dinero del bolsillo. Al lado del joven se había instalado ya un polaco que, con respetuosa actitud, le hablaba constantemente al oído, sin duda para aconsejarle y dirigir su juego, esperando, naturalmente, una remuneración. Pero el jugador apenas si le prestaba atención: apostaba a la buena de Dios y continuaba amontonando dinero. Evidentemente había perdido la cabeza.

La abuela, durante unos minutos, permaneció observándole.

—Dile —me dijo de repente, dándome un codazo—, dile que abandone ya, que recoja su dinero y se largue. Lo va a perder, lo va a perder todo en seguida —añadió, inquieta y casi jadeante de emoción—. ¿Dónde está Potapich? ¡Que le manden a Potapich! Díselo, díselo —repetía, dándome el codo—. Pero ¿dónde está Potapich? *Sortez! Sortez!* —comenzó a gritar al joven.

Me incliné hacia ella y, en voz baja, le dije enérgicamente que no estaba permitido gritar así en aquel lugar, y que incluso estaba prohibido hablar, a no ser en voz baja, porque esto molestaba a los que calculaban y haría que nos echaran de allí.

—¡Es una lástima! ¡Ese hombre está perdiendo! Pero él lo quiere... No puedo mirarle, porque me da pena. ¡Qué estúpido!

Y se volvió a mirar hacia otro lado.

A la izquierda se veía, entre los jugadores, a una dama joven acompañada de una especie de enano. Ignoro quién era aquel enano: ¿acaso un pariente de ella, o lo había llevado para llamar la atención? Yo había observado ya a aquella joven. Todos los días, a la una de la tarde, llegaba al casino para marcharse puntualmente dos horas después. Cada día jugaba durante una hora. La conocían y le acercaron una butaca. Sacó del bolso algunas monedas de oro y algunos billetes de mil francos, y tranquilamente, con frialdad, los colocó, apuntando los números sobre una hoja de papel y esforzándose por descubrir el sistema según el cual se concentrarían las posibilidades en un momento dado. Jugaba grandes cantidades. Cada día ganaba mil, dos mil, y a veces tres mil francos, nunca más, y en cuanto los había ganado se retiraba. La abuela la estuvo observando durante un rato largo.

—Esa no perderá. ¡Esa no perderá! ¿Sabes quién es?

—Probablemente una francesa —murmuré.

—¡Ah, se reconoce al pájaro en su vuelo! Se ve que tiene afiladas las garras. Explícame ahora lo que significa cada tirada y cómo hay que jugar.

Como pude le expliqué a la abuela el sentido de las numerosas combinaciones de posturas: *el rouge et noir, pair et impair, manque et passe*, y finalmente algunos aspectos en el sistema de los números. Ella me escuchaba atentamente, retenía lo que le decía, hacía nuevas preguntas y se informaba bien. Podía proporcionarle un ejemplo inmediato de cada sistema de posturas, de forma que la lección la retenía con relativa facilidad. La anciana se mostraba muy satisfecha.

—¿Y qué significa *zéro*? El *croupier* principal, el del pelo crespo, acaba de gritar «Zéro». ¿Por qué recoge todo lo que hay sobre la mesa? ¡Se ha quedado con todo el montón! ¿Qué significa esto?

—Zéro, abuela, es el beneficio de la banca. Si la bola cae en *zéro*, todo lo que hay sobre la mesa pertenece, sin distinción, a la banca. A decir verdad, puede salvarse la postura, pero la banca no paga nada.

—¿Cómo es eso? ¿De manera que no me dan nada?

—No; pero si usted ha puesto antes el *zéro* y sale este número, le pagan treinta y cinco veces lo que haya apostado.

—¡Cómo, treinta y cinco veces! ¿Sale a menudo? ¿Por qué no ponen esos imbéciles?

—Porque tienen en contra treinta y seis posibilidades.

—¡Qué absurdo! ¡Potapich! ¡Potapich! Espera: yo llevo dinero. ¡Aquí está! —Sacó del bolsillo un hinchado monedero y extrajo de él un federico—. Toma: pon esto en seguida al *zéro*.

—Abuela, acaba de salir el *zéro* —dije yo—, y ahora tardará en salir. Arriesga usted demasiado. Espere un poco.

—¡No digas tonterías! Pon esto.

—Permítame: no saldrá antes de la noche, ni aun cuando apueste usted mil veces. Está comprobado.

—¡Tonterías, tonterías! El que tiene miedo al lobo no va al bosque. ¿Qué? ¿Perdiste? Vuelve a poner.

Perdimos también el segundo federico. Pusimos el tercero. La abuela apenas podía estar quieta en su sitio. Seguía con ojos brillantes la bola, que saltaba entre los huecos del platillo giratorio. Perdimos el tercer federico. La abuela estaba fuera de sí. No podía estar tranquila, y golpeó la mesa con el puño cuando el *croupier* anunció *trente-six* en lugar de *zéro*.

—¡Vaya! —dijo la abuela, molesta—. ¿Saldrá de una vez este maldito *zéro*? ¡Que me ahorquen si no me quedo hasta que salga! La culpa la tiene ese maldito *croupier* de pelo rizado. Con él nunca sale. Alexis Ivanovich, pon dos monedas a la vez. Pones tan poco que si sale el *zéro* no ganarás nada.

—¡Abuela!

—Pon, pon. No es tu dinero.

Puse dos federicos. La bola rodó largo rato sobre el platillo, y por último se puso a saltar sobre las casillas. La abuela se estremeció, me apretó el brazo, y de pronto...

—*Zéro!* —exclamó el *croupier*.

—¡Lo ves, lo ves! —dijo la abuela volviéndose vivamente hacia mí—. ¡Ya te lo había dicho, ya te lo había dicho! El propio Señor me ha sugerido que colocara las dos monedas de oro. ¿Cuánto me van a dar ahora? ¿Por qué no pagan? Potapich, Marta... ¿Dónde se han metido? Y los nuestros ¿dónde están? ¡Potapich! ¡Potapich!

—Luego, abuela —murmuré—. Potapich está a la puerta y no le dejarán entrar. Mire, abuela: le pagan. Cójalo.

Entregaron a la abuela un pesado cartucho con cincuenta federicos, sellados en un papel azul oscuro, y le entregaron otros veinte federicos sin envolver. Con la raqueta acerqué todo esto a la abuela.

—*Faites le jeu, Messieurs! Faites le jeu, Messieurs! Rien ne va plus!* —dijo el *croupier* invitando a jugar y disponiéndose a lanzar la bolita.

—Señor, nos hemos retrasado. Van a empezar en seguida. Pon, pon —dijo, agitada, la abuela—. ¡Pronto! ¡No pierdas el tiempo! —añadió, fuera de sí, dándome violentos codazos.

—Pero ¿dónde, abuela?

—¡Al *zéro!* ¡Al *zéro!* ¡Otra vez al *zéro!* Pon lo más que puedas. ¿Cuánto tenemos? ¿Setenta federicos? No vayamos con remilgos y pon veinte de golpe.

—Abuela, sea razonable: a veces está doscientas veces sin salir. Le digo que va a perder todo su dinero.

—¡Tonterías, tonterías! ¡Ponlo en seguida! Sé lo que hago —dijo la abuela, que temblaba nerviosamente.

—El reglamento prohíbe poner más de doce federicos al *zéro*. Ya los he puesto.

—¿Cómo? ¿De veras? *Mousié! Mousié!* —dijo dando un codazo al *croupier* sentado a su izquierda y que se disponía a lanzar la bolita—. *Combien zéro? Douze? Douze?*

Me apresuré a explicar la pregunta en francés.

—*Oui, Madame* —respondió cortésmente el *croupier*—, del mismo modo que ninguna postura individual debe pasar de los cuatro mil florines. Es el reglamento —añadió como aclaración.

—Bueno. ¡Qué le vamos a hacer! Pon los doce.

—*Le jeu est fait!* —exclamó el *croupier*.

Giró la rueda y salió el trece. Habíamos perdido.

—¡Más! ¡Más! ¡Sigue poniendo! —decía la abuela.

Esta vez no le opuse ninguna resistencia y, encogiéndome de hombros, aposté otros doce federicos. La rueda giró largo rato. La abuela temblaba siguiéndola con los ojos.

«¿Cree realmente que va a volver a ganar el *zéro*?», me dije, mirándola asombrado.

En su rostro se reflejaba a absoluta seguridad de ganar, la firme esperanza de volver a oír gritar el *zéro*. La bola saltó en una casilla.

—*Zéro!* —gritó el *croupier*.

—¿Qué te parece? —dijo la abuela, volviéndose a mí con aire triunfante y agresivo.

Yo era jugador; lo sentí en aquel preciso momento. Mis brazos y mis piernas temblaban, y me palpitaban las sienes. Realmente era extraño que en diez tiradas hubiese salido tres veces el *zéro*. Pero no había nada particularmente sorprendente. Yo mismo, el día anterior, había visto salir el *zéro* tres veces seguidas, y en aquella ocasión uno de los jugadores, que había anotado cuidadosamente las tiradas en una hoja de papel, observó en voz alta que el día anterior, sin ir más lejos, el *zéro* había salido una sola vez en veinticuatro horas.

Entregaron el dinero a la abuela con la deferencia y atención particulares debidas a la persona que ha ganado fuerte. Recibió exactamente cuatrocientos veinte federicos, o sea, cuatro mil florines y veinte federicos. Le dieron los federicos en monedas de oro y los florines en billetes de banco.

Pero esta vez la abuela no llamó a Potapich: tenía otra cosa metida en la cabeza. Ni siquiera estaba inquieta, ni temblaba exteriormente. Pero, si puedo expresarme así, en su interior temblaba enormemente. Toda su atención se había centrado en un punto, como si tuviese una determinada intención.

—Alexis Ivanovich, ¿dijiste que no se podía apostar más de cuatro mil florines a la vez? Entonces toma: pon estos cuatro mil florines al rojo —decidió.

Me pareció inútil tratar de disuadirla. El platillo comenzó a girar.

—*Rouge!* —exclamó el *croupier*.

De nuevo cuatro mil florines, o sea, un total de ocho mil.

—Deja cuatro mil aquí y coloca el resto al rojo —me ordenó la abuela.

Una vez más arriesgué cuatro mil florines.

—*Rouge!* —anunció el *croupier* de nuevo.

—En total, doce mil. Dámelo todo. ¡Ya basta! Empuja mi sillón. Vámonos.

XI

Llevaron el sillón hacia la puerta, al otro extremo de la sala. La abuela estaba radiante. Todos los nuestros corrieron al instante hacia ella para felicitarla. Por excéntrica que hubiera sido su conducta, el triunfo de la anciana compensaba muchas cosas, y el general ya no temía que le comprometiera en público su parentesco con una mujer tan original. Como se hace con un niño, con una sonrisa condescendiente y una familiar jovialidad felicitó a la abuela. Además evidentemente estaba impresionado, como todos los demás espectadores. Se comentaba lo ocurrido y todos señalaban a la abuela. Muchos pasaban por su lado para verla más de cerca. Astley, un poco apartado, hablaba de ella a dos amigos suyos ingleses. Algunas damas la contemplaban con majestuoso asombro, como si fuese un fenómeno. Des Grieux se deshacía en sonrisas y felicitaciones.

—*Quelle victoire!* —exclamó.

—*Mais, Madame, c'était du feu!* —añadió Mademoiselle Blanche con una pícara sonrisa.

—Sí, he ganado por las buenas doce mil florines. ¿Qué dije doce mil? Hay que contar además las monedas de oro. Esto ya son casi trece mil. ¿Cuánto suma en rublos? ¿Seis mil?

Le dije que sumaba más de siete mil y tal vez llegaría a los ocho mil del cambio actual.

—¡Vaya broma: ocho mil rublos! Pero ¿qué hacéis aquí como pasmarotes? Potapich, Marta, ¿lo habéis visto?

—Pero, señora, ¿qué ha hecho usted? ¡Ocho mil rublos! —exclamó cortésmente Marta.

—¡Tomad! Aquí tenéis cinco monedas de oro cada uno.

Potapich y Marta le besaron las manos precipitadamente.

—Y dad también un federico a cada porteador. Alexis Ivanovich, da una moneda a cada uno. ¿Qué quiere decir ese criado con sus reverencias, y ese otro? ¿Lo hacen para felicitarme? Dales también un federico.

—*Madame la princesse..., un pauvre expatrié... Malheur continuel... les princes russes sont si généreux...* —clamó junto al sillón un individuo de redingote raído, chaleco multicolor, que llevaba bigote y se había quitado el sombrero con una sonrisa servil.

—Dale también un federico. No, dale dos. Bueno; ya basta, porque si no, no acabaremos nunca. Vamos, llevadme —dijo a Polina—. Mañana te compraré un traje, y a la señorita..., ¿cómo se llama? Mademoiselle Blanche, ¿verdad? También le daré para que se compre un vestido. Traduce esto, Polina.

—*Merci, Madame* —dijo la francesa haciendo una reverencia y dirigiendo una irónica sonrisa Des Grieux y el general.

Éste, que se sentía un poco molesto, experimentó un gran alivio cuando llegamos a la avenida.

—¿Y Fedosia? Fedosia se negará a creerlo —dijo la abuela, acordándose de la nodriza de los niños—. También hay que darle algo para que se haga un traje. ¡Eh, Alexis Ivanovich, da algo a ese mendigo!

Por el camino pasaba un vagabundo con la espalda encorvada, que se nos quedó mirando.

—¡Dale, dale un florín!

Me aproximé y le ofrecí la moneda. Me miró con asombro, pero cogió el dinero sin decir nada. Apestaba a vino.

—Y tú, Alexis Ivanovich, ¿no has tentado todavía la suerte?

—Aún no, abuela.

—Vi que tus ojos brillaban.

—Lo intentaré sin duda, abuela; pero más tarde.

—¡Apuesta sin vacilar al cero! ¡Ya lo verás! ¿Cuánto dinero tienes?

—Veinte federicos, abuela.

—No es mucho. Si quieres te prestaré cincuenta federicos. Toma este paquete... En cuanto a ti, querido, no te hagas ilusiones: ¡no te daré nada! —espetó al general.

Éste pareció trastornado, pero se calló. Des Grieux frunció el ceño.

—*Que diable, c'est une terrible vieille!* —murmuró al general entre dientes.

—Un mendigo, un mendigo, otro mendigo más —exclamó la abuela—. Alexis Ivanovich, da también a ese hombre un florín.

Esta vez venía hacia nosotros un anciano de blancos cabellos, con una pierna de palo, vestido con una especie de capa azul oscuro y en la mano un enorme bastón. Parecía un viejo soldado. Pero cuando le ofrecí el florín, retrocedió un paso mirándome con aire amenazador.

—*Was ist's, der Teufel?* *—exclamó en alemán, añadiendo una docena de injurias.

La abuela, con ademán desdeñoso, agitó una mano diciendo:

—¡Qué estúpido! Vámonos de aquí. Me estoy muriendo de hambre. Voy a comer en seguida; luego descansaré un rato y volveré abajo.

---

* En alemán: «¿Qué diablos es esto?»

—¿Piensa volver a jugar, abuela? —pregunté yo.

—¿Qué imaginabas? Porque tú estás ahí aburriéndote ¿he de aburrirme yo también?

—*Mais, Madame!* —dijo Des Grieux, aproximándose—. *Les chances peuvent tourner; une seule mauvaise chance, et vous perdez tout, surtout avec votre jeu... C'était terrible!*

—*Vous perdrez absolument!* —susurró Mademoiselle Blanche.

—Y a vosotros ¿qué os importa? Lo que voy a perder no es dinero vuestro, sino mío. Pero ¿dónde está el señor Astley? —me preguntó.

—Se ha quedado en el casino.

—Lástima; realmente es un buen muchacho.

De regreso al hotel, la abuela, al cruzarse con el *maître* en la escalera, le llamó y alardeó de su triunfo. Luego llamó a Fedosia, le dio tres federicos y le ordenó que le sirviese la comida. Durante esta, Fedosia y Marta se deshicieron en exclamaciones.

—La miraba a usted, querida —parloteaba Marta—, y dije a Potapich: «¿Qué quiere hacer nuestra señora?» ¡Y cuánto dinero sobre la mesa, cielo santo! ¡En mi vida había visto mayor cantidad! Y alrededor, señores, solamente señores. Y entonces voy y pregunto: «¿De dónde vienen todos esos señores, Potapich?» Y pienso: «¡Que la Virgen Santísima la ayude!» Rogaba por usted, señora, y mi corazón se negaba a latir, se paraba y yo temblaba como una hoja. «Señor, ayúdala», decía para mí. Y el Señor la ha ayudado. Aún estoy temblando, querida señora, todavía estoy temblando.

—Alexis Ivanovich, prepárate para después de comer. Hacia las cuatro volveremos allá. Ahora vete y no olvides mandarme uno de esos medicuchos. Además también he de tomar las aguas. No lo olvides. Adiós.

Dejé a la abuela, aturdido. Trataba de imaginarme qué iba a ser ahora de todos nosotros y qué cariz tomarían las cosas. Claramente veía que ellos no se habían repuesto todavía de la primera sorpresa, sobre todo el general. La aparición de la abuela, en vez del esperado telegrama anunciando su muerte —y en consecuencia la apertura del testamento—, había reducido de tal manera a la nada todo el sistema de proyectos y decisiones, que con verdadera perplejidad y una especie de estupor seguían las ulteriores hazañas de la anciana en la ruleta. Y sin embargo este segundo hecho era mucho más importante que el primero porque, aunque la abuela hubiese declarado en dos ocasiones que no daría dinero al general, ¡quién sabe!, no había por qué perder por completo las esperanzas. Des Grieux, mezclado en todas las cosas del general, evidentemente no renunciaba. Yo estaba convencido de que Mademoiselle Blanche, muy interesada también —y no había para menos: generala y una buena herencia—, no se desanimaba y utilizaría todas las seducciones de su coquetería para influir sobre la abuela, contrariamente a la orgullosa Polina, que no sabía ni ceder ni tratar de complacer. Pero ahora, ahora que la abuela había realizado hazañas semejantes en la ruleta, ahora que su personalidad se había afirmado ante ellos con semejante nitidez —una vieja terca, autoritaria y *tombée en enfance*—, ahora, tal vez, todo estaba perdido, porque ella era feliz como una niña en plena libertad y fatalmente iba a dejarse desplumar en el juego.

Con maligna alegría, y Dios me perdone, pensé: « Señor, seguramente cada federico de oro jugado por la abuela hería el corazón del general, encolerizaba a Des Grieux y enfurecía a la señorita de Cominges, a quien le habían puesto la miel en los labios.»

Incluso debía sucederles lo mismo cuando, con la alegría de haber ganado, la abuela distribuía el dinero a todo el mundo y tomaba a cada transeúnte por un mendigo; pero aun entonces no pudo evitar decir al general: «Pero a ti no te daré nada». Esto daba a entender que estaba emperrada en esta idea, se mantenía en ella y se había hecho esta promesa. Era peligroso, ¡peligrosísimo!

Todas estas reflexiones se agitaban en mi cerebro mientras subía desde la habitación de la abuela, por la gran escalera, hasta la mía, pequeña, del último piso. Todo esto me interesaba extraordinariamente. Aunque de antemano hubiese podido adivinar los más sólidos hilos que ligaban a los actores bajo mis ojos, ignoraba los resortes y secretos de este juego.

Polina jamás me había demostrado una confianza absoluta. Bien es cierto que a veces, y, como a su pesar, me había abierto su corazón, pero yo había observado que a menudo, o casi siempre, después de estas confidencias, trataba de ridiculizar todo lo que me había dicho, o lo embrollaba de tal forma que presentaba las cosas a su capricho con una falsa apariencia. ¡Me ocultaba muchas cosas! En todo caso presentía que se aproximaba el final de aquella situación misteriosa y tensa. Un golpe más y todo quedaría terminado y desenmascarado. En cuanto a mi destino, igualmente interesado en ello, no me preocupaba.

Extraño estado de ánimo el mío: no tengo en el bolsillo más que veinte federicos, estoy lejos de mi patria, sin colocación, sin medios de vida, sin esperanza, sin proyectos, y... ¡me tiene todo sin cuidado! Si no fuese por la idea de Polina, me entregaría simplemente al interés cómico del próximo desenlace y me reiría a mandíbula batiente. Pero Polina me preocupa. Me doy cuenta de que su suerte va a decidirse. Confieso, sin embargo, que no es esto lo que me preocupa. Quisiera penetrar en sus secretos. Quisiera que viniese a mí y me dijera: «Sabes que te amo», y, si no, si esta locura es irrealizable, entonces... ¿qué desear? ¿Sé yo mismo, acaso, qué es lo que deseo? Estoy como trastornado. Todo lo que ansío es estar cerca de ella, en su aureola, en su fulgor para siempre, durante toda mi vida. Y ¡no sé nada más! ¿Acaso puedo alejarme de ella?

En el tercer piso, en el pasillo, experimenté como un choque. Me volví, y a unos veinte pasos vi a Polina que salía al corredor. Parecía mirarme, espiarme, y en seguida me hizo una señal para que me acercara a ella.

Polina Alexandrovna...

—Más bajo —me advirtió.

—Figúrese —le dije en voz baja— que en este instante acabo de sentir como un golpe en el costado. ¡Me vuelvo y era usted! Como si de usted irradiara un fluido.

—Tome esta carta —me dijo ella, con aire sombrío y preocupado, sin duda no habiendo oído lo que yo había dicho— y entréguesela en seguida personalmente al señor Astley. Pronto, por favor, se lo ruego. No tiene contestación. Él...

Se calló.

—¿Al señor Astley? —pregunté yo, asombrado.

Pero Polina ya había desaparecido.

¡Vaya, vaya! ¿De modo que se cartean? Naturalmente corrí en seguida en busca de Astley, primero a su hotel, donde no estaba; luego al casino, donde recorrí todas las salas, y finalmente volví al hotel, despechado, casi desesperado, cuando le encontré casualmente mezclado en una cabalgata de ingleses e inglesas. Le hice una seña, se detuvo y le di la carta. Ni tiempo tuvimos de cambiar una mirada. Pero sospecho que con toda intención Astley espoleó a su caballo.

¿Eran los celos lo que me atormentaba? Me sentí completamente abatido. Ni siquiera deseaba enterarme del sentido de aquella correspondencia. Entonces ¡aquel era su hombre de confianza! Su amigo, naturalmente. ¿Desde cuándo? Pero esto ¿es amor? «Evidentemente no», me decía la razón. Pero la razón sola tiene muy poco peso en circunstancias semejantes. En todo caso tenía que poner esto en claro. La cosa, no había duda, se complicaba desagradablemente.

Apenas hube llegado al hotel, el portero y el *maître* acudieron a mi encuentro diciéndome que preguntaban por mí y que me buscaban, que ya por tres veces habían ido a informarse de dónde estaba y que me rogaban fuera lo antes posible a las habitaciones del general. Yo estaba de un humor de mil diablos. Encontré al general en su gabinete; con él estaban Des Grieux y Mademoiselle Blanche, sola, sin su madre. No hay duda de que esta madre es una madre postiza y que solo la utiliza cuando necesita cubrir las apariencias. Cuando se trata de un auténtico negocio sabe arreglárselas sola Mademoiselle Blanche. Incluso he llegado a dudar de que aquella mujer estuviese al corriente de los asuntos de su pretendida hija.

Los tres días discutían animadamente y la puerta del gabinete estaba cerrada con llave, lo que nunca había sucedido. Al acercarme advertí sus voces, el tono sarcástico e impertinente de Des Grieux, los gritos sarcásticos y groseros de Mademoiselle Blanche y el tono lloricón del general, que, evidentemente, trataba de justificarse. Al verme llegar se serenaron y cambiaron de actitud. Des Grieux arregló su peinado y adoptó una expresión sonriente: esa sonrisa francesa cortés y oficial que tanto aborrezco. El general, abrumado, trastornado, casi maquinalmente se irguió. Solo Mademoiselle Blanche permaneció sin cambio alguno en su expresión de cólera, pero se calló y fijó en mí una mirada llena de impaciencia. Debo señalar que hasta entonces me había tratado siempre con un increíble desdén. Ni siquiera me saludaba cuando yo lo hacía. Simplemente me ignoraba.

El general, en tono de afectuoso reproche, comenzó:

—Alexis Ivanovich, permítame que le señale que es extraño, muy extraño... En resumen: que su manera de comportarse conmigo, con mi familia... En una palabra: es muy raro...

—*Eh! Ce n'est pas ça* —le interrumpió Des Grieux, con despreciativa irritación. Realmente se metía en todo—. *Mon cher monsieur, notre générale se trompe* adoptando ese tono (prosigo en ruso su conversación): quiere decirle... Es decir, le previene, o mejor dicho, le ruega encarecidamente que no le pierda, sí, que no le pierda. Empleo esta expresión precisamente...

—¡Cómo, cómo? —le interrumpí.

—Verá: usted se ha convertido en el guía, ¿cómo diría yo?, de esa anciana, *cette pauvre terrible vieille* —hasta Des Grieux se embrollaba—, pero va a perder, perderá hasta su último céntimo. Usted mismo ha visto de qué forma juega, ¡ha sido usted testigo! Si empieza a perder, no dejará la mesa de juego, por terquedad, por despecho, y se lo jugará todo, ¡todo! En estos casos el desquite no llega jamás. Y entonces..., entonces...

—Y entonces —apoyó el general—, entonces usted habrá perdido a toda la familia. Mi familia y yo somos sus herederos, no tiene parientes más cercanos. Se lo digo con franqueza: mis asuntos no van muy bien, nada bien. En parte ya está usted informado... Si ella pierde una cantidad importante, o incluso acaso toda su fortuna (¡Dios mío!), ¡qué será de mis hijos —el general miró de reojo a Des Grieux— y de mí mismo? —Miró a Mademoiselle Blanche, que se volvió, desdeñosa—. Alexis Ivanovich, ¡sálvenos!

—Pero, general, ¡cómo? Dígame cómo puedo.... ¿Qué influencia tengo yo... sobre ella?

—Niéguese, niéguese. ¡Déjela!

—Buscará a otro entonces —exclamé.

—*Ce n´est pas ça, ce n´est pas ça, que diable!* —interrumpió Des Grieux otra vez—. No, no la abandone, pero por lo menos indúzcala, aconséjela, apártela. En una palabra: no la deje que pierda demasiado. Distráigala de una u otra forma.

—¡Y cómo hacerlo? ¿Por qué no se encarga usted mismo de ello, señor De Grieux —añadí, con mi expresión más ingenua.

Observé entonces la mirada rápida, ardiente e interrogante de Mademoiselle Blanche a Des Grieux. El rostro de éste, por espacio de un segundo, adquirió una expresión singular, sincera, que no pudo disimular.

—Esto es lo malo: que no me aceptaría ahora —exclamó el francés, con desaliento, haciendo con la mano un ademán de impotencia—. Si... más tarde...

Des Grieux dirigió a Mademoiselle Blanche una mirada significativa.

—*Oh, mon cher monsieur Alexis, soyez si bon* —dijo ella acercándose a mí con una encantadora sonrisa.

Me cogió las manos y las estrechó entre las suyas. ¡Diantre! Aquel rostro diabólico sabía transformarse instantáneamente. En aquel momento adoptó un aire suplicante, gracioso, con una sonrisa infantil e incluso traviesa. Al terminar la frase me hizo a hurtadillas un guiño picaresco. ¿Pretendía engatusarme en aquel momento? No le salió muy mal, pero el procedimiento era de lo más grosero.

El general surgió —esta es la palabra— de detrás de ella.

—Alexis Ivanovich, perdóneme que me haya expresado como lo hice hace un momento. No dije lo que quería decir.... Le ruego, le suplico, me inclino hasta la cintura, a la rusa. Solo usted, solo usted puede salvarnos. La señorita de Cominges y yo se lo suplicamos. ¿Verdad que lo comprende? —imploró, indicándome con la mirada a Mademoiselle Blanche.

Verdaderamente daba lástima.

En aquel momento alguien dio tres golpes respetuosos en la puerta. Abrieron. Era el camarero del piso. Unos pasos detrás de él iba Potapich. Los había enviado la abuela. Tenían la orden de que me buscaran y me llevasen a su presencia inmediatamente.

—Está disgustada —me indicó Potapich.

—Pero si apenas son ahora las tres y media...

—No ha podido dormir y no hace más que dar vueltas. De pronto se ha incorporado y me ha pedido el sillón y que viniera a buscarle. Ya está en la escalinata.

—¡Qué mujer! —exclamó Des Grieux.

Efectivamente: la abuela se encontraba ya en la escalinata, irritada por culpa de mi ausencia. No había podido esperar hasta las cuatro.

—Vamos: llévame —exclamó.

Y volvimos a la ruleta.

XII

La abuela estaba nerviosa, irritada, impaciente. Era indudable que la ruleta la obsesionaba. No ponía atención en nada más y estaba generalmente distraída. Por el camino, por ejemplo, me hizo preguntas iguales a las de por la mañana. Al advertir un carruaje lujoso que pasó ante nosotros a toda velocidad, hizo con la mano un ademán a la vez que me preguntaba quién era su dueño, pero sin duda no oyó mi respuesta. Su ensoñación estaba constantemente interrumpida por bruscos movimientos de impaciencia y por salidas de tono. Cuando le mostré a lo lejos, al acercarnos al casino, al barón y a la baronesa Wurmerhelm, los miró con aire distraído, totalmente indiferente, y dijo:

—¡Ah!

Y volviéndose vivamente hacia Potapich y Marta, que la seguían, les espetó:

—¿Por qué habéis de andar pegados a mí? ¡No os voy a llevar cada vez conmigo! ¡Volveos! Me basta contigo —añadió cuando los otros, después de haberla saludado apresuradamente, hubieron dado media vuelta.

En el casino esperaban ya a la abuela. Inmediatamente le cedieron el mismo sitio al lado del *croupier*. Tengo la impresión de que estos *croupiers*, siempre tan correctos, que tienen la apariencia de simples funcionarios a quienes más o menos les da lo mismo que la banca gane o pierda, no son en modo alguno indiferentes a la suerte de la banca. Sin duda tienen sus instrucciones en cuanto a atraer a los jugadores y velar por los intereses del fisco, lo que les vale primas y gratificaciones. Al menos a la abuela la miraban ya como a una víctima.

En seguida sucedió lo que los nuestros habían previsto. Y he aquí cómo:

La abuela puso inmediatamente sus miradas en el *zéro* y me ordenó que jugara diez federicos de una vez. Jugamos una vez, dos veces, tres veces..., y el *zéro* no salía.

—¡Continúa, continúa! —repetía la abuela, dándome con el codo, en su impaciencia.

Yo me limitaba a obedecer.

—¿Cuántas veces hemos jugado? —me preguntó por último, chirriándole los dientes de desesperación.

—Doce veces, abuela. Hemos perdido ciento cuarenta y cuatro federicos. Le repito que quizás hasta esta noche...

—¡Cállate! —me interrumpió—. Pon en el *zéro* y mil florines más en el rojo. Toma: aquí tienes un billete.

Salió el rojo, pero falló el *zéro* también esta vez. Recogí mil florines.

—¿Lo ves, lo ves? —me dijo en voz baja la abuela—. Lo hemos recuperado casi todo. Vuelve a poner al *zéro*. Diez veces más y nos vamos.

Pero a la quinta vez la abuela tuvo bastante.

—¡Manda al diablo ese maldito *zéro*! Toma: pon cuatro mil florines al rojo —me ordenó.

—Abuela, es demasiado. ¿Y si no sale el rojo? —imploré, pero faltó muy poco para que me pegase. Además sus codazos eran verdaderos golpes.

No había nada que hacer. Puse en el rojo los cuatro mil florines ganados por la mañana. Giró la ruleta. La abuela estaba tranquila y se erguía con altivez, segura de ganar.

—*Zéro!* —gritó el *croupier*.

La abuela, en un principio, no lo comprendió, pero cuando vio que el *croupier* recogía sus cuatro mil florines con todo lo que había sobre la mesa y supo que el *zéro*, que había tardado tanto tiempo en salir y al cual habíamos jugado más de doscientos federicos, había salido como expresamente en el momento en que ella acababa de insultarlo y abandonarlo, lanzó una exclamación y golpeó ruidosamente una mano contra la otra.

A su alrededor se echaron a reír.

—¡Santo Dios! ¡Ahora sale este bestia! —chilló la abuela—. ¡Ah, miserable! ¡Tú tienes la culpa! ¡De todo esto tienes tú la culpa! —dijo, lanzándose sobre mí y dándome de golpes—. Tú eres quien me ha disuadido.

—Abuela, yo quisiera que fuese usted razonable. ¿Cómo puedo responder de todas las jugadas?

—¡Ya te daré yo a ti jugadas! —gruñó en tono amenazador—. ¡Vete!

—Adiós, abuela —dije, y me volví como para irme.

—Alexis Ivanovich, Alexis Ivanovich, ¡quédate! ¿Adónde vas? ¡Vamos, vamos! ¡Ya se ha molestado! ¡Estúpido! ¡Quédate, quédate un poco más! Y no te molestes; la tonta soy yo. Dime ahora lo que debo hacer.

—No quiero aconsejarla, abuela. Luego la toma usted conmigo. Juegue usted. Ordene, y yo pondré.

—Bueno, bueno. Vuelve a poner cuatro mil florines al rojo. Toma: aquí está mi cartera —la sacó del bolsillo y me la dio—. Hay veinte mil rublos.

—Abuela —balbucí—, una postura semejante...

—Que me ahorquen si no me desquito. Pon.

Apostamos y perdimos.

—¡Más, más! Pon ocho mil de una vez.

—Imposible abuela. La postura más alta es de cuatro mil.

—¡Pon los cuatro mil!

Esta vez ganamos. La abuela cobró ánimos.

—¿Lo ves, lo ves? —dijo, asestándome un codazo—. ¡Vuelve a poner cuatro mil!

Pusimos y perdimos; volvimos a poner y perdimos de nuevo.

—Abuela, los doce mil florines se han esfumado —le anuncié.

—Ya lo veo —me respondió, con una especie de rabia impasible, si así se le puede decir—. Ya lo veo, querido, lo veo perfectamente —murmuró, con la mirada fija y como si reflexionara—. Bueno: me dejaré la piel. ¡Tanto peor! Pon otros cuatro mil florines.

—Ya no tenemos dinero, abuela. En su cartera no hay más que obligaciones rusas al cinco por ciento y algunos títulos, pero no hay dinero.

—¿Y en mi bolsillo?

—Calderilla, abuela.

—¿Aquí hay casa de cambio? Me han dicho que se podían cambiar todos nuestros valores —me dijo la anciana en tono decidido.

—¡Oh, tantas como desee! Pero perderá usted en el cambio... Hasta un judío se estremecería.

—¡Tonterías! Quiero recuperar mi dinero. Llévame. Haz que llamen a los criados.

Empujé el sillón, vinieron a buscarnos los porteadores y abandonamos el casino.

—¡Más de prisa! ¡Más de prisa! —ordenaba la abuela—. Dime cuál es el camino, Alexis Ivanovich, y ve al que esté más cerca... ¿Está lejos?

—A dos pasos nada más.

Pero al volver, dejando la *square* por la avenida, nos encontramos con toda nuestra gente: el general, Des Grieux, Mademoiselle Blanche y su madre. Polina Alexandrovna no estaba con ellos. Ni tampoco Astley.

—¡Vamos, vamos! ¡No nos entretengamos! —gritaba la abuela—. ¿Qué queréis? ¡No tengo tiempo para ocuparme de vosotros!

Yo iba detrás y Des Grieux me alcanzó.

—Ha perdido todo lo que había ganado esta mañana, y doce mil florines más. Vamos a cambiar las obligaciones al cinco por ciento —le dije en voz baja y precipitadamente.

Des Grieux dio una patada en el suelo y corrió a anunciar la noticia al general. Continuábamos empujando el sillón de la abuela.

—¡Deténgala! ¡Deténgala! —me murmuró el general, furibundo.

—Inténtelo usted —repuse.

—Tía —dijo el general, acercándose—, querida tía..., nosotros..., nosotros... —su voz temblaba y se quebró— vamos a alquilar unos caballos y a dar una vuelta por el campo... Vistas maravillosas..., la *pointe*... Veníamos a invitarla.

—¡Al diablo tu *pointe*! —gritó la abuela, rechazándole con un ademán de impaciencia.

—Allí hay un pueblo..., tomaremos el té... —prosiguió el general, esta vez sin ninguna esperanza.

—*Nous boirons du lait sur l'herbe fraîche* —añadió Des Grieux en un tono ferozmente hostil.

Du lait, de l'herbe fraîche es lo más idealmente idílico para un burgués de París. Este es, como se sabe, todo su concepto *de la nature et de la vérité*.

—Me cisco en tu leche. Bébetela toda. A mí me sienta como un tiro. ¿Por qué insiste? ¡Le digo que no tengo tiempo que perder!

—Abuela, hemos llegado —le dije—. Es aquí.

La empujamos hasta la casa donde se encontraba el despacho del banquero. Fui a cambiar. La abuela se quedó esperándome cerca de la entrada. Des Grieux, el general y Mademoiselle Blanche se mantenían aparte sin saber qué hacer. La abuela, irritada, los miró, por lo que iniciaron el camino hacia el casino.

Me ofrecieron un cambio tan desventajoso que vacilé y salí a pedir instrucciones a la abuela.

—¡Ah, bandidos! —exclamó, golpeándose las manos—. ¡Tanto peor: acepto! —me dijo en tono perentorio—. Espera: llama al banquero.

—Más bien un empleado, abuela.

—Vete por el empleado; me da igual. ¡Ah, los bandidos!

El empleado consintió en salir cuando supo que se trataba de una anciana condesa, débil e inválida. La abuela le hizo un largo discurso, reprochándole con cólera que fuese un avaro, y regateó. Hablaba una mezcla de ruso, inglés y alemán, haciendo yo de intérprete. El empleado, con severo rostro, nos contemplaba a los dos e inclinaba la cabeza sin decir nada. Observaba incluso a la abuela con insistente curiosidad rayana en la descortesía. Finalmente sonrió.

—¡Lárgate! —exclamó la abuela—. ¡Que con mi dinero te ahorquen! Cámbialo, Alexis Ivanovich, que no tenemos tiempo. Si no, vamos a otro.

—Dice que los otros aún dan menos.

No recuerdo la tasación de la operación, pero fue desastrosa. Obtuve doce mil florines en monedas de oro y billetes de banco; tomé la cuenta y se la llevé a la abuela.

—Bueno, bueno: es inútil contar —dijo, moviendo los brazos—. ¡Pronto, pronto!

—Jamás apostaré a ese maldito *zéro* ni al rojo —murmuró cuando estábamos cerca del casino.

Esta vez traté con todas mis fuerzas de convencerla de que jugara lo menos posible, asegurándole que si la suerte cambiaba siempre estábamos a tiempo de jugar fuerte. Pero ella estaba muy impaciente, y aunque en un principio estuvo de acuerdo con mis razonamientos, no pude contenerla durante el juego. En cuanto comenzó a ganar diez, veinte federicos, empezó a darme codazos.

—¿Lo ves, lo ves? —decía—. Hemos ganado. Si hubiésemos puesto mil florines en lugar de diez, habríamos ganado cuatro mil, mientras que ahora... Tú tienes la culpa.

A pesar de que me disgustaba verla jugar, decidí finalmente callarme y no darle más consejos.

Y vi que pronto aparecía Des Grieux. Estaban los tres cerca de nosotros. Observé que Mademoiselle Blanche se mantenía alejada, en compañía de su madre, coqueteando con el principito. El general estaba visiblemente en desgracia, casi exiliado. Mademoiselle Blanche ni siquiera quería mirarle, aunque él no dejaba de rondarla. ¡Pobre general! Palidecía, enrojecía, se estremecía y ni siquiera se fijaba en el juego de la abuela. Por último Mademoiselle Blanche y el principito se marcharon. El general corrió tras ellos.

—*Madame, Madame* —susurró Des Grieux, con vez melosa, al oído de la abuela—. *Madame*, esas posturas no van bien... No, no, no es posible —dijo en mal ruso—, no.

—¿Cómo? Dígame lo que hay que hacer —dijo la abuela.

Des Grieux se puso a hablar de prisa en francés. Daba consejos, se agitaba, decía que había que esperar la suerte, y se ponía a hacer cálculos. La abuela no comprendía nada. Se volvió un instante a mí para que tradujese sus palabras. Con el dedo señalaba el francés la mesa para explicarse. Por último cogió un lápiz y escribió unas cifras en un papel. La abuela había perdido la paciencia.

—Vamos: ¡vete, vete! Estás diciendo tonterías. «*Madame, Madame!*», y no sabes ni lo que tienes entre manos. ¡Lárgate!

—*Mais, Madame...* —tartamudeó Des Grieux, que reanudó sus demostraciones y explicaciones. Se sentía herido en lo más hondo.

—Bueno: pon una vez como él dice —me ordenó la abuela—. Quizá salga bien.

Des Grieux solamente quería impedirle que jugara fuerte: le proponía hacer posturas a cifras separadamente y en serie. Siguiendo su consejo, puse un federico a una serie de números impares en los doce primeros, y cinco federicos en grupos de cifras de doce a dieciocho y de dieciocho a veinticuatro: en total arriesgamos dieciséis federicos. La ruleta comenzó a dar vueltas.

—*Zéro!* —gritó el *croupier*.

Lo habíamos perdido todo.

—¡Qué estúpido! —exclamó la abuela, volviéndose a Des Grieux—. ¡Maldito francés! ¡Y que este engendro me dé consejos! ¡Lárgate, lárgate! ¡No entiende nada de nada y quiere meter la nariz en todas partes!

Tremendamente humillado, Des Grieux se encogió de hombros, lanzó a la anciana una mirada despreciativa y se retiró. Estaba avergonzado por haber intervenido, pero no había podido contenerse.

Al cabo de una hora, a pesar de desesperados esfuerzos, lo habíamos perdido todo.

—¡Marchémonos! —dijo la abuela.

No dijo nada hasta la avenida. En la avenida, cuando llegamos al hotel, comenzó a lanzar exclamaciones:

—¡Qué imbécil! ¡Qué estúpida! Vieja bestia, que eso es lo que eres: ¡una vieja bestia!

En cuanto estuvimos en sus habitaciones dijo a gritos:

—¡El té! Y preparadlo todo inmediatamente. ¡Nos vamos!

—¿Adónde quiere ir, señora? —se atrevió a preguntar Marta.

—¿Te importa mucho? ¡Métete en tus asuntos! Potapich, prepara las maletas. Volvemos a Moscú. ¡He perdido quince mil rublos!

—¡Quince mil rublos, señora! ¡Dios mío! —exclamó Potapich, enternecido, y dio una palmada creyendo por lo visto que así complacía a su ama.

—¡Vamos, vamos, idiota! ¡Ahora le da por lloriquear! ¡Cállate! ¡Haz los preparativos! ¡Que me traigan la cuenta en seguida!

Para calmar su furor dije:

—El primer tren, abuela, sale a las nueve y media.

—¿Y qué hora es ahora?

—Las siete y media.

—¡Qué fastidio! ¡Tanto peor! Alexis Ivanovich, no tengo un copeck. Mira: aquí hay todavía dos billetes. Corre abajo a cambiarlos. Si no, ni siquiera tendré dinero para irme.

Salí. Cuando estuve de vuelta, media hora más tarde, encontré a nuestros amigos en la habitación de la abuela. Parecían aún más desconcertados por la marcha definitiva de la anciana a Moscú que por sus pérdidas en el juego. Y admitiendo que esta marcha salvase su fortuna, ¿qué iba a ser del general? ¿Quién iba a pagar a Des Grieux? Mademoiselle Blanche no aguardaría la muerte de la abuela y se entendería con el principito o con cualquier otro. Estaban allí, ante ella, intentando consolarla, serenarla. Polina continuaba ausente.

La abuela los abrumaba con rudas impugnaciones.

—¡Largaos de mi vista, diantre! ¿Qué os importa a vosotros? ¿Por qué se mete en mis asuntos ese barba de chivo? —gritó a Des Grieux—. Y tú, cotorra, ¿quién eres? —dijo a Mademoiselle Blanche—. ¿Quién te ha dado vela en este entierro?

—¡Diantre! —murmuró Mademoiselle Blanche, cuyos ojos lanzaron chispas de ira.

Pero de pronto se echó a reír y salió de la habitación.

—*Elle vivra cent ans!* —exclamó al cruzar el umbral, dirigiéndose al general.

—¡Ah! ¿De manera que contabas con mi muerte? —gritó la abuela al general—. ¡Lárgate! ¡Échalos a todos, Alexis Ivanovich! ¿Qué os importa a todos? El dinero que he perdido es mío, no vuestro.

El general se encogió de hombros, encorvó la espalda y salió. Des Grieux le siguió.

—Llama a Polina —ordenó la abuela a Marta.

Cinco minutos después volvió Marta con Polina. Durante todo ese tiempo Polina se había quedado en su habitación con los niños, sin duda con la decidida intención de no salir en todo el día. Parecía triste y preocupada.

—Polina —dijo la abuela—, ¿es verdad todo lo que he sabido ahora indirectamente: que tu padrastro quiere casarse con esa veleta, esa francesa, una actriz o algo peor todavía? Dime: ¿es verdad?

—No sé nada seguro, abuela —repuso Polina—, pero de las conversaciones de Mademoiselle Blanche, que no considera necesario disimular, deduzco...

—¡Basta! —la interrumpió la abuela enérgicamente—. ¡Lo comprendo todo! Siempre he pensado que acabaría así, y siempre le he considerado como el hombre más memo y frívolo que he conocido. Se le ha subido a la cabeza su grado de general, que se le concedió cuando se retiró como coronel, y se da mucho tono. Pero lo sé todo, querida. Sé que enviabais telegramas y telegramas a Moscú. «¿La palmará pronto la vieja abuela?» Esto es lo que queríais decir. Esperabais mi herencia. Sin ese dinero, esa jovencita (¿cómo se llama?, De Comenges, ¿verdad?) no le hubiera querido ni como lacayo, con sus dientes postizos. Se dice que ella tiene un montón de dinero que presta a buen interés y que se ha forrado. No te acuso, Polina. No fuiste tú quien enviaba los telegramas, y no quiero volver a insistir sobre el pasado. Sé que tienes mal carácter... ¡Una avispa! Cuando picas levantas ampolla. Pero tengo lástima de ti porque quise mucho a tu difunta madre Catalina. Óyeme: si quieres, deja todo esto y vente conmigo. No tienes ningún sitio adonde ir y no es conveniente quedarte ahora con ellos. ¡Espera! —gritó la abuela a Polina, que iba a contestarle—. No he terminado. No te preguntaré nada. Ya conoces mi casa en Moscú: es un palacio. Si quieres ocuparás todo un piso y te quedarás en él semanas sin verme, si es que te disgusta mi carácter. Aceptas, ¿sí o no?

—Primero déjeme que le pregunte una cosa: ¿se va a marchar inmediatamente?

—¿Acaso tengo cara de bromear, pequeña? He dicho que me iba y me voy. He perdido hoy quince mil rublos en vuestra ruleta, tres veces maldita. Hace cinco años hice la promesa de reconstruir en piedra la iglesia de madera de mi propiedad de los alrededores de Moscú, y en lugar de eso me he arruinado aquí en el juego. Ahora, querida, me voy a reconstruir mi iglesia.

—¿Y las aguas, abuela? Usted había venido a tomarlas.

—¡Déjame en paz con las aguas! No me enfurezcas. ¿O acaso lo haces adrede? Vamos: ¿vienes o no?

—Le estoy muy reconocida, abuela —comenzó Polina, con emoción—, por el refugio que usted me ofrece. Usted ha adivinado, en parte, mi situación. Le estoy tan reconocida que, créame, tal vez muy pronto vaya a buscarla. Pero por el momento tengo serios motivos..., muy serios..., y no puedo decidirme tan de repente. Si usted se quedase, aunque fuera un par de semanas...

—Entonces ¿no quieres?

—No puedo. Además no puedo dejar a mi hermano y a mi hermana, y como... es posible que se queden solos... Si usted me admite con los niños, abuela, sí, iré a su casa, y créame que sabré merecérmelo —añadió, con emoción—. Pero sin los niños no puedo, abuela.

—Bueno, no lloriquees —Polina no pensaba ni siquiera remotamente en lloriquear, y, por otra parte, jamás vertía una lágrima—. También encontraremos sitio para los pequeños: el gallinero es muy grande. Además ya es hora de que vayan al colegio. ¿De manera que no te vas ahora? ¡Ten cuidado, Polina! Yo querría tu bien, y sé por qué no vienes. Lo sé todo, chiquilla. No tienes nada bueno que esperar de ese maldito francés.

Polina enrojeció. Yo me estremecí. ¡Lo sabían todos! ¡Yo era el único que lo ignoraba!

—Bueno: no te pongas así. No voy a insistir más. Pero ten cuidado, no te ocurra una desgracia... Ya me entiendes. Eres una muchacha inteligente. Me daría mucha pena. Bueno: ya basta. No quiero veros más. Vete. Adiós.

—La acompañaré, abuela —dijo Polina.

—No es necesario. Me molestarías, y estoy hasta la coronilla de todos vosotros.

Polina besó la mano de la abuela, pero esta retiró la mano y besó a la joven en la mejilla.

Al pasar por mi lado Polina me lanzó una mirada, pero rápidamente volvió la vista.

—Adiós también a ti, Alexis Ivanovich. Solamente falta una hora para que salga el tren. Supongo que ya estarás harto de mí. Toma estos cincuenta federicos.

—Muchas gracias, abuela, pero no me atrevo...

—Bueno, bueno —exclamó la abuela en un tono tan enérgico y amenazador que no me atreví a rechazar el dinero.

—Si te encuentras sin empleo en Moscú, ven a verme. Te daré recomendaciones. ¡Vámonos!

Volví a mi habitación y me eché sobre la cama. Durante media hora estuve tendido de espaldas, con las manos cruzadas bajo la nuca. Se había producido la catástrofe y tenía que reflexionar. Decidí hablar con Polina seriamente al día siguiente. ¡Ese francés! ¿De modo que era verdad? Pero ¿era imposible? ¡Polina! ¡Polina y Des Grieux! ¡Dios mío, qué pareja!

Todo esto era realmente increíble. Bruscamente me levanté, fuera de mí, para ir en seguida a ver a Astley y hacerle hablar costase lo que costase. ¿Acaso él también sabría más que yo? Otro enigma más.

Pero de pronto llamaron a mi puerta. Cuando abrí vi que era Potapich.

—Alexis Ivanovich, señor, la señora quiere verle.

—¿Qué sucede? ¿No se ha ido? Dentro de veinte minutos sale el tren.

—Está muy agitada, señor. No puede estarse quieta. «¡Pronto, pronto!» Es a usted a quien llama. ¡No tarde, por el amor de Dios!

Bajé en seguida. Ya habían sacado a la abuela al corredor. Tenía la cartera en la mano.

—Alexis Ivanovich, ve delante. Vamos allá.

—¿Adónde, abuela?

—Recuperaré mi dinero, aunque me cueste la vida. Vamos: andando, sin preguntas. Se juega hasta medianoche, ¿verdad?

Me quedé petrificado. Reflexioné, pero inmediatamente tomé una decisión.

—Como quiera, Antonina Vassilievna, pero yo no iré.

—¿Por qué? ¿Qué te pasa? ¿Qué mosca os ha picado a todos?

—Como quiera. Pero yo más tarde me haría reproches a mí mismo y no quiero hacérmelos. No quiero ser testigo ni partícipe. Dispénseme, abuela. Aquí tiene sus cincuenta federicos. ¡Adiós!

Y dejando el cartucho de monedas de oro sobre un velador que había al lado de la butaca de la abuela saludé y me fui.

La abuela me gritó:

—¡Qué estupidez! Pero si tú no me acompañas ya encontraré el camino yo sola. Potapich, hazme compañía. ¡Vamos, llévame!

No encontré a Astley y volví al hotel. Más tarde, hacia la una de la madrugada, supe por Potapich cómo había terminado la jornada de la abuela. Había perdido todo lo que yo le había cambiado, es decir, diez mil rublos más. El polaco a quien ella había dado dos federicos no la abandonó un instante y dirigió su juego hasta el final. Ella había recurrido primero a Potapich, pero no tardó en prescindir de él. En ese momento surgió el polaco. Como hecho a propósito, comprendía el ruso y chapurreaba bien que mal una mezcla de tres lenguas, de forma que podían llegar a entenderse. La abuela no dejó ni un momento de insultarle despiadadamente, aunque el otro se ponía a «los pies de la señora».

—Ni punto de comparación con usted, Alexis Ivanovich —decía Potapich—. A usted ella le trataba «como a un señor», mientras que el otro (lo he visto con mis propios ojos y que Dios me castigue si miento) le robaba el dinero ante sus propias narices. Ella, incluso, le sorprendió un par de veces y le insultó poniéndole verde. Hasta le tiró del pelo. Es verdad, no miento. Esto hizo reír a todos. Y lo perdió todo, señor: todo lo que ella tenía, todo lo que usted le había cambiado. Trajimos aquí a la señora. Pidió un vaso de agua, se santiguó y se metió en la cama. Sin duda estaba agotada, porque se quedó dormida en el acto. ¡Dios le dé buen sueño! ¡Oh, el extranjero! —concluyó—. Yo había pronosticado que esto no traería nada bueno. Quisiera encontrarme de nuevo en Moscú. ¿No tenemos allí casa? Un jardín, flores como las de aquí, aire, manzanos, espacio... No, había que venir al extranjero. ¡Oh, oh!

XIII

Hace ya casi un mes que no he tocado estas notas, que comencé bajo la influencia de impresiones desordenadas pero violentas. La catástrofe que presentí se acercaba, ha sobrevenido, pero mil veces más brutal y repentina de lo que yo había imaginado. Todo fue extraño, escandaloso, incluso trágico, al menos en lo que me concierne. Me han sucedido muchas aventuras casi milagrosas. Al menos yo las considero así aún, aunque desde otro punto de vista, y sobre todo a juzgar por el torbellino que me arrastraba, fueron sencillamente excepcionales. Pero el milagro fue, para mí, la forma como me comporté en medio de semejantes acontecimientos. Sigo todavía sin comprenderme. Y todo esto, hasta mi pasión, ha pasado ya como un sueño. Y sin embargo mi pasión era fuerte y sincera, pero... ¿qué se ha hecho de ella ahora? Es verdad que algunas veces un pensamiento acude bruscamente a mi espíritu.

«¿No estaba loco entonces y no he pasado todo este tiempo en una casa de salud? Acaso esté en ella todavía, tal vez todo esto sea y siga siendo todavía una apariencia.»

He reunido y releído mis notas, ¿acaso, ¡quién sabe!, para convencerme de que no las escribí en una casa de salud?

Ahora estoy solo en el mundo. Ha llegado el otoño y amarillean las hojas. Estoy en este triste pueblo (¡oh, qué tristes pueden ser las aldeas alemanas!), y, en vez de pensar en el porvenir, vivo bajo la influencia de sensaciones apenas desvanecidas, bajo la influencia de recientes recuerdos, de toda esa tempestad aún próxima que durante un tiempo me ha arrastrado en sus torbellinos y al fin me arrojó fuera de ella.

Aunque muchas veces tengo la impresión de que permanezco todavía en medio de ese torbellino, que la tempestad va a desencadenarse, que va a arrebatarme a su paso bajo sus alas y que, perdiendo la estabilidad y el sentido de la medida, voy a ponerme a girar, girar, girar...

Por otra parte tal vez vaya a detenerme y dejar de dar vueltas si hago la recapitulación, lo más exactamente posible, de todo lo que ha sucedido en ese mes. Siento de nuevo el deseo de coger la pluma, y a veces no tengo absolutamente nada que hacer por la tarde. ¡Cosa extraña! Para tener algo en que ocuparme cojo de la mediocre biblioteca de aquí las novelas de Paul de Kock (traducidas al alemán), que no puedo soportar. Pero las leo y me sorprendo yo mismo: se diría que temo que con una lectura o una ocupación seria se pueda romper el encantamiento que acaba de disiparse.

O que ese sueño incoherente y todas las impresiones que en mí han dejado me son tan queridas, que rechazo todo nuevo contacto por miedo de que se reduzcan a humo.

Verdaderamente ¿tienen tanto valor para mí?

Sí; sí lo tienen. Y tal vez, dentro de cuarenta años, siga recordándolo.

Así, pues, vuelvo a coger la pluma. Todo, además, puede ser contado ahora en pocas palabras: mis impresiones ya no son las mismas...

Pero acabemos primero con la abuela. Al día siguiente lo había perdido todo. Tenía que ser así: el que se lanza, como ella lo hizo, por este camino, desciende cada vez más rápidamente, como si se deslizara en trineo desde lo alto de una montaña nevada. Jugó todo el día, hasta las ocho de la noche. No asistí, y lo que sé lo supe de oídas.

Durante toda la jornada Potapich estuvo de guardia junto a ella en el casino. Los polacos que dirigían a la abuela se relevaron varias veces. Empezó prescindiendo del polaco a quien el día anterior había tirado del pelo y aceptó los consejos de otro que le resultó todavía peor. Tras haber despachado a éste también, cogió de nuevo al primero, que no había abandonado el lugar y que durante todo el tiempo de su desgracia no había cesado de rondar en torno a su sillón, sacando la cabeza constantemente por encima de su hombro, cosa que al fin hizo que la abuela se sintiera poseída por una verdadera desesperación. El segundo polaco tampoco quiso abandonar su sitio por nada del mundo: cada uno de ellos se colocó a uno y otro lado de la anciana. No hacían más que reñir e insultarse por culpa de las posturas y de la marcha del juego, tratándose de pillos y demás delicadezas polacas; luego hacían las paces y hacían las posturas a la buena de Dios. Cuando disputaban, cada uno ponía por su lado, uno al rojo y otro al negro, por ejemplo. En fin: hicieron que la abuela perdiese de tal modo la cabeza que, casi con lágrimas en los ojos, pidió a un viejo *croupier* que la defendiera y echara de allí a los polacos. Inmediatamente se hizo así, pese a sus gritos y sus protestas. Los dos vociferaban a la vez, pretendiendo que la abuela les debía dinero, que los había engañado, que se había portado con ellos muy villanamente. Aquella misma noche me contó, llorando, Potapich todo esto, y volvía a lamentarse, diciendo que los dos se habían llenado los bolsillos, que él los había visto robar descaradamente el dinero y metérselo en los bolsillos. Uno de ellos había pedido cinco federicos a la abuela por su trabajo y los puso en la ruleta al lado del dinero de la abuela. Al ganar ella él empezó a gritar diciendo que el dinero era suyo, que él era quién había ganado y que la abuela había perdido. Cuando los echaron, Potapich intervino y declaró que tenían los bolsillos llenos de oro. La abuela rogó inmediatamente al *croupier* que tomara sus disposiciones, y, a pesar de los gritos feroces de los dos polacos, apareció la policía y les fueron vaciados los bolsillos en beneficio de la abuela. Mientras tuvo dinero gozó la anciana de un prestigio manifiesto a los ojos de los *croupiers* y de la dirección del casino. Poco a poco su fama se extendió por toda la ciudad. Los bañistas de todo el país, desde los más sencillos a los más ilustres, acudían a contemplar a *une vieille comtesse russe tombée en enfance* que ya había perdido «varios millones».

Pero la abuela ganó poco, muy poco, con desembarazarse de los dos polacos. Apareció inmediatamente un tercero ofreciéndole sus servicios: éste hablaba el ruso correctamente y vestía como un caballero, aunque no lo parecía. Tenía un hermoso bigote y mucho amor propio. También «besaba las huellas de los pasos» de la *pani* y se «ponía a sus pies», pero trataba despóticamente a todos los que le rodeaban y daba órdenes con irritante arrogancia. Desde luego no se portaba como un criado, sino como el señor de la anciana. Constantemente, a cada jugada, se volvía hacia ella y le aseguraba, con los juramentos más horribles, que era un honorable caballero que no se quedaría ni con un céntimo. Repetía tan frecuentemente estos juramentos que ella acabó por tenerle miedo. Pero como al principio este caballero parecía haber corregido su juego y comenzó a ganar, la abuela no se decidió a deshacerse de él. Una hora más tarde los dos primeros polacos expulsados del casino reaparecieron tras el sillón de la abuela y le ofrecieron de nuevo sus servicios e incluso hacer sus recados. Potapich me juró que el «caballero honorable» intercambiaba guiños con ellos y que hasta les había puesto algo en la mano. Como la abuela no había comido y casi no se movía de su sillón, uno de los polacos pudo, efectivamente, serle útil: corrió al comedor del casino a buscarle una taza de caldo y luego té. Los dos fueron allá. Pero, al final de la jornada, cuando todo el mundo se pudo dar cuenta de que ella perdía su último billete de banco, había seis polacos detrás de su sillón, que hasta entonces no habían sido vistos. Y cuando la abuela perdió sus últimas monedas no solamente no la escucharon, sino que ni siquiera le prestaban la menor atención, inclinándose sobre la mesa por encima de su hombro, recogiendo el dinero, dando órdenes, haciendo jugadas, riñendo, haciendo preguntas familiarmente al «caballero honorable». En cuanto a éste, casi había olvidado la existencia de la abuela. Y cuando la abuela, arruinada completamente, regresó a las ocho al hotel, tres o cuatro polacos no pudieron decidirse aún a dejarla. Corrían junto a su sillón, hablando a gritos y asegurando que la abuela los había engañado y les debía dinero. De esta singular manera llegaron al hotel, donde fueron echados a puntapiés.

Según los cálculos de Potapich, la abuela había perdido aquel día, además del dinero perdido la víspera, hasta noventa mil rublos. Todas las obligaciones al cinco por ciento, rentas sobre el Estado, acciones que poseía, las había cambiado una tras otra. Me sorprendía que ella hubiese podido resistir siete u ocho horas sentada en su sillón y casi sin abandonar la mesa. Potapich me dijo que dos o tres veces ella había empezado a ganar grandes cantidades, pero que, arrastrada por la esperanza, no había tenido valor para retirarse. Por otra parte los jugadores saben que un hombre puede permanecer casi veinticuatro horas en el mismo sitio, con las cartas en la mano, sin volver los ojos a uno u otro lado.

También aquel día ocurrieron en nuestro hotel acontecimientos decisivos. Por la mañana, antes de las once, mientras la abuela estaba todavía en sus habitaciones, los nuestros, es decir, el general y Des Grieux, decidieron dar un paso decisivo. Habiéndose sabido que la abuela, lejos de pensar en marcharse, volvía, por el contrario, al casino, se reunieron en cónclave —a excepción de Polina— para conferenciar con ella definitivamente e incluso *sincérament*. El general, temblando y desfallecido ante la idea de las terribles consecuencias que resultarían para él, forzó incluso las cosas: después de media hora de ruegos y súplicas, después de haber confesado hasta su pasión por Mademoiselle Blanche —había perdido la cabeza completamente—, adoptó de pronto un tono amenazador y se puso a dar gritos y patadas en el suelo. Gritaba diciendo que ella estaba deshonrando a toda la familia, que era un motivo de escándalo para la ciudad, y en fin..., en fin...

—¡Está manchando el nombre de Rusia, señora! —gritó—. ¡Y para esto hay una policía!

Para terminar de una vez, la abuela le echó a bastonazos, en el sentido literal de la frase.

El general y Des Grieux hablaron todavía una o dos veces aquella mañana. Se preguntaban si realmente podían recurrir a la policía. Porque diciendo que una desdichada pero respetable anciana que chocheaba iba a perder todo su dinero en el juego, etc., ¿no podrían, de una u otra forma, conseguir que la vigilaran o le prohibieran jugar? Pero Des Grieux se encogió de hombros y se rio en las barbas del general, que, terminados todos sus argumentos, se paseaba de un lado a otro de su gabinete.

Finalmente Des Grieux hizo con la mano un ademán desdeñoso y ya no se le vio más.

Se supo por la noche que había abandonado definitivamente el hotel tras haber celebrado una decisiva y misteriosa conversación con Mademoiselle Blanche. En cuanto a ella, desde por la mañana tenía tomadas sus categóricas y decisivas medidas: despidió definitivamente al general, y ni siquiera le toleraba en su presencia. Cuando el general corrió tras ella al casino y la encontró del brazo del principito, ni ella ni la señora viuda de Cominges le reconocieron. Tampoco el principito le saludó.

Durante el día Mademoiselle Blanche sondeó y maniobró de manera que el principito se le declarase de una vez. Pero, ¡ay!, se engañó totalmente en sus cálculos. Esta pequeña catástrofe se produjo por la noche. De pronto se supo que el principito era pobre como Job y que contaba con ella para pedirle dinero prestado a cambio de un pagaré para poder jugar a la ruleta. Mademoiselle Blanche, indignada, le echó y se encerró en su habitación.

En la mañana del mismo día fui a ver a Astley, o mejor dicho, le busqué durante toda la mañana sin poder encontrarle. No estaba ni en su hotel, ni en el casino, ni en el parque. Aquel día no comió en el hotel. A las cinco le vi de pronto que se dirigía desde la estación al Hotel de Inglaterra. Tenía prisa y parecía muy preocupado, aunque era muy difícil descubrir en su rostro la preocupación o una especie de confusión cualquiera. Me tendió cordialmente la mano, con su habitual exclamación: «¡Ah!», pero sin detenerse y siguiendo su camino con pasos más rápidos aún. Me uní a él, pero supo responderme de tal forma que no tuve tiempo de pedirle ninguna aclaración. Además me causaba un gran malestar el tener que referirme a Polina. Tampoco él se preocupó de ella. Le conté lo que le había sucedido a la abuela; me escuchó con gravedad y atención y después se encogió de hombros.

—Lo perderá todo —le indiqué.

—¡Oh, sí! —repuso—. Ya había ido a jugar cuando me marché, y estaba seguro de que perdería. Si tengo tiempo, pasaré por el casino para verlo, porque es curioso...

—¿Adónde ha ido usted? —dije, sorprendido de no haberle hecho todavía la pregunta.

—A Francfort.

—¿Negocios?

—Sí.

¿Qué más podía preguntarle? Seguí caminando a su lado, pero se volvió de pronto hacia el Hotel de las Cuatro Naciones, que se encontraba en el camino, me hizo un ademán de saludo con la cabeza y desapareció. De regreso, poco a poco llegué a tener la certeza de que aunque hubiera estado hablando dos horas con él no habría podido saber nada, porque... ¡no tenía nada que preguntarle! Sí, seguramente era así. De ningún modo hubiese podido hacer mi pregunta.

Durante todo el día se paseó Polina por el parque con los niños, y la nodriza se quedó en casa. Hacía mucho tiempo que ella huía del general y que apenas le hablaba, al menos de cosas serias. Yo había observado esto desde hacía algún tiempo.

Pero, sabiendo en qué situación se hallaba el general entonces, pensé que él no podría evitar a la muchacha, es decir, que entre ellos habría importantes explicaciones familiares. Sin embargo, cuando, al volver al hotel después de mi conversación con Astley, encontré a Polina y los niños, su rostro reflejaba la más serena tranquilidad, como si ninguna de las tormentas familiares la hubiese afectado. A mi saludo me respondió con un movimiento de cabeza. Muy irritado subí a mi cuarto.

También es verdad que yo evitaba hablarle y no me había dirigido a ella ni una sola vez después del incidente Wurmerhelm. Yo hacía de aquello una cuestión de puntillo, pero cuanto más tiempo pasaba mayor era la indignación que bullía en mi interior. Aun cuando ella no me amase mucho, no podía, sin embargo, pensar en pisotear así mis sentimientos y acoger mis confesiones con semejantes desprecios. Sabía que yo la amaba de verdad; había tolerado y permitido que yo le hablase así. Es cierto que todo esto había comenzado de una manera extraña entre nosotros. Hace algún tiempo (¡qué lejos ya, dos meses!) observé que quería hacerme amigo suyo, una especie de confidente, llegando a hacer tentativas en este sentido. Pero esto había fracasado. En vez de ello habíamos conservado esas raras relaciones. Por esto comencé a hablarle así. Pero si mi amor la disgustaba, ¿por qué no me prohibía de una vez que le hablase de él?

Y no lo hacía. Incluso algunas veces hasta me había incitado a que hablase..., naturalmente para luego burlarse de mí. Estoy seguro, porque lo sentía; le era muy agradable, después de haberme escuchado y exasperado hasta el sufrimiento, desconcertarme bruscamente con alguna evidente señal de un desprecio o de su indiferencia. Y, sin embargo, sabe que no puedo vivir sin ella. Hacía tres días ya de la historia del barón, y yo no podía soportar más nuestra «separación». Cuando me volví a encontrar con ella luego en el casino, mi corazón comenzó a latir con tal violencia que palidecí. ¡Tampoco ella puede vivir sin mí! Le soy necesario... ¿Es preciso que solamente sea para ella una especie de bufón?

Es evidente que tiene un secreto. Su conversación con la abuela me ha dañado el corazón. Porque le he pedido mil veces que fuera sincera conmigo y sabe que realmente estoy dispuesto a dar mi vida por ella. Pero siempre me ha apartado con desdén o, en lugar del sacrificio que le ofrecí de mi vida, exige de mí actos extravagantes, como el del otro día con el barón. ¿No es esto indignante? ¿Y Astley?

Aquí las cosas se hacían francamente incomprensibles, y sin embargo... ¡Señor, qué sufrimiento el mío!

De regreso a mi habitación, en un acceso de furor, cogí la pluma y garrapateé lo que sigue:

«Polina Alexandrovna: Veo claramente que el desenlace está próximo. Claro está que también a usted la alcanzará. Por última vez le pregunto: ¿le es usted necesaria mi vida? Si soy útil, para lo que sea, disponga usted de mí. Por el momento me paso en la habitación la mayor parte del tiempo. No voy a ninguna parte. Si es preciso, escríbame o mándeme llamar.»

Metí la nota en un sobre y se la di al criado del piso para que se la llevase, con la orden de entregársela en propia mano. No esperaba respuesta, pero tres minutos después volvió el criado y me transmitió un saludo de su parte.

Sobre las siete me dijeron que el general quería verme.

Estaba en su gabinete, vestido como si se dispusiera a salir. Su sombrero y su bastón estaban sobre el diván. Al entrar me pareció verle en medio de la habitación, perniabierto y cabizbajo, hablando solo. En cuanto me vio se lanzó hacia mí casi dando un grito. Instintivamente retrocedí un paso y quise salir, pero me cogió de ambas manos y me atrajo hacia el diván. Se sentó y me hizo sentar frente a él y, sin soltarme las manos, con los labios temblorosos, me dijo, con voz implorante, mientras las lágrimas brillaban en sus ojos:

—Alexis Ivanovich, ¡sálveme, sálveme, tenga usted piedad de mí!

Tardé mucho tiempo en comprender. Hablaba sin parar y repetía a cada instante: «¡Tenga piedad de mí!» Por último adiviné que esperaba de mí algo semejante a un consejo o más bien que, abandonado de todos, poseído por la angustia y la desesperación, se había acordado de mí y me había llamado solamente para hablar, hablar, hablar...

Estaba fuera de sí, o al menos había perdido completamente la cabeza. Juntaba las manos y estaba dispuesto a lanzarse a mis rodillas para que —¿lo adivinaríais?— fuese inmediatamente a ver a Mademoiselle Blanche y le suplicase, le exhortase a que volviera a su lado y se casara con él.

—Permítame, general —dije—, pero no creo siquiera que Mademoiselle Blanche sepa que yo existo. ¿Qué puedo hacer?

Era inútil protestar: no comprendía lo que se le decía. También se puso a hablar de la abuela, diciendo frases incoherentes. No renunciaba a la idea de recurrir a la policía.

—En nuestro país, en nuestro país... —comenzaba, dejándose llevar súbitamente por la indignación—, en una palabra: en nuestro país, en un Estado bien organizado, ese tipo de viejas estaría bajo tutela. Sí, amigo mío, sí —continuaba de pronto en tono doctoral, levantándose bruscamente y paseando por la habitación—; usted no sabía esto, amigo mío —decía, dirigiéndose a un interlocutor imaginario en un rincón—. Sepa, pues, que... sí..., que en nuestro país a las viejas de esta clase se las hace pasar por donde deben, sí, señor. ¡Maldita sea!

Se dejó caer sobre un diván y, un momento después, casi sollozando, me contó apresuradamente, sin resuello, que Mademoiselle Blanche no quería casarse con él porque la abuela había llegado en lugar del telegrama y ahora estaba claro que se quedaba sin herencia. Suponía que yo no lo sabía aún. Quise hablar de Des Grieux, y me detuvo con un ademán.

—¡Se ha ido! Le tengo empeñados todos mis bienes. Estoy más desnudo que un gusano. El dinero que usted trajo..., ese dinero, no sé cuánto, creo que setecientos francos, es todo lo que me queda. Y ahora no sé, no sé...

—¿Cómo va usted a pagar la cuenta del hotel? —exclamé asustado—. ¿Y luego?...

Me miró con aire pensativo, pero visiblemente no había comprendido nada y ni siquiera me había oído. Intenté llevar la conversación a Polina Alexandrovna y los niños y me respondió:

—Sí, sí...

Pero se puso en seguida a hablar del príncipe que se iba a marchar con Mademoiselle Blanche, y entonces..., entonces...

—Alexis Ivanovich, ¿qué va a pasar? —dijo volviéndose hacia mí bruscamente—. ¡Dios mío! ¿Qué va a ser de mí? Dígame: es una ingratitud, una ingratitud, ¿verdad?

Por último se puso a llorar con lágrimas ardientes.

No había nada que hacer con un hombre así. Dejarle solo era igualmente peligroso: sería capaz de cualquier cosa. Me libré de él como pude, pero le dije a la nodriza que fuera de vez en cuando a ver cómo estaba. Hablé, además, al criado del piso, un joven muy inteligente que me prometió hacer cuanto pudiera.

Apenas había dejado al general cuando Potapich llegó para decirme que quería verme la abuela. Eran las ocho y acababa de regresar del casino, donde había perdido su último céntimo. Bajé. La anciana estaba sentada en su butaca, agotada y evidentemente enferma. Marta le llevó una taza de té, que le hizo beber casi a la fuerza. La voz y el tono de la abuela habían cambiado visiblemente.

—Buenas noches, Alexis Ivanovich, amigo mío —me dijo lentamente, inclinando la cabeza con gravedad—. Discúlpeme que le moleste otra vez, pero usted sabrá perdonar a una pobre vieja. Todo se ha quedado abajo, amigo mío: casi cien mil rublos. Tuviste razón al no venir ayer conmigo. Ahora ya no tengo nada, no tengo ni un céntimo. No quiero quedarme más tiempo aquí, y me voy a las nueve y media. He llamado a tu inglés. Creo que se llama Astley. Quisiera pedirle prestados tres mil francos para ocho días. Dile que no piense cosas raras y que no me los niegue. Todavía soy muy rica, querido: tengo tres aldeas y dos casas. Y además tengo dinero, porque no me lo traje todo. Digo esto para que no se preocupe más... ¡Ah! ¡Aquí está! ¡Es un perfecto caballero!

Astley acudía a la primera llamada de la abuela. Sin vacilaciones y sin palabras superfluas contó inmediatamente tres mil francos y los dio a cambio de un papel que firmó la abuela. Cuando hubo terminado saludó y se fue.

—Déjame ahora, Alexis Ivanovich. Dispongo de poco más de una hora. Voy a acostarme un rato, porque me duelen todos los huesos. No te enfades conmigo; soy una vieja tonta. Ahora ya no acusaré de ligereza a los jóvenes. Siento hasta escrúpulos de hacer reproches a nuestro desgraciado general. Pero no le daré dinero, aunque se enfade y se disguste, porque le considero estúpido, demasiado estúpido; y yo, vieja chocha, no soy más inteligente que él. Bien es cierto que más pronto o más tarde Dios castiga la presunción. Bueno: adiós. Marta, levántame.

Yo, sin embargo, tenía la intención de acompañar a la abuela. Esto aparte, me hallaba a la expectativa. Me parecía que de un momento a otro iba a ocurrir algo. No podía quedarme en mi habitación. Salí al pasillo y me marché a pasear un rato por la avenida. Mi carta a Polina era clara y categórica, y la catástrofe, sin duda alguna definitiva. Oí hablar, en el hotel, de la marcha de Des Grieux. Si al final ella me rechazaba como amigo, tal vez me aceptara como criado. Porque yo sé que le soy necesario, aunque no sea más que para hacer recados. Sí, evidentemente me necesita.

En el momento de la partida corrí a la estación e instalé a la abuela en el tren. Todos habían tomado asiento en un departamento reservado.

—Gracias por tu desinteresada consideración hacia mí —me dijo, despidiéndose—. Repite a Polina lo que le dije ayer. La espero.

Regresé al hotel. Cuando pasaba ante las habitaciones del general encontré a la nodriza y me informó sobre el estado de su amo.

—Está bien, señor —me dijo tristemente.

Entré, pero a la puerta del gabinete me detuve estupefacto. Mademoiselle Blanche y el general reían a carcajadas. La señora viuda de Cominges estaba también allí, sentada en el sofá. El general, a todas vistas loco por la alegría, decía toda clase de absurdos y tenía accesos de hilaridad nerviosos y prolongados que llenaban su rostro de numerosas y pequeñas arrugas que ocultaban sus ojos.

Por la propia Mademoiselle Blanche supe más tarde que después de haberse apartado del príncipe y sabido la desesperación del general había querido consolarle y hacerle una corta visita. Pero el pobre general ignoraba que en aquel minuto estaba decidida su suerte y que Mademoiselle Blanche ya había empezado a hacer sus maletas para irse al día siguiente a París en el primer tren de la mañana.

Me quedé un momento en el umbral del gabinete, sin decidirme a entrar, y en seguida me marché sin que lo advirtieran. Subí a mi cuarto.

Al abrir la puerta distinguí en la semioscuridad una silueta sentada en una silla, en un rincón, cerca de la ventana. Me acerqué rápidamente, miré, y... me quedé sin aliento.

Era Polina.

XIV

Yo di un grito.

—¿Qué le sucede? —me preguntó, con voz extraña.

Estaba pálida y parecía malhumorada.

—¿Qué me pasa? ¡Usted! ¡Usted aquí, en mi habitación!

—Cuando voy a un sitio, voy «toda yo». Es mi costumbre. Podrá verlo en seguida encendiendo una vela.

Obedecí. Se levantó, se acercó a la mesa y dejó una carta abierta ante mí.

—Lea —me ordenó.

—¡Es la letra de Des Grieux! —exclamé, cogiendo la carta.

Mis manos temblaban y las líneas bailaban ante mis ojos. He olvidado los términos exactos de esa carta, pero aquí está, si no palabra por palabra, sí idea por idea.

«Señorita —decía Des Grieux—, una serie de desagradables circunstancias me obligan a marchar de aquí sin demora. Sin duda habrá usted observado que con toda intención evité una explicación definitiva con usted antes que se hubiese aclarado todo. La llegada de la *vieille dame*, su parienta, y su absurda conducta han puesto fin a mis vacilaciones. El desorden de mis propios asuntos me impide realmente alimentar las dulces esperanzas que me permití tener durante algún tiempo. Lamento lo que ha sucedido, pero espero que usted no encontrará en mi comportamiento nada indigno de un *gentilhomme* y de un *honnête* hombre. Habiendo perdido casi todo mi dinero en pagar las deudas de su padrastro, me veo reducido a la necesidad de utilizar lo que me queda. Ya he hecho saber a mis amigos de Petersburgo que deben proceder rápidamente a la venta de los bienes hipotecados a mi favor. Sabiendo, sin embargo, que su padrastro ha malgastado toda su fortuna, he decidido perdonarle cincuenta mil francos, y le devuelvo, hasta alcanzar esta cantidad, una parte de los pagarés. Por tanto, tiene usted ahora la posibilidad de recuperar todo lo que ha perdido exigiendo la restitución de sus bienes por vía judicial. Confío, señorita, que en el actual estado de cosas le será de algún provecho mi iniciativa. Espero también que con este rasgo habré cumplido con el deber de un hombre de honor. Tenga la seguridad de que su recuerdo quedará grabado para siempre en mi corazón.»

—Bien: está claro —dije volviéndome hacia Polina—. ¿Esperaba acaso otra cosa? —dije con indignación.

—No esperaba nada —respondió ella con una calma aparente, si bien percibí una especie de estremecimiento en su voz—. Hace tiempo que tenía formada mi opinión: leía en sus pensamientos. Pensaba que yo buscaba..., que insistiría. —Se detuvo en medio de la frase, se mordió el labio y se calló—. Con toda intención redoblé mi desprecio hacia él —prosiguió—. Esperaba lo que haría. Si hubiese llegado el telegrama, le habría lanzado a la cara el dinero que le debe ese idiota, mi padrastro, y le habría echado. Hace tiempo, hace mucho tiempo que no puedo soportarle. ¡Antes era otro hombre, un hombre muy distinto! ¡Y ahora, ahora...! ¡Con qué alegría le arrojaría sus cincuenta mil francos y le escupiría a la cara!

—Pero ese papel, esos cincuenta mil francos que ha cedido, ¿están en poder del general? Cójalo y devuélvaselo a Des Grieux.

—¡Oh, no es lo mismo! ¡No es lo mismo!

—¡Sí, es verdad! ¿Para qué sirve ahora el general? ¿Y la abuela? —pregunté de pronto.

Polina me miraba distraída e impaciente.

—¿Por qué la abuela? —preguntó de mal humor—. No puedo ir a su casa... No quiero pedir perdón a nadie —añadió exasperada.

—¿Qué hacer? —pregunté yo—. Pero ¡cómo, cómo podía usted llamar a Des Grieux! ¡Es un canalla, un canalla! ¿Quiere usted que le mate en un duelo? ¿Dónde está?

—En Francfort. Se quedará allí tres días.

—Una palabra suya y me voy mañana en el primer tren —dije, con una exaltación estúpida.

Ella se echó a reír.

—Sí, y quizás él le dijera: «Devuélvame primero los cincuenta mil francos.» Y ¿por qué se batiría? ¡Qué estupidez!

—Pero ¿de dónde, de dónde sacar esos cincuenta mil francos? —repetí, rechinando los dientes, como si fuese posible recoger de pronto aquel dinero del suelo—. Escúcheme: ¿y el señor Astley? —le pregunté, mientras se me ocurría una extraña idea.

Sus ojos brillaron.

—¿De manera que «tú» quieres que te deje por ese inglés —dijo, mirándome con una mirada penetrante y con una amarga sonrisa.

Era la primera vez que me tuteaba.

Sin duda en ese instante le dio vueltas la cabeza de emoción. Bruscamente se sentó en el sofá. Parecía haber perdido todas sus fuerzas.

Fue como si un rayo me hubiera cegado. Estaba allí, de pie, sin poder dar crédito a mis ojos ni a mis oídos. ¡Entonces me amaba! ¡Ella, ella había venido sola a mi habitación, en el hotel! De esta manera se comprometía a los ojos de todos, y yo estaba allí, plantado ante ella, sin comprender.

Un insensato pensamiento cruzó por mi mente.

—¡Polina, concédeme solo una hora! Espera aquí solo una hora, y vuelvo. Es..., es indispensable. ¡Ya verás! ¡Quédate, quédate!

Y salí de la habitación corriendo, sin responder a su mirada interrogadora. Me gritó algo, pero no me volví.

Sí, a veces la idea más loca, más imposible en apariencia, se fija con tal fuerza en nuestro espíritu que uno acaba de creerla realizable. Es más: si esta idea está vinculada a un deseo violento y apasionado, es finalmente acogida como algo fatal, como algo que no puede dejar de ser ni de llegar.

Hay tal vez algo más: una mezcla de sentimientos, un esfuerzo extraordinario de la voluntad, una autointoxicación por la imaginación o quizás otra cosa..., no sé, pero aquella noche, que no olvidaré jamás mientras viva, me sucedió una aventura milagrosa. Aunque no se explique perfectamente por la aritmética, no deja de ser menos milagrosa a mis ojos. Y ¿por qué, por qué esa certidumbre había arraigado tan profundamente, tan sólidamente en mí, desde hacía tanto tiempo? Porque yo pensaba en ella, repito, no como una posible eventualidad, y en consecuencia incierta, sino como en algo que no podía dejar de ocurrir.

Eran las diez y cuarto. Entré en el casino con una firme esperanza y al mismo tiempo con una emoción que jamás había sentido. Todavía había gente en los salones de juego, aunque bastante menos que por la mañana.

A las once, en torno de las mesas, no quedaban más que los verdaderos jugadores, los jugadores inveterados para quienes, en los balnearios, no existe sino la ruleta. Solo han venido por ella, apenas observan lo que sucede en torno suyo y no se interesan en ninguna otra cosa de la temporada. No hacen más que jugar de la mañana a la noche, hasta el alba si posible fuese. Se van, cuando a medianoche cierra el casino, siempre con disgusto. Y cuando el más viejo de los *croupiers*, antes de cerrar, un poco antes de medianoche, anuncia: «*Les trois derniers coups, messieurs!*», están dispuestos a jugarse en esas tres jugadas todo lo que llevan encima, y, de hecho, a estas horas es cuando más grandes cantidades se pierden. Me dirigí hacia la misma mesa en que había estado la abuela. No había apreturas, de manera que pude ocupar un lugar de pie al lado de la mesa. Precisamente ante mí, en el tapete verde, estaba escrita la palabra *Passe*.

Passe es una serie de cifras de diecinueve a treinta y seis. La primera serie, de uno a dieciocho, se llama *manque*, pero ¿qué me importaba? No calculaba ni tampoco sabía cuál era el último número que había salido. No me informé al empezar, como hubiese hecho el jugador menos precavido. Saqué mis veinte federicos y los dejé sobre el *Passe*.

—*Vingt-deux!* —gritó el *croupier*.

Había ganado. Arriesgué el total: mi primera postura y lo ganado.

—*Trente et un!* —exclamó el *croupier*.

¡Gané otra vez! Esto me daba un total de ochenta federicos. Lo puse todo en las doce cifras de en medio (ganancia triple, pero dos posibilidades en contra). Comenzó a rodar la ruleta y salió el veinticuatro. Me dieron tres cartuchos de cincuenta federicos y diez monedas de oro. Ahora poseía un total de doscientos federicos.

En una especie de angustia febril dejé todo el dinero sobre el rojo..., y de pronto volví en mí. Fue la primera vez, la única vez que durante aquella noche el terror me dejaba helado, manifestándose en un temblor de mis manos y de mis pies. Horrorizado me di cuenta, en un momento de lucidez, de lo que hubiese significado para mí perder en aquel instante. ¡Toda mi vida estaba en juego!

—*Rouge!* —gritó el *croupier*.

Recobré el aliento: hormigas ardientes corrían por mi cuerpo. Me pagaron, en billetes de banco, un total de cuatro mil florines y ochenta federicos. Todavía podía hacer el cálculo. Recuerdo que luego puse dos mil florines en las doce cifras de en medio y perdí. Jugué mi oro y mis ochenta federicos y perdí. El furor se apoderó de mí. Cogí los dos mil florines que me quedaban y los coloqué en las doce primeras cifras... al azar, a ciegas, sin calcular. Hubo un momento de espera, una emoción parecida quizás a la que experimentó madame Blanchard, esposa del inventor del paracaídas, cuando en París fue lanzada desde su globo al suelo.

—*Quatre!* —exclamó el *croupier*.

Con la postura anterior, esto me hacía dueño de nuevo de seis mil florines. Adopté una actitud de triunfo, y ya no tuve miedo de nada. Puse cuatro mil florines al negro. Unas diez personas se apresuraron a poner al negro, como yo. Los *croupiers* cambiaron miradas y hablaron entre sí. Todos hablaban y esperaban.

Salió el negro. A partir de entonces no recuerdo ni las ganancias, ni la sucesión de posturas. Solamente recuerdo, como en un sueño, que ya había ganado casi dieciséis mil florines. De pronto tres jugadas desgraciadas me hicieron perder doce mil. Entonces puse los últimos cuatro mil al *Passe*. En aquel momento no me daba cuenta de nada, y, sin pensar en nada, esperaba maquinalmente. Gané de nuevo y volví a ganar cuatro veces más seguidas. Recuerdo tan solo que amontoné los florines por millares. Recuerdo también que las cifras de en medio, a las que no dejaba, salieron con mucha frecuencia. Salían con regularidad, siempre tres o cuatro veces seguidas; luego desaparecían durante dos jugadas, y volvían por tres o cuatro veces consecutivas. Esta asombrosa regularidad suele ocurrir a veces, y es lo que confunde a los jugadores profesionales que hacen cálculos pluma en ristre. ¿Qué terribles ironías de la suerte no se manifiestan aquí?

Creo que no había transcurrido aún media hora desde mi llegada. De pronto el *croupier* anunció que yo había ganado treinta mil florines, que la banca solo respondía por esta suma en una sola jugada y que iban a cerrar la ruleta hasta el día siguiente.

Cogí todo mi oro, lo metí en mis bolsillos, recogí todos mis billetes y me dirigí inmediatamente a otra sala donde había otra ruleta. La multitud se precipitó tras de mí. Allí me hicieron sitio inmediatamente y comencé a hacer posturas a derecha e izquierda sin calcular nada.

Aún no he comprendido bien qué es lo que me salvó.

Por otra parte de vez en cuando acudía a mi mente la idea de calcular. Me inclinaba por ciertas cifras, pero pronto las abandonaba y volvía a jugar casi inconscientemente. Sin duda estaba muy distraído. Recuerdo que los *croupiers* corrigieron varias veces mi juego. Cometía faltas torpes. Mis mejillas estaban húmedas y mis manos temblorosas. Los polacos acudieron a ofrecerme sus servicios, pero no escuché a nadie. La suerte no me abandonaba. De pronto estallaron risas a mi alrededor.

—¡Bravo! ¡Bravo! —gritaba la gente.

Algunos, incluso, aplaudieron. También allí había ganado treinta mil florines y cerraron la banca hasta al día siguiente.

—¡Váyase, váyase! —dijo alguien a mi lado.

Era un judío de Francfort. Todo el tiempo había estado a mi derecha y, según creo, me había ayudado una o dos veces.

—¡Por amor de Dios, váyase! —murmuró otra voz, también a mi derecha.

Eché una rápida ojeada. Era una mujer de unos treinta años, modesta, aunque correctamente vestida, con un rostro en el que se reflejaba el cansancio, de palidez enfermiza, pero en el que se adivinaba que había sido maravillosamente hermosa. En este instante atiborré mis bolsillos de billetes que crujían y recogí el oro de encima de la mesa. Cogí el último cartucho de cincuenta federicos y conseguí, sin ser notado, deslizarlo en la mano de la dama pálida. Sentí un deseo terrible de hacerlo, y recuerdo que sus flacos y afilados dedos me estrecharon la mano en señal de vivo reconocimiento. Todo esto ocurrió en un breve segundo.

Cuando lo hube recogido todo me fui inmediatamente a la *trente et quarante*. La *trente et quarante* está frecuentada por un público aristocrático. No es la ruleta, sino un juego de cartas. Allí la banca responde hasta de cien mil táleros. La mayor postura es también de cuatro mil florines. Ignoraba completamente la marcha del juego y no conocía casi ninguna postura, como no fueran el rojo y el negro, que también allí los hay. A estos, pues, me dediqué. Todo el casino se apretujaba en torno mío. No recuerdo haber pensado ni una vez en Polina durante aquella velada. Experimentaba un irresistible placer en recoger y guardarme los billetes de banco que se amontonaban ante mí.

Realmente se habría dicho que me impulsaba el destino. Aquella vez, como hecha a propósito, se presentó una circunstancia que se reprodujo, por otra parte, muy frecuentemente en el juego. La suerte se vinculaba, por ejemplo, al rojo, y no lo dejaba durante diez o quince vueltas seguidas. La antevíspera había oído decir que el rojo salió veintidós veces seguidas la semana anterior. No se recordaba un caso parecido en la ruleta, y se hablaba de ello con asombro. Naturalmente todo el mundo abandonó el rojo inmediatamente, y después de diez jugadas, por ejemplo, nadie se atrevió a poner a este color. Pero ningún jugador experto jugará entonces al negro, opuesto al rojo. Un jugador con experiencia sabe lo que significa el «capricho del azar». Por ejemplo, era de creer que, después de la decimosexta jugada, la siguiente caería sobre el negro infaliblemente. Los novatos se lanzan en masa sobre esa posibilidad, doblan y triplican sus posturas y sufren terribles pérdidas.

En cambio, por una extraña fantasía, habiendo observado que el rojo había salido siete veces seguidas, me dediqué a él. Estoy convencido de que el amor propio tenía que ver en esto un cincuenta por ciento. Quería sorprender a los espectadores corriendo un riesgo de loco (¡extraña sensación!) y recuerdo claramente que de pronto, sin ninguna incitación del amor propio, me sentí poseído por la sed del riesgo. Tal vez después de haber pasado por tantas sensaciones el alma ya no puede reponerse, sino irritarse, y exige sensaciones nuevas, cada vez más violentas, hasta el total agotamiento. Y es bien verdad que no miento al decir que si el reglamento del juego hubiese permitido posturas de cincuenta mil florines, las habría arriesgado. A mi alrededor oía como me llamaban insensato, porque era la decimocuarta vez que salía el rojo.

—*Monsieur a déjà gagné cent mille florins* —dijo alguien a mi lado.

Súbitamente me desperté. ¿Cómo? ¡Durante aquella velada había ganado cien mil florines! No tenía necesidad de más.

Me guardé los billetes, metiéndolos a puñados en los bolsillos, sin contarlos; recogí mi oro y los cartuchos y salí precipitadamente del casino.

Todo el mundo, al verme atravesar las salas con los bolsillos hinchados y con inseguros pasos a causa del peso del oro, se reía jubilosamente. Creo que llevaba encima unos ocho kilos. Algunas manos se tendieron hacia mí. Distribuí dinero a puñados, tanto como mi mano podía contener. Dos judíos me detuvieron a la salida.

—¡Es usted muy osado, muy osado! —me dijeron—. Pero váyase mañana por la mañana, lo antes posible, si no quiere perderlo todo.

No los escuché. La avenida estaba tan oscura que no podía distinguir mis manos. Había casi medio kilómetro hasta el hotel. Nunca había temido a los ladrones o los bandidos, ni siquiera cuando era niño. Y en aquel momento no lo tuve tampoco. Ni recuerdo lo que pensaba durante el camino. Tenía la cabeza hueca. Únicamente experimentaba un placer violento, el del éxito, de la victoria, del poder. No sé cómo expresarlo. La imagen de Polina pasaba ante mis ojos, no se apartaba de mi imaginación la idea de que iba hacia ella, que iba a encontrarla, a contarle lo que había pasado, a enseñarle el dinero, ¡mi dinero!, aunque sin apenas recordar lo que me había dicho antes, la razón por la cual me había ido al casino, y todas estas sensaciones recientes, experimentadas apenas en una hora y media, parecían pertenecer a un pasado remoto, abolido, al cual ni haríamos alusión, porque todo iba a comenzar de nuevo.

Casi al final de la avenida el miedo se apoderó de mí.

«¿Y si ahora me mataran y me robasen el dinero?»

Mi temor crecía a cada paso. Llegué casi a correr. De pronto, al final de la avenida, vi la fachada de nuestro hotel, resplandeciente, brillando con mil luces. ¡Gracias a Dios había llegado!

Subí los escalones de cuatro en cuatro hasta mi piso y abrí la puerta bruscamente. Polina permanecía allí, sentada en el sofá, ante una bujía encendida. Me miró asombrada, pues seguramente mi aspecto tenía algo raro entonces.

Me detuve ante ella y arrojé todo mi dinero sobre la mesa.

Me miró fijamente, quieta, sin cambio alguno en su actitud.

—He ganado doscientos mil francos —le dije, sacando de mi bolsillo el último cartucho.

Un montón enorme de billetes y monedas de oro cubría toda la mesa. No podía apartar de él mis ojos. A veces olvidaba por completo a Polina. Y me ponía a ordenar los billetes, bien por paquetes, amontonando el oro, o por el contrario lo extendía y me ponía a pasear por la habitación con pasos ligeros, poseído por mi ensoñación. De repente volvía otra vez a la mesa y me ponía a contar mi dinero. De pronto, como si recobrara el juicio, me precipitaba sobre la puerta y la cerraba con doble vuelta de llave. Y me detenía, indeciso, ante mi pequeña maleta.

—¿He de poner esto en la maleta hasta mañana? —pregunté, dirigiéndome bruscamente a Polina y recordando de pronto su presencia.

Seguía sentada en el mismo sitio y sin apartar sus ojos de mí. Tenía una extraña expresión que me disgustaba. No me equivocaría al decir que en ella había odio.

Rápidamente me acerqué a ella.

—Polina, aquí tienes veinticinco mil florines; son más de cincuenta mil francos. Tómalos y ve a arrojárselos a la cara.

No me contestó.

—Si quieres se los llevaré yo mismo mañana por la mañana, ¿eh?

De pronto se echó a reír. Y se rio durante largo rato.

Yo la miraba con doloroso asombro. Esa risa suya semejaba una risa burlona, como la que tenía al escuchar tan a menudo (y tan recientemente aún) mis declaraciones más apasionadas. Finalmente se calló y frunció el ceño. Me miró con severidad.

—No cogeré su dinero —me dijo con desdén.

—¿Cómo? ¿Qué tiene? —exclamé—. ¿Por qué esto, Polina?

—No acepto dinero por nada.

—Se lo ofrezco como amigo, le ofrezco mi vida.

Fijó en mí una larga mirada inquisidora, como si quisiera penetrar mi alma.

—Es usted muy generoso —dijo, con una risita—. La amante de Des Grieux no vale cincuenta mil francos.

—Polina, ¿cómo puede usted hablarme así? —dije en tono de reproche—. Yo no soy Des Grieux.

—¡Le odio! Sí..., sí... No le amo más que a Des Grieux —y sus ojos brillaron.

Escondió el rostro entre las manos y tuvo una crisis de nervios. Me dirigí a ella.

Comprendí que durante mi ausencia algo había sucedido... Parecía haber perdido el dominio de sí.

—Cómprame, ¿quieres? ¿Quieres? Por cincuenta mil francos, como Des Grieux —exclamó entre sollozos convulsivos.

La cogí en mis brazos, le besé las manos y los pies, me puse de rodillas ante ella.

Pasó la crisis. Puso las manos en mis hombros y me contempló atentamente. Se hubiera dicho que quería leer algo en mi rostro. Me escuchaba, pero era evidente que no oía lo que le decía. Una expresión soñadora apareció en sus facciones. Yo me sentí inquieto. Tuve la clara impresión de que se estaba volviendo loca. Me atrajo dulcemente hacia sí, y una confiada sonrisa apareció en sus labios. Luego, de repente, me rechazó y volvió a mirarme con aire sombrío.

Bruscamente me estrechó entre sus brazos.

—Me amas, ¿verdad? ¿Me amas? —decía—. Porque..., porque... querías batirte por mí con el barón.

Y de pronto se echó a reír como a la evocación de un recuerdo alegre y divertido. Reía y lloraba a la vez.

¿Qué podía hacer yo? Me sentía incluso febril. Recuerdo que empezó a hablarme, pero casi no podía comprender nada; era una especie de delirio; balbucía como si quisiera contarme algo apresuradamente. Ese delirio era interrumpido de vez en cuando por una carcajada alegre que llegaba a asustarme.

—No, no, tú eres muy amable, muy amable —repetía—; tú eres fiel para mí. —Y de nuevo ponía las manos en mis hombros, me contemplaba y repetía—: Tú me quieres..., tú me quieres...; ¿me querrás?

No apartaba de ella mis ojos. Jamás la había visto en esos transportes de amor y de ternura. Bien es verdad que era delirio, pero... Habiendo observado mi mirada apasionada, tuvo de pronto una sonrisa maliciosa. Repentinamente se puso a hablar de Astley. Por lo demás siempre hacía recaer la conversación sobre Astley, especialmente cuando un momento antes se empeñó en contarme algo, pero yo no podía captar exactamente su significado. Creo incluso que se burlaba de él. Repetía constantemente que la esperaba..., y que acaso yo ignoraba que la esperaba bajo mi ventana.

—Sí, sí, bajo la ventana. Abre, mira, mira. Está ahí.

Me empujaba hacia la ventana, pero en cuanto hacía un movimiento para dirigirme a ella se echaba a reír locamente y me quedaba a su lado. Entonces se lanzaba sobre mí y me estrechaba entre sus brazos.

—¿Nos iremos? ¿Nos iremos mañana?

Esta idea pareció inquietarla súbitamente... Volvía a ponerse soñadora.

—Y nos reuniremos con la abuela. ¿Qué te parece? Supongo que la alcanzaremos en Berlín. ¿Qué crees tú que dirá cuando nos hayamos reunido con ella? ¿Y el señor Astley? No se tirará desde lo alto del Schlangenberg, ¿verdad? —se echó a reír—. Escucha: ¿sabes adónde irá el verano que viene? Quiere ir al Polo Norte para investigar científicamente..., y me ha invitado a que vaya con él... ¡Ja, ja, ja! Dice que nosotros los rusos no sabríamos nada sin los europeos y que no servimos para nada... Pero él también es bueno. Disculpa al general, porque dice que si Blanche, que la pasión... En fin: no sé, no sé —repetía, como desorientada y faltándole palabras—. ¡Qué desdichados! ¡Qué pena me dan, y la abuelita también! Escucha, escucha...: ¿cómo podrías matar a Des Grieux? ¡Ni siquiera matarías al barón! —añadió, echándose a reír—. ¡Qué ridículo estuviste el otro día con el barón! Os miraba a los dos desde mi banco. ¡Y cuánto te molestaba ir a buscarle cuando yo te lo ordené! ¡Lo que yo me reía, lo que he llegado a reírme! —dijo riendo a carcajadas.

Y de pronto comenzó a besarme y a estrecharme contra ella, apretando mi rostro contra su rostro con una ternura febril y apasionada. Yo, sin pensar en nada, sin oír nada, sentía solamente que la cabeza me daba vueltas.

Debían de ser cerca de las siete de la mañana cuando me desperté. La habitación se hallaba iluminada por el sol. Polina estaba sentada a mi lado y miraba en torno con un aire extraño, como si saliera de la oscuridad y tratase de reunir sus recuerdos. Ella también acababa de despertarse y miraba fijamente la mesa y el dinero. Yo sentía mi cabeza pesada y dolorida. Quise coger a Polina de la mano, pero me rechazó, levantándose bruscamente del diván. El día naciente era sombrío; había llovido hasta el amanecer. Se acercó a la ventana, la abrió y se asomó. Así apoyada en el alféizar permaneció durante algunos minutos, sin volverse hacia mí y sin escuchar lo que yo le decía. Se me ocurrió una idea terrorífica: ¿qué sucedería ahora y cómo acabaría todo aquello? De pronto se apartó de la ventana, se acercó a la mesa y, mirándome con una expresión de infinito odio, con labios temblorosos de ira, me dijo:

—Bueno: ¡dame ahora mis cincuenta mil francos!

—Polina, ¡vuelves otra vez a lo mismo!

—A no ser que hayas cambiado de idea. ¡Ja, ja, ja! ¿O te has arrepentido?

Encima de la mesa estaban los veinticinco mil florines contados la víspera. Los cogí y se los di.

—Entonces ¿ahora son míos? ¿De verdad? —me preguntó malignamente, con el dinero en la mano.

—Siempre han sido tuyos —le dije.

—Bueno: pues ¡ahí tienes tus cincuenta mil francos!

Y levantando el brazo me los arrojó a la cara. El paquete me dio de lleno en pleno rostro y los billetes se extendieron por el suelo. Polina, corriendo, abandonó entonces la habitación.

Yo sé que ella, en aquel momento, no estaba en su pleno juicio, aunque yo no comprenda esa locura pasajera. Bien es cierto que llevaba más de un mes enferma. Sin embargo, ¿cuál era la causa de ese estado y sobre todo de esa salida? ¿Sentía humillado su orgullo? ¿Le habría parecido, quizá, que me envanecía de mi suerte y que, como Des Grieux, quería desembarazarme de ella dándole cincuenta mil francos? No obstante, en conciencia no había nada de eso. Creo que la culpa era achacable en parte a su vanidad, la vanidad que la había lanzado a no tenerme confianza y a ofenderme, aunque todo esto se le mostrase sin duda muy confusamente. Seguramente en este caso he pagado por Des Grieux, y resultaba acaso culpable sin que yo tuviese mucha culpa. Verdaderamente que todo esto no era más que delirio, y cierto es también que yo sabía que ella estaba delirando..., y... que no presté atención a esta circunstancia. ¿Acaso ella no podía perdonármelo ahora? Sí, ahora sí, pero ¿y el otro día, el otro día? Su delirio, su enfermedad no eran tan violentos para hacerle olvidar lo que hacía, yendo a verme con la carta de Des Grieux. Por tanto sabía lo que hacía.

Apresuradamente metí de cualquier manera en la cama mis billetes y el oro, eché encima la colcha y salí cosa de diez minutos después que Polina. Estaba convencido de que se había refugiado en su cuarto, y quería deslizarme sin ruido en la sala y preguntar a la nodriza por la salud de la señorita. Cuál no sería mi sorpresa cuando la nodriza, al encontrarme en la escalera, me dijo que Polina no había regresado aún y que iba a buscarla a mis habitaciones.

—Acaba de salir hace un momento —le dije—; hace escasamente diez minutos. ¿Adónde habrá podido ir?

La nodriza me miró con reproche.

Porque la historia circulaba ya por todo el hotel... Se contaba a media voz en el despacho del conserje, en el del *maître*, que la

Fraülein había salido corriendo a las seis de la mañana, bajo la lluvia, y había tomado la dirección del Hotel de Inglaterra. Por sus palabras y alusiones comprendí que todos sabían que había pasado toda la noche en mi habitación. Por otra parte se chismorreaba a costa de la familia del general. Se sabía que la víspera había perdido la cabeza, y su llanto se había oído en todo el hotel. Se decía que la abuela era su madre y que había llegado expresamente de Rusia para prohibir a su hijo que se casara con la señorita de Cominges y desheredarle si desobedecía. Como se había negado a hacerlo, la condesa se había arruinado ante sus ojos jugando a la ruleta, deliberadamente, para no dejarle nada. «¡Oh, esos rusos!», repetía el *maître*, con indignación, bajando la cabeza. Los demás se reían. El *maître* preparaba la cuenta. Ya sabían que yo había ganado: Karl, el camarero de mi piso, fue el primero en felicitarme. Pero yo tenía otras cosas en la cabeza. Corrí al Hotel de Inglaterra.

Todavía era temprano. Astley no recibía a nadie. Sin embargo, cuando supo que era yo, salió a mi encuentro en el pasillo y se quedó plantado ante mí, mirándome con sus tristes ojos, esperando lo que yo tenía que decirle. Lo primero que hice fue preguntarle por Polina.

—Está enferma —contestó Astley, mirándome siempre a los ojos.

—Entonces ¿está con usted?

—Sí. Está aquí.

—Y usted... ¿tiene intención de retenerla?

—Sí.

—Señor Astley, esto provocará un escándalo. Es imposible. Además está enferma. ¿No lo ha observado usted acaso?

—¡Oh! Sí, ya le he dicho que estaba enferma. Si no lo hubiese estado, no habría pasado la noche con usted.

—De modo que... ¿también usted sabe eso?

—Sí. Tenía que haber venido ayer y yo la habría llevado a casa de unos parientes míos. Pero como estaba enferma, se equivocó y fue a su cuarto.

—¡Vaya! Bien, señor Astley: le felicito. A propósito: usted me ha dado una idea... ¿No estuvo usted toda la noche al pie de mi ventana? La señorita Polina me dijo constantemente que abriera la ventana y mirase si usted estaba abajo. Esto la divertía muchísimo.

—¿Es posible? No, yo no estuve bajo su ventana, pero aguardaba en el pasillo y me paseaba cerca de allí.

—Hay que curarla, señor Astley.

—Sí, ya avisé al médico. Si se muere, me dará usted cuenta de su muerte.

Me quedé estupefacto.

—Por favor, señor Astley: ¿qué quiere decir usted?

—¿Es cierto que ganó usted ayer doscientos mil táleros?

—Solamente cien mil florines.

—Ya lo ve. ¿Y va usted a marcharse en seguida a París?

—¿Por qué?

—Porque todos los rusos, cuando tienen dinero, se van a París —me explicó Astley, en el tono de quien ha leído esas palabras en un libro.

—Y ¿qué voy a hacer yo en París, en verano? ¡La quiero a ella, señor Astley! ¡Y usted lo sabe!

—¿De veras? Yo estoy convencido de todo lo contrario. Además, si usted se queda aquí, seguramente perderá todo lo que tiene y ya no tendrá medio para irse a París. Vamos, adiós; estoy absolutamente convencido de que irá usted hoy mismo.

—Bueno. Adiós, pero no me iré. Piense usted, señor Astley, en lo que va a ocurrir... En resumen: el general..., y ahora este incidente con la señorita Polina... Va a enterarse toda la ciudad.

—Sí: toda la ciudad. Creo que al general le importa muy poco. Tiene otras cosas en que pensar. Además la señorita Polina tiene derecho a vivir donde quiera. Por lo que se refiere a su familia, podemos asegurar, sin miedo a equivocarnos, que no existe.

Mientras me alejaba me reía de la extraña seguridad de ese inglés que pretendía que yo iba a marcharme a París. «Sin embargo quiere matarme en duelo si Polina se muere —pensé—; no está mal.»

Juro que sentía lástima de Polina, pero, cosa extraña, desde el momento preciso en que el día anterior me acerqué a la mesa de juego y comencé a amontonar fajos de billetes, mi amor, en cierto modo, quedó relegado a un segundo plano. Digo esto ahora, pero en el momento no tuve una idea precisa. ¿Era, pues, realmente un jugador? ¿Amaba entonces a Polina de una manera tan... extraña? No. Dios es testigo de que la amo todavía. Y cuando dejé a Astley sufría sinceramente y me cubría de reproches al llegar al hotel. Pero entonces me sucedió una aventura de las más raras y estúpidas.

Me dirigía apresuradamente a las habitaciones del general cuando de pronto, no lejos de ella, se abrió una puerta y alguien me llamó. Era la señora viuda de Cominges. Me llamaba por orden de Mademoiselle Blanche. Y entré en el apartamento de esta.

Dicho apartamento se componía de dos habitaciones. En la alcoba resonaban las carcajadas de Mademoiselle Blanche. Se estaba levantando.

—*Ah, c'est lui! Viens donc, bête! Est-ce vrai que tu as gagné une montagne d'or et d'argent? J'aimerais mieux l'or.*

—Sí, he ganado —respondí, riendo.

—¿Cuánto?

—Cien mil florines.

—*Bibi, comme tu es bête!* Entra que no oigo nada. *Nous ferons bombance, n'est-ce pas?*

Entré. Estaba acostada bajo un cobertor de satén color rosa que dejaba al descubierto sus hombros morenos, redondos y admirables: hombros que no se ven más que en sueños, negligentemente cubiertos por un camisón de batista adornado con encajes de una deslumbrante blancura que resaltaban la belleza de su bronceada piel.

—*Mon fils, as-tu du coeur?* —exclamó al verme, y se echó a reír. Siempre reía alegremente y a veces incluso con sinceridad.

—*Tout autre...* —empecé, parafraseando a Corneille.

—Ya ves, ya ves —comenzó—. Ve primero a buscarme las medias y ayúdame a ponérmelas. Y luego, *si tu n'es pas trop bête, je te prends à Paris.* Ya sabes que me voy en seguida.

—¿En seguida?

—Dentro de media hora.

Efectivamente: todo estaba ya empaquetado. Las maletas estaban a punto. Hacía rato que les habían servido ya el café.

—*Eh bien,* si tú quieres, *tu verras Paris. Dis, donc, qu'est-ce que c'est qu'un ouchitel!* ¿Dónde están mis medias? ¡Anda, pónmelas!

Sacó un pie realmente adorable: moreno, pequeño, nada deformado, como casi todos esos pies que parecen tan encantadores en botitas. Me eché a reír y le puse la media de seda en la pierna. Mademoiselle Blanche, mientras tanto, charlaba sentada en la cama.

—*Eh bien, que feras-tu, si je te prends avec?* Primero quiero cincuenta mil francos. Me los mandas a Francfort. *Nous allons à Paris.* Allí viviremos juntos y *je te ferai voir les étoiles en plein jour.* Verás mujeres como jamás las has visto. Escucha...

—Espera. Si te doy cincuenta mil francos, ¿qué me quedará?

—*Et cent cinquante mille francs,* ¿lo has olvidado? Además consiento en vivir en tu casa durante un mes o dos, *que sais-je!* Naturalmente, en dos meses gastaremos esos cincuenta mil francos. Ya ves, *je sui bonne enfant!,* te lo prevengo; *mais tu verras des étoiles!*

—¿Cómo? ¿Todo esto en dos meses?

—¡Claro! ¿Eso te asusta? *Ah, vil esclave!* Pero ¿no sabes que un mes de esta vida vale más que toda tu existencia? Un mes... *et après, le déluge! Mais tu ne peux comprendre, va!* Vete, vete; no te mereces eso. ¡Ay! ¿Qué haces?

Me disponía a ponerle la otra media, pero no pude evitarlo y le besé el pie. Ella lo retiró y empezó a darme con él en la cara. Después me despidió.

—*Eh bien, mon ouchitel! Je t'attends, si tu veux.* Me voy dentro de un cuarto de hora —exclamó.

Cuando volví a mi habitación sentía vértigo. Yo no tenía la culpa de que Polina me hubiese lanzado a la cara el fajo de billetes y desde aquella noche hubiese preferido a Astley. Todavía había algunos billetes en el suelo, y los recogí. En ese momento se abrió la puerta y el *maître*, que antes ni se dignaba a mirarme, entró y me invitó a que me instalara abajo, en el espléndido apartamento que había ocupado recientemente el conde V.

Durante un instante reflexioné.

—La cuenta —dije—; me voy a París dentro de diez minutos.

«A París —dije para mis adentros—. Sin duda alguna estaba escrito.»

Un cuarto de hora más tarde los tres, en efecto, estábamos sentados en un compartimiento familiar: Mademoiselle Blanche, la señora viuda de Cominges y yo. Mademoiselle Blanche reía hasta saltársele las lágrimas mirándome. La señora viuda de Cominges la coreaba, y yo no puedo decir que estuviera muy contento. Mi vida se partía en dos, pero desde la víspera había adoptado la costumbre de jugarlo todo a una carta. Quizá fuera verdad que yo no había nacido para tener dinero y que había perdido la cabeza. *Peut-être, je ne demandais pas mieux.* Me parecía que durante un tiempo, pero solo durante un tiempo, el decorado había cambiado.

«Pero dentro de un mes estaré de vuelta, y entonces... Astley y yo tendremos muchas cosas de que hablar.»

Sí, recuerdo que estaba horriblemente triste, con todo y reírme a mandíbula batiente con esa mema de Mademoiselle Blanche.

—Pero ¿qué te pasa? ¿Eres tonto acaso? ¡Oh, qué tonto eres! —exclamaba ella dejando de reír y empezando a regañarme en serio—. Sí, sí, nos gastaremos los doscientos mil francos, pero *tu seras heureux comme un petit roi.* Yo misma te haré el nudo de la corbata y te presentaré a Hortense. Y cuando hayamos gastado todo nuestro dinero volverás aquí y otra vez harás saltar la banca. ¿Qué te dijeron los judíos? Lo esencial es la osadía, y tú la tienes, y más de una vez irás a llevarme dinero a París. *Quant à moi, je veux cinquante mille francs de rente, et alors...*

—¿Y el general? —le pregunté.

—¿El general? Sabes muy bien que todos los días a esta hora me compra un ramo de flores. Esta vez le dije expresamente que me buscase las flores más raras. Cuando el pobre vuelva se encontrará con que el pájaro ha volado. Correrá tras de nosotros, ya verás. ¡Ja, ja, ja! Estaré contentísima. Me será muy útil en París. Aquí pagará por él el señor Astley.

Así es como me fui a París.

XV

¿Qué diré de París?

Todo esto fue sin duda extravagancia y desvarío. No estuve más que tres semanas, y en este tiempo gasté cien mil francos. Digo solamente cien mil. Los otros cien mil se los di a Mademoiselle Blanche: cincuenta mil francos en Francfort, y tres días después, en París, le di cincuenta mil francos más en un pagaré que hizo efectivo, por otra parte, al cabo de una semana.

—*Et les cent mille francs que nous restent, tu les mangeras avec moi, mon ouchitel!*

Siempre me llamaba así.

Es difícil imaginar seres más desconfiados, tacaños y mezquinos que las personas de la categoría de Mademoiselle Blanche en lo que se refiere a su dinero. En cuanto a mis cien mil francos, me dijo en seguida que los necesitaba para su instalación en París.

—Porque yo ahora quiero establecerme aquí muy bien de una vez, y nadie podrá hacerme descender. Al menos he tomado las medidas oportunas —añadió.

Por lo demás, apenas he visto el color de esos cien mil francos: era ella quien tenía el dinero en su poder, y en mi cartera, que ella registraba cada día, nunca había más de cien francos, por lo general menos.

—¿Acaso precisas dinero? —me decía a veces con su aire más cándido, y yo no discutía.

Con este dinero, en cambio, se arregló un bonito piso y cuando me llevó a su nuevo apartamento me dijo, mientras me lo enseñaba:

—Mira lo que la economía y el buen gusto pueden hacer con los más escasos medios.

Y aquella miseria costaba cincuenta mil francos netos. Con los cincuenta mil francos que le quedaban se compró un coche y caballos. Además dimos dos bailes, a los que asistieron Hortense, Lisette y Cléopâtre, mujeres notables en muchos aspectos y buenas chicas por añadidura. Durante estas dos veladas tuve que representar el absurdo papel de amo de casa, recibir y conversar con mujeres de comerciantes enriquecidos, extraordinariamente cortos de entendederas, pequeños oficiales de insoportable ignorancia y grosería, lamentables escritorzuelos, malos periodistas, vestidos de frac del último modelo y guantes amarillos, con una vanidad y una fatuidad tales como no se puede tener idea entre nosotros, en Petersburgo, que no es poco decir. Tuvieron incluso la idea de burlarse de mí, pero yo me dediqué a beber champaña y me fui a dormir a la habitación contigua. Todo esto me repugnaba en gran manera.

—*C'est un ouchitel!* —decía Mademoiselle Blanche—; *il a gagné deux cent mille francs*, y sin mí no hubiera sabido cómo gastarlos. No tardará en volver a su oficio. ¿Sabe alguno de vosotros alguna plaza vacante? Habría que hacer algo por él.

Con frecuencia recurría al champaña, porque siempre estaba triste y me aburría enormemente. Vivía en el medio burgués y más mercantil, en el que cada moneda era contada y pesada. Pude darme cuenta de que Blanche no podía soportarme durante aquellos primeros quince días. Bien es verdad que me vestía elegantemente, incluso todos los días me hacía el nudo de la corbata, pero en el fondo me despreciaba cordialmente. A mí todo esto me tenía sin cuidado. Triste y melancólico, comencé a salir. Con frecuencia me iba al *Château des Fleurs*, donde me emborrachaba regularmente cada noche y aprendí el cancán, que allí se bailaba de una manera indecente, y, en consecuencia, hasta adquirí cierta celebridad en este género. Blanche, finalmente, comprendió quién era yo: se había imaginado siempre que, durante el tiempo de nuestras relaciones, yo la seguiría con un lápiz y un papel en la mano, contando lo que ella gastaba, lo que me robaba, lo que gastaría o lo que todavía habría de robarme. Y estaba convencida de que le iba a costar una verdadera lucha arrancarme cada moneda de diez francos.

A cada uno de mis supuestos ataques tenía a punto una respuesta. Por eso al no pasar yo al ataque, tomó ella la iniciativa. Al principio imaginó que yo era un estúpido, un *ouchitel*, y se limitaba a interrumpir sus explicaciones, pensando sin duda: «Es un imbécil. ¿Para qué estar machacando si no entiende nada?»

A veces salía y volvía diez minutos después, lo cual sucedía cuando gastaba de una manera insensata, gastos que nuestros medios no nos permitían: cuando, por ejemplo, cambió sus caballos por un tronco de seis mil francos.

—Entonces, *bibi*, ¿no te enfadas? —dijo acercándose a mí.

—¡No, no! ¡Me estás fastidiando! —dije, apartándola con la mano.

Pero esto le pareció tan raro que inmediatamente se sentó a mi lado.

—Verás: si me he decidido a pagarlo tan caro ha sido porque se trata de una ocasión. Podremos revenderlos a veinte mil francos.

—Te creo, te creo. Son buenos caballos, y tú tienes ahora un magnífico tiro. Te será muy útil. No hablemos más.

—Entonces... ¿no te has enfadado?

—¿Por qué? Me parece bien que te proporciones lo indispensable. Todo esto te será útil más tarde. Veo realmente que tienes que instalarte bien. De otro modo nunca llegarías a tener el millón. Nuestros cien mil francos no son otra cosa que el principio, una gota de agua en el océano.

Blanche, que lo esperaba todo y más bien gritos y reproches que consideraciones de este tipo, pareció como si cayera del cielo.

—De manera..., de manera... ¡Hay que ver cómo eres! *Mais tu as l'esprit pour comprendre! Sais-tu, mon garçon*, aunque seas un *ouchitel*, has nacido para príncipe. Así, pues, ¿no te quejas de que nuestro dinero se gaste tan rápidamente?

—¡No, al diablo ese dinero! ¡Que se gaste bien deprisa!

—*Mais... sais-tu..., mais dis donc*, ¿acaso eres rico? *Mais sais-tu*, desprecias demasiado el dinero. *Qu'est-ce que tu feras après, dis donc?*

—Después me iré a Homburg y volveré a ganar otros cien mil francos.

—*Oui, oui, c'est ça, c'est magnifique!* Y estoy convencida de que ganarás y me traerás aquí el dinero. *Dis donc*, acabarás haciendo que te quiera de verdad. *Eh bien*, puesto que eres así, te querré durante todo este tiempo sin serte infiel ni una sola vez. ¿Ves? En estos últimos tiempos no te quería *parce que je croyais que tu n'était qu'un ouchitel (quelque chose comme un laquais, n'est-ce pas?)*, y, sin embargo, te he sido fiel, *parce que je suis bonne fille*.

—¡No me digas! ¿Y con Alberto, ese oficialillo moreno, crees que no te vi la última vez?

—*Oh! Oh!, mais tu es...*

—Mientes, mientes, pero no vayas a creerte que esto me molesta. Me cisco; *il faut que jeunesse se passe*. No ibas a echarle, si estaba antes que yo y tú le querías. Pero no le des dinero, ¿me comprendes?

—Entonces ¿no te has enfadado por esto? *Mais tu es un vrai philosophe, sais-tu? Un vrai philosophe!* —exclamó entusiasmada—. *Eh bien, je t'aimerai, tu verras, tu seras content!*

Y, de hecho, desde aquel día, en cierto modo, me cobró afecto, me demostró incluso amistad. Así pasaron nuestros últimos diez días. No vi las «estrellas» prometidas, pero, en cierto modo, mantuvo su palabra. Además me hizo conocer a Hortense, mujer extraordinariamente notable en su género y a quien en nuestro círculo llamaban «Thérèse philosophe».

Por lo demás, no hay por qué extenderse en todo esto. Todo ello podría ser objeto de un relato aparte, con un colorido particular que no quiero dar a esta historia. La verdad es que yo deseaba con toda mi alma que todo aquello acabara lo antes posible. Pero, como ya he dicho, nuestros cien mil francos duraron casi un mes, cosa que me sorprendió sinceramente. Blanche gastó por lo menos ochenta mil francos en compras para ella. Nosotros solamente gastamos veinte mil en todo y para todo..., y fue bastante.

Blanche, que finalmente llegó a ser casi franca conmigo, o al menos no me mentía en todas las cosas, reconoció que por lo menos yo no tendría que responder de las deudas que ella se había visto obligada a contraer.

—No te he dado facturas ni letras de cambio para que las firmes —me dijo—, porque me has dado lástima. Otra, seguro que lo habría hecho y te hubiese enviado a la cárcel. Ya ves cuánto te quiero y lo buena que soy. ¡Y esa maldita boda me va a costar cantidades fabulosas!

Porque realmente tuvimos una boda.

Se celebró a fines de nuestro mes y hay que suponer que se gastaron en ella las últimas migajas de mis cien mil francos. Así terminó la historia, quiero decir nuestro mes de vida común. Después de esto me retiré oficialmente.

He aquí cómo sucedieron las cosas: Ocho días después de nuestra instalación en París se presentó el general. Fue directamente a ver a Blanche, y desde su primera visita ya casi no se movió de allí.

Bien es verdad que había alquilado un cuarto no sé dónde. Blanche le recibió alegremente, con exclamaciones y risas, e incluso le echó los brazos al cuello. Las cosas sucedieron de tal modo que fue ella quien le retuvo. Él la acompañaba a todas partes: a los bulevares, al paseo, al teatro, a casa de sus amigos. El general estaba todavía a la altura de este empleo. Imponente, impecable, con su estatura arrogante, sus patillas teñidas —había servido en los coraceros—, con un rostro hermoso aunque algo marchito. Sus modales eran elegantes; vestía con soltura. En París sacó sus condecoraciones. No solo era posible, sino, valga la expresión, recomendable pasearse por los bulevares en compañía de un hombre semejante.

El bueno y estúpido general se sentía a sus anchas. No esperaba tanto cuando se presentó en nuestra casa a su llegada a París. Casi temblaba de miedo creyendo que Blanche iba a chillarle y echarle de casa. El giro que tomaban los acontecimientos le encantó, y todo aquel mes lo pasó en una especie de éxtasis beatífico. Se encontraba en el mismo estado cuando le dejé. Supe allí que, después de nuestra repentina partida de Roulettenburg, tuvo aquella misma mañana una especie de ataque. Había caído sin conocimiento.

Durante toda una semana había estado como loco, diciendo palabras incoherentes. Le cuidaron, pero pronto dejó a todos plantados, tomó el tren y se fue a París. Ni que decir tiene que la acogida de Blanche fue para él el mejor de los remedios, pero los síntomas de su enfermedad subsistieron largo tiempo, a pesar de sus afortunadas disposiciones. Ya era incapaz de reflexionar o incluso de seguir una conversación un poco seria. En casos así se limitaba a añadir «¡Hum!» a cada palabra y bajar la cabeza. Así salía del paso. Reía frecuentemente con risa entrecortada, nerviosa y enfermiza. A veces se quedaba horas enteras, sombrío como la noche, frunciendo su poblado entrecejo. Había olvidado por completo muchas cosas.

Se volvió distraído hasta la exasperación, y adquirió la costumbre de hablar solo. Únicamente Blanche podía devolverle a la vida. Sus ataques de mal humor, cuando se quedaba en un rincón, revelaban solamente que no había visto a Blanche desde hacía tiempo, o que Blanche había salido y no se lo había llevado, o que había olvidado acariciarle antes de irse. No hubiera sabido decir entonces lo que deseaba, e incluso ignoraba que estaba triste o melancólico. Cuando permanecía inmóvil una o dos horas (le observé varias veces, cuando Blanche se había marchado por todo el día, sin duda alguna para verse con Alberto) comenzaba de repente a mirar a su alrededor, agitándose y volviéndose de un lado para otro; parecía querer acordarse de alguna cosa y encontrar a alguien. Pero, no viendo a nadie y no recordando lo que quería preguntar, volvía a caer en su amodorramiento hasta que Blanche regresaba, alegre y vivaz, de punta en blanco, riendo a carcajadas. Corría hacia él, le hacía unas carantoñas e incluso le besaba, aunque muy raras veces le concedía este favor. Una vez el general se sintió tan feliz y dichoso al verla que se echó a llorar de repente. A mí me sorprendió. Blanche, desde la llegada del general, comenzó a interceder por él. Se lanzó incluso a pronunciar largos discursos, recordó que le había engañado por culpa mía, que ella era casi su prometida, que le había dado su palabra, y que por ella había abandonado a toda su familia; que, en fin, yo había estado a su servicio y que debía comprender..., no tenía escrúpulos... Yo no decía nada, mientras ella no cesaba de hablar.

Por último me eché a reír, y las cosas quedaron tal cual, es decir, que primero me consideró un imbécil y luego se detuvo ante la idea de que era un buen muchacho, dotado de buen carácter. En una palabra: tuve la dicha de merecer hasta el fin la entera benevolencia de esta digna señorita, porque Blanche era realmente una excelente chica... en su género, naturalmente; al principio, lo confieso, yo no había sabido apreciar esto en su justo valor.

—Eres bueno e inteligente —me decía hacia el final de aquellos días—, y es una verdadera lástima que seas tan memo. Nunca, nunca ganarás nada. *Un vrai Russe, un Kalmouk!*

Varias veces me mandó llevar a pasear al general, como si hubiese enviado a un lacayo a que sacase a tomar el aire a su perro. Me lo llevé al teatro, *al Bal Mabille* y a los restaurantes. Blanche me daba dinero para estas salidas, aunque el general tuviese y le complaciera mucho echar mano de su cartera delante de la gente. Un día casi tuve que utilizar la fuerza para impedirle comprar un broche de setecientos francos que había estado admirando en el Palais-Royal y que se había empeñado en regalar a Blanche. ¿Qué era para ella un broche de setecientos francos? El general poseía únicamente mil francos. Jamás pude saber de dónde procedían. Supongo que los habría obtenido de Astley, máxime cuando éste le había pagado sus gastos de hotel.

Por lo que concierne a la atención que me otorgó durante esa época, me parece que el general ni sospechó tan solo mis relaciones con Blanche. Vagamente había oído que yo había ganado una fortuna, pero imaginaba que estaba con ella como una especie de secretario particular o quizá de criado. Al menos seguía hablándome alto, con voz de mando, y hasta a veces se permitía reñirme. Una mañana, mientras tomábamos el café, nos divirtió mucho a Blanche y a mí. No era muy susceptible. ¿Por qué de pronto le ofendió mi presencia? Aún sigo ignorándolo. Probablemente no sabía nada. En fin: lanzó un discurso sin pies ni cabeza *à bâtons rompus*, gritó diciendo que yo era un pícaro y que iba a darme lo mío y que me haría comprender, etc. Pero nadie pudo comprender nada. Blanche se cansó de tanto reír. Por fin logramos, como pudimos, calmarle y nos lo llevamos a dar un paseo. En diversas ocasiones observé que tenía accesos de tristeza, echaba de menos a algo o a alguien, sentía la nostalgia de alguien a pesar de la presencia de Blanche.

Un par de veces me tomó por confidente, pero nunca pude sacar nada en limpio. Hablaba del servicio, de su difunta esposa, de sus tierras y de su fortuna. Se fijaba en una palabra que le gustaba y la repetía cien veces durante el día, aunque no expresara ni sus sensaciones ni sus pensamientos. Intenté llevar la conversación a sus hijos, pero entonces se ponía a hablar sin ton ni son, como en otras ocasiones, y pasaba de un tema a otro sin transición alguna.

—Sí, sí, los niños, tiene usted razón, los niños.

Solo una vez se enterneció mientras íbamos al teatro.

—Son unos niños desgraciados —dijo de pronto—; sí, señor, sí, son desgraciados.

Y aquella noche, más de una vez, repitió:

—¡Desgraciados niños!

Cuando quise hablarle de Polina se puso hecho una furia.

—Es una ingrata —exclamó—. ¡Una ingrata y una malvada! ¡Ha deshonrado a la familia! ¡Si aquí hubiese leyes, ya le daría yo! ¡Sí, sí!

En cuanto a Des Grieux, no podía oír ni pronunciar su nombre.

—Me ha perdido —decía—, me ha despojado, me ha estrangulado. Durante dos años ha sido mi pesadilla. He soñado con él meses enteros. Es..., es... ¡Oh, por favor, no me hable nunca de él!

Me daba cuenta de que había un acuerdo entre ellos, pero me callaba, siguiendo mi costumbre. Blanche fue la primera que me lo dijo: exactamente ocho días antes que nos separásemos.

—*Il a des chances* —decía—; *babouchka* está realmente enferma y se morirá de un momento a otro. El señor Astley nos ha enviado un telegrama. Convendrás en que, a pesar de todo, el general es su heredero. Y, si no lo fuera, tampoco me molestaría. En primer lugar tiene su pensión, y luego vivirá en la habitación del fondo, donde se sentirá completamente feliz. Yo seré *Madame la Générale*, podré entrar en la buena sociedad —era el sueño de Blanche— y además seré una propietaria rusa: *¡j'aurai un château, des moujiks, et puis j'aurai toujours mon million!*

—Y si empieza a ponerse celoso y a exigir... Dios sabe qué..., ¿comprendes?

—¡Oh, no, no! ¡No se atreverá! He tomado mis medidas y estoy tranquila. Le he hecho ya firmar algunos pagarés a nombre de Albert. Apenas cambie de idea..., inmediatamente será castigado... Pero no se atreverá.

—Entonces cásate con él.

Se celebró la boda sin especial solemnidad, sencilla, en familia. Fueron invitados Albert y algunos íntimos. Hortense, Cléopâtre y las otras fueron dejadas al margen resueltamente. El novio tomaba muy en serio su nueva situación. Blanche le hizo el nudo de la corbata y le peinó. Con chaqué y chaleco blanco parecía un hombre *très comme il faut.*

—*Il est pourtant très comme il faut* —me declaró Blanche al salir de la habitación del general, como si esta idea la conmoviera.

Como yo no entraba en los pormenores y no tomé parte en nada sino como espectador indiferente, he olvidado en gran parte lo que pasó entonces. Recuerdo solo que descubrió que Blanche no se llamaba exactamente Cominges (ni su madre era viuda de Cominges), sino Del Placet. Ignoro por qué una y otra habían adoptado aquel nombre hasta ese día. Pero el general se mostró encantado, e incluso le gustó más Del Placet que Cominges. El día de la boda por la mañana, ya vestido, se paseaba por el salón y repetía sin cesar, con un aire extremadamente serio:

—*Mademoiselle Blanche du Placet! Blanche du Placet! Mademouazelle Blanca diou Placette!*...

Y en su rostro resplandecería una cierta suficiencia.

En la iglesia, en la alcaldía y en la casa, durante el banquete, no solamente pareció feliz, sino enormemente orgulloso. Algo les había sucedido a los dos. También Blanche comenzó a darse aires de importancia.

—Ahora tengo que comportarme de modo muy distinto —me dijo con la mayor seriedad—, *mais, vois-tu,* hay algo muy desagradable, en que no había pensado: imagínate que todavía no consigo acordarme de mi nuevo apellido: Zagorianski, Zagorianski, *madame la générale de Sago...,* Sago... ¡Estos condenados nombres rusos! *En fin, madame la genérale à quatorze consonnes! Comme c'est agréable, n'est-ce pas?*

Por último nos separamos, y Blanche, aquella estúpida Blanche, derramó algunas lágrimas al despedirse de mí.

—*Tu étais bon enfant* —me dijo lloriqueando—. *Je te croyais bête et tu en avais l'air,* pero te sienta bien.

Tras haberme estrechado la mano por última vez, dijo de pronto:

—¡Espera!

Se precipitó hacia su tocador, y un instante después volvió con dos billetes de mil francos. Jamás lo hubiese creído.

—Toma. Podrás necesitarlo. Quizás eres inteligente como *ouchitel,* pero como hombre eres estúpido. No te daré más, porque de todas maneras lo perderías todo. Bueno: ¡adiós! *Nous serons toujours bons amis.* De todos modos, si ganas, vuelve a verme sin falta, *et tu seras heureux!*

Todavía me quedaban unos quinientos francos. Poseía además un hermoso reloj que valía un millar de francos, y mis gemelos de brillantes. Podía, pues, vivir mucho tiempo sin preocuparme por nada.

Me instalé en este condenado pueblo para poner mis ideas en orden y, sobre todo, para esperar a Astley. Sé con certeza que ha de pasar por aquí y que ha de quedarse todo un día por una cuestión de negocios. Lo sabré todo..., y después... después iré directamente a Homburg. No volveré a Roulettenburg por lo menos hasta el año que viene. Suele decirse que es un cálculo equivocado intentar dos veces la suerte en la misma mesa.

Y en Homburg se juega de veras.

XVI

Hace veinte meses que no he mirado estas notas. Hoy, tal vez para distraerme de mi angustia y de mi tristeza, se me ha ocurrido la idea de releerlas.

Había quedado en mi partida para Homburg. ¡Dios mío! Con qué corazón tan ligero, relativamente hablando, he escrito estas últimas líneas. Y si no con corazón ligero, al menos con qué suficiencia, qué inquebrantable esperanza. ¿Dudaba un ápice de mí? Ahora ha pasado más de año y medio y, a mi juicio, estoy en una situación peor que la de un mendigo. ¿Por qué un mendigo? ¡Me río de la mendicidad! Ahora sí que estoy francamente perdido.

Por otra parte esto no tiene comparación con nada, y no voy ahora a dármelas de moralista. Nada más absurdo que la moral en un momento semejante. ¡Oh, la gente satisfecha de sí misma! Con qué vanidosa suficiencia esos charlatanes están dispuestos a pronunciar sentencias. ¡Si supiesen de qué modo comprendo la abominación de mi actual situación, no hallarían palabras para aleccionarme! ¿Y qué pueden decirme de nuevo que no sepa ya? Naturalmente se trata de eso. Lo cierto es que..., que una simple vuelta de rueda puede cambiarlo todo, y esos mismos moralistas serán entonces los primeros (estoy seguro) en felicitarme bromeando amistosamente. No se apartarían de mí como hacen ahora. Pero yo escupo a toda esa gente. ¿Qué soy ahora? Un cero a la izquierda. ¿Qué puedo ser mañana? Puedo resucitar a los muertos y comenzar a vivir. Puedo descubrir al hombre en mí antes que se haya perdido.

Realmente me fui a Homburg, pero... inmediatamente volví a Roulettenburg, y a Spa, e incluso a Baden, donde acompañé como ayuda de cámara al consejero Hinze, un miserable que ha sido mi amo aquí.

Sí, he sido lacayo durante cinco meses. Esto ocurrió al poco tiempo de haber salido de la cárcel.

(Porque yo había sido encarcelado por deudas contraídas en Roulettenburg. Un desconocido pagó por mí. ¿Quién? ¿Astley? ¿Polina? Lo ignoro; pero mi deuda fue pagada: doscientos táleros en total, y me dejaron en libertad.)

¿Adónde podía yo ir? Fue entonces cuando me puse a trabajar para ese Hinze, ese muchacho aturdido y vago, y yo sé hablar y escribir en tres idiomas. En un principio fui para él algo así como su secretario por treinta florines al mes. Pero al final fui realmente su criado. No estaba en situación de tener un secretario y me rebajó el sueldo. Yo no tenía adónde ir; me quedé, pues, y así me convertí en lacayo. Mientras estuve a su servicio ni comía ni bebía, pero, en cambio, ahorré setenta florines en diez meses.

Una noche, en Baden, le dije que me marchaba. Aquella misma noche fui a la ruleta. ¡Cómo latía mi corazón! No, no era el afán de dinero: solamente quería que a partir del día siguiente todos esos Hinzes, todos esos *maîtres d'hôtel*, todas esas hermosas damas de Baden hablasen de mí, contasen mi historia, me admirasen, me abrumaran de cumplidos y se inclinaran ante mi nueva suerte en el juego. Eran sueños y preocupaciones pueriles..., pero..., ¡quién sabe! Acaso volviera a ver a Polina; le contaría mis aventuras y vería que estoy muy por encima de todos esos golpes de la suerte. ¡Oh, no! No ansiaba el dinero. Estoy convencido de que todavía lo hubiese derrochado con una Blanche cualquiera y de nuevo me habría exhibido tres semanas en París con un tronco de caballos que me hubiese costado dieciséis mil francos. Sé perfectamente que no soy tacaño; creo, incluso, que soy pródigo..., y, sin embargo, con qué emoción, con qué opresión en el pecho agucé el oído para escuchar lo que decía el *croupier: «Trente et un, rouge, impair et passe!»*, o: *«Quatre, noir, pair et manque!»* ¡Con qué avidez miraba la mesa de juego, en la que estaban esparcidos luises de oro, federicos y táleros, las monedas de oro apiladas, arrastradas por la raqueta del *croupier* en montones resplandecientes como las brasas, o los largos cartuchos de monedas de plata que rodeaban la rueda!

Ya antes de llegar a la sala de juego me sentí desfallecer en cuanto oí el tintineo de las monedas.

La noche en que dejé mis setenta florines en la mesa de juego fue prodigiosa. Comencé con diez florines que puse al *passe*. Tenía un prejuicio favorable al *passe*. Perdí. Me quedaban setenta florines en monedas de plata. Reflexioné..., y puse al *zéro*. Creí morirme de alegría cuando recibí ciento setenta y cinco florines. Nunca había sido tan feliz, salvo cuando gané cien mil. Inmediatamente puse cien florines al rojo..., y gané. Doscientos al rojo... y gané. Cuatrocientos al negro..., y gané. Ochocientos sobre *manque*..., y volví a ganar. Poseía en total mil setecientos florines. ¡Y esto en menos de cinco minutos!

En momentos así se olvidan todos los fracasos del pasado. Porque había logrado esto arriesgando más que una vida; me había atrevido a correr un riesgo y... de nuevo me encontraba entre los hombres.

Alquilé una habitación en el hotel y me encerré con llave. Tres horas estuve contando mi dinero. Cuando me desperté ya no era un lacayo. Decidí marcharme a Homburg aquel mismo día: allí no había sido criado de nadie ni había estado en la cárcel. Media hora antes de salir el tren volví a jugar, dos veces más, y perdí quinientos florines. Inmediatamente me dirigí a Homburg.

Y aquí estoy desde hace dos meses.

Vivo en una continua angustia; me quedo días enteros junto a la mesa de juego, observando; sueño hasta con el juego..., y, sin embargo, me parece que me he encallecido, que me he hundido en el fango. Deduzco esto por la impresión que me produjo el encuentro con Astley. No habíamos vuelto a vernos, y nos encontramos por puro azar.

He aquí como: yo iba por el jardín y pensaba que casi no tenía dinero, pero que me quedaban cincuenta florines y que, además, había pagado por adelantado mi cuenta del hotel, donde ocupo una pequeña habitación. Me quedaba, por tanto, la posibilidad de ir a jugar una sola vez a la ruleta. Si ganaba, por poco que fuese, podría continuar jugando. Si perdía, tendría que volver a emplearme como lacayo, siempre y cuando encontrase una familia rusa que necesitara un preceptor... Preocupado con esta idea, iba a dar mi cotidiano paseo por el parque y el bosque, en el vecino principado. Así caminaba a veces hasta cuatro horas seguidas y volvía a Homburg cansado y hambriento. Acababa de entrar en el parque cuando de repente vi a Astley en un banco. Él me vio antes y me llamó. Me senté a su lado. Al advertir su rostro excesivamente grave moderé un tanto mi alegría. Lo cierto era que me sentía encantado de verle.

—¿De modo que está aquí? Suponía que le encontraría —dijo—. No se moleste en explicarme nada. Lo sé, lo sé todo. Conozco su vida paso a paso durante estos últimos veinte meses.

—¡Ah! ¡Bueno! ¿De forma que usted hace vigilar a sus viejos amigos? —le respondí—. Eso le honra; no es usted olvidadizo. Espere; me ha dado una idea: ¿no es usted quien me sacó de la cárcel, donde me metieron por una deuda de doscientos florines? Un desconocido pagó por mí.

—No, no, no he sido yo, pero sabía que había estado usted en la cárcel por deudas contraídas en Roulettenburg.

—Entonces ¿sabe usted quién me liberó?

—No, no puedo decirle que sepa tal cosa.

—¡Qué raro! No conozco por aquí a ningún ruso..., y por otra parte no es posible que me hayan prestado tamaño servicio. Es allí, en Rusia, donde los ortodoxos redimen a sus hermanos. Y supuse que lo habría hecho algún inglés original..., por extravagancia.

Astley me escuchaba con mal disimulado asombro. Pensaba, tal vez, que iba a encontrarme abatido y triste.

—Sea lo que sea, lo cierto es que estoy encantado de volver a verle, con toda su independencia de espíritu e incluso con su habitual alegría —dijo en tono áspero.

—Entonces usted interiormente está furioso y despechado por no verme humillado y abatido —dije riendo.

Tardó un poco en comprenderme totalmente, pero cuando lo consiguió esbozó una sonrisa.

—Me divierten sus observaciones. Reconozco en esta charla a mi viejo amigo de otro tiempo, entusiasta, inteligente y a la vez cínico. Solamente los rusos son capaces de poseer en sí tantas contradicciones. Es verdad que al hombre le gusta ver humillado ante él a su mejor amigo; frecuentemente la humillación se apoya en la amistad. Es una vieja verdad conocida por todos los inteligentes. Pero en este caso concreto puedo asegurarle que me siento sinceramente feliz de no haberle encontrado abatido. Dígame: ¿tiene intención de renunciar al juego?

—¡Oh, al diablo el juego! Renunciaría ahora mismo a él si...

—Si ahora recobrase su dinero. Es lo que me imaginaba. No siga..., lo sé... Ha dicho usted esto sin pararse a reflexionar. Ello quiere decir que lo dicho es la verdad. Ahora bien: aparte del juego, ¿no se ocupa usted en nada?

—No...

Tuve que sufrir un examen. Yo no sabía nada; apenas si había dado un vistazo a los periódicos y no había abierto ni un solo libro durante aquel tiempo.

—Se ha endurecido usted —observó—. No solo se ha apartado de la vida, de sus intereses, de los de la sociedad, de sus deberes de hombre y de ciudadano, de sus amigos, porque usted también tiene amigos; no se ha limitado a volver la espalda a todo excepto a ganar, sino que se la ha vuelto incluso a sus recuerdos... Aún no le he olvidado en una época apasionada de su vida, intensa, pero estoy convencido de que ha olvidado de ella sus mejores impresiones. Sus sueños, sus deseos cotidianos no van más allá del *pair* y el *impair*, del *rouge, noir,* las doce cifras del centro, etcétera. ¡Estoy segurísimo!

—Basta ya, señor Astley; se lo suplico: no me hable del pasado —exclamé no solo disgustado, sino incluso colérico—. Debe saber que no he olvidado nada, pero, por un tiempo, he apartado todo esto de mi espíritu, incluso mis recuerdos..., en espera de que mi situación se restablezca por completo. Entonces, ¡ya lo verá usted!, resucitaré a los muertos.

—Dentro de diez años usted continuará aquí —me dijo—. Le apuesto lo que quiera a que hablaremos de todo esto, en este mismo banco incluso, si vivo para entonces. Yo le interrumpí con impaciencia.

—¡Basta ya! Y para demostrarle que no soy tan olvidadizo ¿me permite que le pregunte dónde está ahora Polina? Si no ha sido usted quien ha pagado mis deudas, tiene que haberlo hecho ella, sin ninguna duda. Aunque jamás he tenido noticias de ella.

—No, ¡oh, no! No creo que haya sido ella la que pagó sus deudas. Ahora está en Suiza, y me haría usted un gran favor no haciéndome más preguntas sobre la señorita Polina —dijo, enérgico, y hasta quizás algo iracundo.

—Entonces ¿también a usted le ha hecho mucho daño? —dije, riéndome muy a mi pesar.

—La señorita Polina es el ser mejor de todos los seres más dignos de estimación, pero le repito que me causaría un gran placer si deja de hacerme preguntas sobre ella. Usted no la ha conocido nunca, y considero su nombre en sus labios como una ofensa a mi sentido moral.

—¿De verdad? Se equivoca usted, porque ¿de qué otra cosa podemos hablar usted y yo? ¡Medítelo! Todos nuestros recuerdos se reducen a esto. No tema, no tengo la intención de querer conocer su vida íntima. Tan solo me intereso, digámoslo así, por la situación exterior de la señorita Polina, por las condiciones externas en que se encuentre ahora. Esto puede decirse en un par de palabras.

—Está bien; pero a condición de que después de estas dos palabras no hablemos más de ella. La señorita Polina estuvo mucho tiempo enferma y aún lo está. Vivió algún tiempo con mi madre y mi hermana en el norte de Inglaterra. Hace seis meses su abuela, supongo que no habrá olvidado a aquella mujer completamente loca, murió y le dejó siete mil libras. Ahora Polina viaja con la familia de mi hermana, que se ha casado. El testamento de la abuela asegura también la suerte de sus pequeños hermanos, que estudian en Londres. El general, su padrastro, murió hace un mes en París, a consecuencia de una apoplejía. Mademoiselle Blanche le trató bien, muy bien, pero además ha conseguido que pasara a ella todo lo que él recibió de la abuela. Esto es todo.

—¿Y Des Grieux? ¿No viaja también por Suiza?

—No. Des Grieux no sé por dónde anda. Además le aconsejo de una vez para siempre que evite esta clase de alusiones y de vinculaciones fuera de lugar; si no, tendrá que vérselas conmigo.

—¡Cómo! ¿A pesar de nuestra vieja amistad?

—A pesar de ella.

—Perdóneme, pues, señor Astley. Aunque permítame: no hay nada de ofensivo ni fuera de lugar. No acuso a la señorita Polina de nada. Además..., un francés y una señorita rusa, hablando en términos corrientes, constituyen una vinculación que ni usted ni yo podemos aclarar ni comprender por completo.

—Si usted no asocia el nombre de Des Grieux a otro nombre, le exigiré que me explique lo que entiende por la expresión «un francés y una señorita rusa». ¿Qué vinculación es esa? ¿Por qué precisamente un francés y una señorita rusa?

—Ya ve usted cómo le interesa. Pero esto es una larga historia, señor Astley. Primero tendría usted que conocer muchas cosas. Por lo demás es un grave problema, por cómico que parezca a primera vista. El francés, señor Astley, es una forma acabada y elegante. Quizás usted, como británico, no opine lo mismo. Yo, como ruso, tampoco estoy conforme, aunque solo sea por celos. Pero acaso nuestras muchachas piensan de otro modo. A usted Racine le puede parecer lleno de afectación, cursi y perfumado, y seguramente no le leerá. A mí también me parece afectado, cursi y perfumado e incluso ridículo desde un determinado punto de vista. Pero es encantador, señor Astley, y, sobre todo, es un gran poeta, queramos o no. La forma nacional del francés, es decir, del parisiense, se ha vaciado de un molde elegante cuando nosotros todavía éramos unos osos. La Revolución ha heredado de la nobleza. Hoy día el más tosco de los franceses puede tener modales, actitudes, expresiones y hasta ideas de una forma perfectamente elegante sin que su iniciación, su alma o su corazón tengan nada que ver con ello. Todo le ha sido transmitido por herencia. De por sí pueden ser las criaturas más hueras y viles. Y le digo yo ahora, señor Astley, que no hay ser en el mundo más confiado y crédulo que una muchacha rusa, buena, inteligente y no demasiado cursi. Aparece un Des Grieux en no importa qué papel, bajo una máscara, y puede conquistar su corazón con una facilidad inaudita. Posee una forma elegante, señor Astley, y la muchacha toma esa forma por su alma, por la forma natural de su alma y de su corazón, y no por la costumbre que le ha sido transmitida por herencia. Aunque le disguste mucho, debo confesarle que los ingleses suelen ser metódicos y estar desprovistos de elegancia, y los rusos, por instinto, saben discernir la belleza y están ávidos de ella. Más para distinguir la belleza del alma y la originalidad de la personalidad se precisa incomparablemente más independencia y libertad de la que poseen nuestras mujeres, con mayor motivo nuestras jovencitas, y, en todo caso, más experiencia. La señorita Polina (perdóneme, se me ha escapado su nombre) precisará muchísimo tiempo antes de que le coloque a usted por encima de un miserable como Des Grieux. Le quiere y será su amiga, le abrirá por completo su corazón, pero, no obstante, en ese corazón mandará ese aborrecido miserable, ese vil y mezquino usurero que se llama Des Grieux... Esto quizá dure por terquedad, digámoslo así, por amor propio, porque ese mismo Des Grieux se le apareció un día bajo la aureola de un marqués elegante, de un liberal desencantado, presuntamente arruinado por haber querido acudir en ayuda de su familia y de ese atolondrado general. Se han descubierto todas sus artimañas. Pero eso no importa: devuélvale el Des Grieux de otro tiempo. ¡Esto es lo que ella quiere! Y cuanto más detesta a los Des Grieux de hoy más añora al de ayer, aunque solo haya existido en su imaginación. ¿Tiene usted negocios de azúcar, señor Astley?

—Sí, soy comanditario de la gran refinería Lowell and Company.

—¡Ah! ¿Lo ve usted, señor Astley? Por una parte un negociante en azúcar; por la otra..., el Apolo del Belvedere. Esto no encaja. Y yo ni siquiera soy negociante en azúcar: soy un mísero jugador de ruleta, y hasta he sido un simple criado, cosa que seguramente ya sabrá la señorita Polina, porque parece tener una policía muy competente.

—Está usted amargado y por eso dice tantas tonterías —dijo Astley con frialdad, después de haber reflexionado unos instantes—. Además sus palabras carecen de originalidad.

—¡De acuerdo! Y precisamente lo que tiene de horrible, amigo mío, es que todas mis acusaciones, tan pasadas de moda, tan chatas y tan vodevilescas, son, sin embargo, ciertas. A pesar de todo, ni usted ni yo hemos conseguido nada.

—Es una abominación y una estupidez..., porque..., porque sepa usted —exclamó Astley con temblorosa voz y con brillantes ojos—, sepa usted, hombre ingrato, indigno, mezquino y desdichado, que yo he venido a Homburg por orden suya para verle, para hablar con usted largo rato, y llevarle a ella... sus sentimientos, sus pensamientos, sus esperanzas y... sus recuerdos.

—Pero..., pero ¿es posible? ¿Es posible? —exclamé, derramando gruesas lágrimas.

No las pude contener y creo que fue la primera vez en mi vida que he llorado.

—Sí, desdichado, ella le ama. Puedo decírselo porque usted es ya un hombre perdido. Además, aunque le diga que ella le ama todavía, usted..., ¡usted, a pesar de todo, se quedará aquí! Sí, ¡está usted perdido! Tiene usted ciertas aptitudes, un genio vivo y no era usted un malvado. Incluso hubiese podido ser de utilidad a su patria, que tanta necesidad tiene de hombres..., pero... usted se quedará aquí y su vida se habrá acabado. No le acuso. A mi entender todos los rusos son así, o se sienten inclinados a serlo. Si no existiese la ruleta, otra cosa sería. Las excepciones son demasiado raras. No es usted el primero en ignorar el trabajo (no me refiero a su pueblo). La ruleta es un juego ruso por excelencia. Hasta ahora ha sido usted un hombre honrado y ha preferido ser lacayo antes que ladrón..., pero me asusta pensar lo que será de usted en el futuro. Y ¡basta ya! ¡Adiós! Necesita dinero, ¿verdad? Aquí tiene diez luises de oro. No le doy más porque de todas formas lo perderá igual. Tome esto y adiós. ¡Tómelo!

—No, señor Astley; después de cuanto acabamos de decir...

—¡Tómelo! —gritó—. Estoy seguro de que es usted todavía un hombre noble y le doy este dinero como un amigo puede dárselo a un verdadero amigo. Si pudiese estar seguro de que inmediatamente renunciaría al juego, a Homburg, y regresaría a su patria, estaría dispuesto a darle ahora mismo mil libras para que comenzara una vida nueva. Pero le doy tan solo diez luises de oro en vez de mil libras. Hoy por hoy, para usted da lo mismo una cantidad que otra: la perderá. Tome y adiós.

—Acepto si permite que le abrace.

—Encantado.

Nos abrazamos cordialmente y Astley se marchó.

No, se ha equivocado. Si he sido duro y estúpido con respecto a Polina y Des Grieux, él ha sido duro y estúpido con respecto a los rusos. Por lo que a mí se refiere, nada digo. Además..., además, por el momento, no se trata de eso: todo es palabrería, palabrería y falta de hechos. Lo esencial, ahora, es Suiza. Mañana..., ¡si pudiese irme mañana! ¡Nacer nuevamente, resucitar! Hay que intentarlo... Que Polina sepa que todavía puedo ser un hombre. Bastaría... Por otra parte ahora es demasiado tarde, pero mañana...

¡Oh! ¡Tengo un presentimiento! No puede ser de otro modo. Tengo ahora quince luises de oro y he comenzado con quince florines. Si se empieza con precaución...

¿Es posible que sea yo tan niño? ¿Tal vez no he comprendido aún que soy un hombre perdido, acabado? ¡Sí! Bastaría ser discreto y paciente una sola vez en mi vida. Y esto es todo. Bastaría una sola vez tener carácter y, en una hora, podría cambiar todo mi destino. Lo esencial es el carácter. No tengo más que acordarme de lo que me sucedió hace siete meses en Roulettenburg antes de arruinarme definitivamente. ¡Aquel fue un ejemplo de resolución! Lo había perdido todo, todo...

Salgo del casino, miro... Todavía se paseaba un florín por el bolsillo de mi chaleco.

«¡Ah, todavía tengo con qué comer!», me dije, pero apenas hube dado cien pasos lo pensé mejor y desanduve el camino.

Aquel florín lo puse a manque (esta vez fue manque), y realmente se experimenta una particular sensación cuando solo, en un país extranjero, lejos de la patria, de los amigos, no sabiendo si se va a comer aquel día, arriesga uno su último céntimo, el último, ¡el último! Gané, y veinte minutos más tarde salí del casino con setenta florines en el bolsillo.

¡Es un hecho! ¡He aquí lo que a veces puede significar el último florín! ¿Y si me hubiese dejado abatir, si no hubiese tenido valor para decidirme?

¡Mañana, mañana habrá terminado todo!...

Un trance difícil

Este lastimoso suceso ocurrió en la época en que se iniciaba por nuestros antepasados un decidido y claro movimiento hacia la regeneración del país, y la juventud, con ímpetu apasionado y admirable valor, emprendía una lucha irresistible por la conquista de nuevos derechos, fundados en los altos destinos de la patria.

Entre once y doce de una noche invernal tres personajes respetables, reunidos en un salón, amueblado con gran lujo y comodidad, de una hermosa casa de dos pisos, en las afueras de Petersburgo, se hallaban enfrascados en sensata y edificante charla sobre un tema muy interesante.

Los tres caballeros poseían el grado de general.

Arrellanados en blancos y magníficos sillones en torno a una mesita hablaban tranquilamente y bebían con gran lentitud el champaña, que se refrescaba en un cubo de hielo colocado sobre la mesa.

El consejero privado Stepan Nikiforovich Nikiforov, solterón de sesenta y seis años, celebraba su traslado a la casa que acababa de comprar, y, por pura coincidencia, su cumpleaños, que siempre había pasado por alto. La fiesta no resultaba muy animada. Como hemos dicho había solo dos invitados, ambos colegas y antiguos subordinados del señor Nikiforov. Uno de ellos, consejero civil en activo, se llamaba Semion Ivanovich Shipulenko, y el otro consejero, Iván Ilich Pralinski. Habían llegado a la hora del té: a las nueve; se había descorchado una botella de champaña y sabían que debían marcharse a las once y media en punto porque su anfitrión fue durante toda su existencia un hombre de costumbres metódicas. Pero digamos algo sobre él.

Empezó su carrera como simple escribiente, sin ayuda de nadie. Durante cuarenta y cinco años trabajó tenazmente, siguiendo la ruta trazada de antemano, sin ambicionar las estrellas del cielo, aunque ya había alcanzado dos en el servicio y sobre todo absteniéndose siempre de expresar su opinión sobre asunto ninguno. Era honrado o al menos no había cometido ninguna falta grave contra la honradez; se mantuvo soltero por egoísmo; era muy listo, pero no le gustaba hacer ostentación de su talento; no podía soportar la suciedad ni el entusiasmo, que consideraba una suciedad moral, y en los últimos años se había aficionado a una indolente y voluptuosa poltronería que se adaptaba magníficamente a su vida solitaria. Aunque algunas veces visitaba a personas de más categoría, le irritaban desde antiguo las pocas visitas que él recibía, y desde hacía tiempo, si no se entretenía haciendo solitarios, se contentaba con la compañía del reloj del comedor y se pasaba la noche arrellanado en un sillón escuchando el monótono tictac que sonaba bajo la caja de cristal, sobre la repisa de la chimenea.

Iba siempre aseado, pulcro, cuidadoso, y era ordenado en todo. Parecía mucho más joven de lo que era, y se hallaba dispuesto a vivir aún muchos años más observando rigurosamente las normas adecuadas de la higiene. Su empleo no podía ser más cómodo: tan solo tenía que ocupar cierta presidencia y firmar unos cuantos documentos. Se le consideraba una excelente persona. Solo tenía una pasión, o mejor dicho, un deseo: el de ser dueño de una casa de aspecto señorial, no de una instalación comercial. Y su deseo, finalmente, se había visto realizado. Tras mucho mirar compró una en las afueras de Petersburgo. Estaba algo lejos, es cierto, pero tenía un jardín y era muy bonita. El nuevo propietario consideró que era mucho mejor que se hallara algo alejada: no quería diversiones en casa, y para ir de visita o al despacho poseía un hermoso carruaje color castaño, un coche, Milhei, y un tronco enano pero vigoroso y de fina estampa. Todo esto había sido adquirido honradamente durante cuarenta años de incesante y cuidadosa frugalidad, y con razón se sentía satisfecho y alegre ahora.

Tanto era su regocijo que invitó a dos amigos para celebrar su cumpleaños, que había mantenido en secreto hasta entonces incluso para sus más íntimas relaciones. Respecto a uno de los dos tenía un plan: él, Stepan Nikiforovich vivía en el piso superior y quería un inquilino para el de abajo, que estaba dispuesto exactamente igual. Contaba con Semion Ivanovich Shipulenko, y en el curso de la conversación ya le había insinuado dos veces la idea, sin obtener respuesta.

Semion Ivanovich, que también se había creado una holgada situación a fuerza de años y de tenacidad, era un hombre casado, de cabellos y patillas negras, con una sombra de ictericia en el rostro y un genio áspero, y quien gustaba mucho de estar en casa, la que gobernaba con mano dura. En el cumplimiento del deber era de una inquebrantable fidelidad. También él sabía adónde iba y hasta dónde podía llegar. Había conseguido una buena posición, y en ella se mantenía firme y seguro. Aunque las nuevas reformas le disgustaban un poco, no era tanto que sintiera por ello inquietud. Poseía una ciega confianza en sí mismo y escuchaba con una sombra de maligna ironía los razonamientos de Iván Ilich Pralinski sobre nuevos temas.

Los tres habían bebido sin tasa, y hasta Stepan Nikiforovich se mostró condescendiente en discutir un poco con el señor Pralinski acerca de las recientes reformas.

Pero hemos de decir algo sobre su excelencia el señor Pralinski, ya que se trata del principal personaje de la historia.

El efectivo consejero civil Iván Ilich Pralinski hacía tan solo cuatro meses que disfrutaba del título de excelencia: era, pues, un flamante general. Era también joven, ya que solo contaba cuarenta y tres años y aun parecía y gustaba de parecer más joven. Alto y guapo mozo, vestía elegantemente y se sentía orgulloso de su carácter firme y digno. Con sin igual aplomo exhibía una importante condecoración que le adornaba el pecho. Había aprendido, desde su niñez, a tener soltura y elegancia aristocrática, y siendo soltero aspiraba a una novia rica y linajuda. Tenía otras muchas aspiraciones, aunque distaba mucho de ser un tonto. Algunas veces, sintiéndose locuaz, le gustaba adoptar una actitud oratoria. Era de buena familia, hijo de un general, y había crecido rodeado de lujo. En su infancia había vestido sedas y terciopelos y estudiado en un aristocrático colegio, y aunque aprendió poco, tuvo suerte en el servicio y se abrió paso hasta llegar a general. Las autoridades creían en su capacidad y esperaban grandes cosas de él, pero Stepan Nikiforovich, a cuyas órdenes había empezado su carrera Iván Ilich, y a las que continuó hasta su última promoción, jamás le tuvo por hombre de grandes empresas ni esperaba de él nada extraordinario. Le apreciaba porque descendía de una buena familia, porque tenía propiedades, consistentes en una manzana de casas de alquiler que le administraba un procurador, porque se relacionaba con personajes de importancia y, sobre todo, porque su porte era majestuoso. Stepan Nikiforovich le acusaba en su interior de poseer excesiva imaginación y de ser inconstante.

El mismo Iván Ilich se confesaba a veces que tenía demasiado amor propio y una sensibilidad exagerada. ¡Cosa rara! De vez en cuando padecía ataques de enfermiza dulzura de conciencia e incluso llegaba a sentir remordimientos. Con tristeza amarga reconocía frecuentemente que no volaba tan alto como se imaginaba. En estas ocasiones le dominaba el desaliento, especialmente cuando sufría de hemorroides; decía que su vida era *une existence manquée*, y dejaba de creer —claro que solo para él— hasta en sus dotes parlamentarias, calificándose de charlatán, inventor de frases, y aunque estaba persuadido de ello, no quiere decir que al cabo de media hora no irguiese la cabeza engreídamente y, con la mayor presunción, se prometiese salir con la suya dejando de ser un gran jefe para convertirse en un estadista de quien Rusia había de guardar un imperecedero recuerdo.

A veces soñaba con monumentos. Bien puede verse que Iván Ilich apuntaba alto, aunque ocultase en el fondo de su alma estas aspiraciones hasta con cierto pudor. Realmente era un bonachón, y en el fondo un poeta. De un tiempo a esta parte esos instantes de desilusión eran más frecuentes. Se había vuelto particularmente irascible, se ofendía por nada y tomaba cualquier contradicción por una afrenta. Había cifrado grandes esperanzas en las reformas de Rusia. El último toque había sido su promoción a general. Se reanimó, irguió la cabeza y se puso a hablar con libertad y elocuencia. Hablaba de las nuevas ideas, que inesperadamente se apropió para sí en un momento y defendió vehementemente. Buscó una oportunidad para hablar, recorriendo la capital, y en varios centros logró conquistar una reputación de furibundo liberal, circunstancia que le halagó en extremo.

Aquella noche, después de ingerir cuatro copas, se sentía exuberante y deseaba refutar todos los puntos expuestos por Stefan Nikiforovich, a quien no veía desde hacía tiempo y a quien hasta entonces había obedecido siempre. Le consideraba un reaccionario, y por ello le acometió con un especial ardor. Stepan Nikiforovich apenas le respondía e incluso escuchaba disimulando el interés que realmente sentía. Iván Ilich se acaloró, y en el fuego de la discusión bebió más de lo necesario. Entonces Stepan Nikiforovich cogió la botella y volvió a llenarle la copa, lo cual tuvo la virtud de ofender a Iván Ilich, y más aún cuando vio que Semion Ivanovich Shipulenko, a quien despreciaba y sin duda temía a causa de su cinismo y mal genio, guardaba un pérfido silencio y sonreía mucho más de lo preciso.

«Parece que me toman por un niño», pensó Iván Ilich.

—No, ya era hora —continuó con entusiasmo—. Demasiado tiempo lo hemos tenido olvidado, y a mi modo de ver el sentimiento de humanidad es lo que merece primordial atención: el sentimiento de humanidad con nuestros inferiores; pues no hemos de olvidar que también son hombres. La humanidad lo salvará todo y dará de sí todo lo que...

—¡Je, je, je! —se oyó en el lugar que ocupaba Semion Ivanovich.

—Pero ¿por qué discutimos eso? —protestó finalmente, con sonrisa afable, Stepan Nikiforovich—. Le confieso, Iván Ilich, que no acabo de comprender lo que defiende usted. Aboga por la humanidad. ¿Acaso se refiere al amor al prójimo?

—Sí, ya que usted lo dice. Yo...

—¡Permítame! Por lo que veo, no es solo eso. El amor a nuestros semejantes ha sido siempre conveniente. El movimiento reformista no se limita a eso. Se han suscitado toda clase de conflictos referentes a los campesinos, al Estado, a la moral y..., y... estos conflictos son innumerables, y el día menos pensado pueden llevarnos a un gran cataclismo. Eso es lo que nos tiene intranquilos, y no simplemente el sentimiento de humanidad...

—Sí, eso es más profundo de lo que parece —observó Semion Ivanivich.

—Lo comprendo, y permítame que le diga, Semion Ivanovich, que no me considero inferior a usted en penetración —advirtió Iván Ilich sarcásticamente y con una excesiva mordacidad—. Con todo, quiero tener la valentía de asegurar, Stepan Nikiforovich, que usted tampoco me ha entendido...

—No, no he entendido.

—Pues yo sostengo y expondré dondequiera que sea la idea de que el sentimiento de humanidad, y nada más, con todos los subordinados, desde el oficial de una oficina hasta el último escribiente, desde el escribiente hasta el último criado, desde el criado hasta el último campesino..., el sentimiento de humanidad, repito, puede convertirse en piedra angular de las reformas que se esperan y de toda reforma en general. ¿Por qué? Porque, silogismo al canto: yo pertenezco al género humano, soy hombre, y por consiguiente se me ama. Se me ama, y por tanto se tiene confianza en mí.

Hay un sentimiento de confianza, señal de que hay fe. Si hay fe, hay amor..., es decir, no; quiero expresar que si tienen fe en mí, creerán en las reformas, comprenderán, por así decirlo, la naturaleza esencial de las mismas, se abrazarán todos de una manera amistosa, radicalmente. ¿De qué se ríe, Semion Ivanovich? ¿No lo comprende?

Stepan Nikiforovich enarcó las cejas sin decir nada, muy sorprendido.

—Creo que he bebido demasiado —dijo irónicamente Semion Ivanovich— y por eso estoy un poco tardo de comprensión. No sé qué decir.

Iván Ilich dio un respingo.

—Caeríamos —dijo Stepan Nikiforovich, tras haberlo pensado mucho.

—Caeríamos... ¿Qué quiere decir con eso? —preguntó Iván Ilich, sorprendido del exabrupto de Stepan Nikiforovich.

—Pues que caeríamos bajo la fuerza bruta —contestó éste, que por lo visto no quería dar más explicaciones.

—¿Piensa usted, acaso, en el nuevo vino en odres viejos? —le replicó Iván Ilich, no desprovisto de ironía—. De todos modos yo puedo responder de mí.

En aquel instante dieron las once y media.

—Se pasa muy bien aquí sentado, pero hay que marcharse —dijo Semion Ivanovich, levantándose.

Iván Ilich estaba fuera de sí. Se puso en pie y cogió su gorro de marta, como si le hubiesen insultado.

—¿Cómo quedamos, Semion Ivanovich? ¿Lo pensará usted? —preguntó Stepan Nikiforovich cuando hubieron salido.

—¿Lo del piso? Lo pensaré, lo pensaré.

—Bueno; cuando se haya decidido hágamelo saber en seguida.

—¿Aún con negocios? —advirtió Pralinski en tono afable y con deseos de congraciarse, mientras daba vueltas al sombrero. Le parecía que le habían olvidado. Stepan Nikiforovich levantó las cejas y enmudeció, dando a entender que no quería entretener más a sus amigos. Semion Ivanovich se apresuró a despedirse.

«Bueno... Después de esto ¿qué se puede esperar... si no comprendéis las más elementales reglas de urbanidad?», pensó Pralinski, tendiendo la mano a Stepan Nikiforovich con aire de marcada indiferencia.

En el vestíbulo Iván Ilich se envolvió en su ligero y costoso abrigo de pieles, fingiendo no fijarse en el raído de Semion Ivanovich, y los dos bajaron juntos.

—Parece que el viejo se ha disgustado —dijo Iván Ilich, volviéndose hacia su taciturno compañero.

—No, ¿por qué? —replicó éste con calma.

«¡Adulón!», pensó Iván Ilich.

Llegaron a la puerta de la casa. El trineo de Semion Ivanovich, tirado por un feo caballo tordo, se aproximó.

—¡Diablo! ¿Qué ha hecho Trifón de mi coche? —gritó Iván Ilich al no ver su carruaje. El coche no aparecía por parte alguna. El criado de Stepan Nikiforovich no sabía nada. Preguntaron al cochero de Semion Ivanovich, el que les dijo que no se había movido de allí y que allí había estado el coche todo el tiempo, pero que ahora no lo veía.

—¡Un trance difícil! —exclamó el señor Shipulenko—. ¿Quiere que le lleve a casa?

—¡Canalla! —gritó el señor Pralinski, furioso—. Me pidió el muy bribón que le dejase ir a una boda, aquí cerca, en las afueras de Petersburgo porque se había casado un íntimo amigo, a quien Dios confunda. Le prohibí terminantemente que se alejara, y apostaría algo a que se ha ido allá.

—Allí ha ido, señor —dijo Varlam—, aunque prometió volver en seguida, para estar aquí a la hora.

—Bueno: eso será. ¡Presentía que iba a hacerme una mala pasada! Pero ¡ya le daré yo!

—Mejor será que le haga dar una buena paliza en la delegación de policía; verá cómo entonces hace lo que usted le mande —dijo Semion Ivanovich, mientras se envolvía en la manta del trineo.

—¡No se incomode, Semion Ivanovich!

—Qué: ¿quiere usted que le lleve o no?

—*Merci, bon voyage.*

Semion Ivanovich mandó arrear, mientras Iván Ilich se alejaba a pie por la acera de la calle, presa de una aguda irritación.

«¡Sí; ya te ajustaré yo a ti las cuentas, perillán! ¡Me voy andando a propósito para reprocharte, para darte un susto! Cuando vuelvas y te digan que tu amo se ha marchado andando... ¡Granuja!»

Iván Ilich no había insultado jamás a nadie de este modo, pero le dominaba la cólera y sentía que los oídos le zumbaban. Como no estaba acostumbrado a beber, cinco o seis copas eran lo bastante para alterarle.

La noche era maravillosa y reinaba una suave calma. Helaba, pero no corría ni un soplo de viento. En un cielo sereno y estrellado brillaba la luna llena bañando la tierra de plata bruñida. Hacía un tiempo tan apacible que a los pocos pasos olvidó Iván Ilich todos sus pesares. Sintió una profunda satisfacción. La gente cambia pronto de humor cuando bebe un poco. Hasta encontró hermosas las feas casitas de madera de la desierta calle.

«¿Quién diría que este paseo tiene una gran importancia? —pensó—. Es una lección para Trifón y un placer para mí. He de pasear más a menudo. Cuando llegue a la Gran Perspectiva tomaré un trineo. ¡Qué noche tan deliciosa! ¡Y qué casitas hay por aquí! Debe de ser un barrio obrero; casas de empleados, de vendedores, quizás... ¡Ese Stepan Nikiforovich! ¡Qué reaccionarios son todos esos vejestorios! Vejestorios, sí, *c'est le mot*. Aunque tenga talento, posee eso que se llama *bon sens*, es parco en palabras y lo comprende todo. ¡Pero son viejos, viejos! Les falta... ¿Qué les falta? Les falta algo... «Caeríamos». ¿Qué ha querido decir con eso? Exageró al decirlo. Y no entendió ni una palabra de lo que le dije yo. Pero, ¿cómo pudo dejar de entenderlo? ¡Si era mucho más difícil no entenderlo que entenderlo! Lo bueno es que yo estoy convencido, plenamente convencido. Humanidad... Amar al prójimo. Restituir a un hombre sus derechos, restablecer su dignidad personal, y luego..., cuando el campo está abonado, a trabajar. ¡Creo que no puede estar más claro! Permítame, excelencia, que le exponga algo. Veamos, por ejemplo: encontramos un empleado, pongo por caso, un empleado oprimido, pobre. "Bien: ¿tú quién eres?" Responde: "Un empleado." Muy bien: un empleado. "¿Y qué clase de empleado eres?" "Un empleado cualquiera." "¿Estás en activo?" "Lo estoy." "¿Deseas ser feliz?" " Lo deseo." "¿Y qué te hace falta para serlo?" "Pues... esto y esto." "¿Por qué?" "Pues porque...", y el hombre me ha comprendido en dos palabras; es mío, se ha dejado coger en la red, por decirlo de algún modo, y puedo hacer de él lo que se me antoje, siempre por su propio bien. ¡Es horrible ese Semion! ¡Qué facha de hombre!... "Una buena paliza en la delegación de policía." ¡Y lo dijo en serio! ¡No acierta ni una! Que azote él a quien pueda; yo no; yo castigaré a Trifón con palabras, con recriminaciones, ¡y ya lo sentirá! Pero eso de azotar..., ¡hum!..., es una de las cuestiones pendientes, ¡hum!... ¿Y si fuese al "Emerance"? ¡Oh! ¡Maldita pavimentación! —gritó tropezando de pronto—. Y esta es la capital. ¡Civilización! Y uno puede romperse una pierna. ¡Hum! Detesto a Semion Ivanovich; es un tipo de lo más repulsivo. Se rio en mi cara cuando dije que todos se abrazarían en un sentido moral. Pues bien: si quieren abrazarse, ¿qué te importa? Yo no te voy a abrazar a ti; prefiero abrazar a un campesino... Si encuentro un campesino, le hablaré. Pero como me hallaba un poco bebido, acaso no me expresé debidamente. Es posible que ahora tampoco lo haga... ¡Hum! ¡No volveré a beber nunca más! Entre copa y copa habla uno por los codos y al otro día se arrepiente. Después de todo sigo andando lo mismo... ¡Sin embargo todos son unos canallas!»

Sumido en estas incoherentes y absurdas reflexiones, Iván Ilich caminaba a grandes zancadas. El aire fresco despejó un poco su turbia cabeza y calmó un tanto su agitación cerebral, de modo que en cinco minutos se hubiera sentido del todo calmado y vencido por el sueño. De pronto, a cuatro pasos de la Gran Perspectiva, oyó una música. Se volvió a mirar. Al otro lado de la calle, en una casa baja y grande de madera, de destartalado aspecto, se celebraba una gran fiesta. El agudo sonido de los violines, el zumbido del contrabajo, el silbo de la flauta, llegaban en alegre tonada. Un grupo numeroso se agrupaba junto a la ventana, en su mayoría mujeres abrigadas con pellizas de borra y cubierta la cabeza con chales, y se empujaban esforzándose en ver algo por las rendijas de los entornados postigos. No había duda de que los de dentro estaban muy divertidos. Hasta la calle llegaba el rumor de los pasos de los que bailaban.

Iván Ilich vio un sereno parado en la esquina y se dirigió hacia él.

—¿De quién es esa casa, amigo? —preguntó abriendo lo suficiente su rico abrigo de pieles para que el otro pudiese ver su condecoración.

—Es la del empleado del registro Pseldonimov —respondió el sereno, irguiéndose al fijarse en la condecoración.

—¿Pseldonimov? ¡Bah! ¡Pseldonimov! Y ¿cómo la ha adquirido? ¿Casándose?

—Sí, excelencia: con la hija de un consejero titular, Mlekopitaev, un consejero titular... Estaba empleado en el distrito municipal. La dote de la novia ha sido esta casa.

—Entonces ¿la casa de Mlekopitaev ha pasado a ser propiedad de Pseldonimov?

—Exactamente. Era de Mlekopitaev, pero ahora es de Pseldonimov.

—¡Caramba! Se lo pregunto, buen hombre, porque soy su jefe. Soy general, al frente de la misma oficina en que sirve Pseldonimov.

—Eso mismo, excelencia.

Y el sereno se cuadró aún más, mientras Iván Ilich parecía reflexionar. Guardó silencio y permaneció pensativo.

Sí; Pseldonimov estaba en su sección y en su mismo despacho. Le recordaba. Era un humilde escribiente con diez rublos mensuales de sueldo. Como el señor Pralinski se había posesionado del cargo hacía poco, no podía recordar a todos sus subalternos, pero se acordaba de Pseldonimov por el apellido. Le había llamado la atención desde el primer instante y en seguida le entró curiosidad por conocer a quién correspondía tan sonoro nombre. Y ahora recordaba un jovencillo de nariz aguileña y rubios rizos, encorvado, con cara de hambre y un uniforme tan raído que ya no merecía ni ese nombre. Hasta cuando le vio le había pasado por la cabeza la peregrina idea de dar al pobre infeliz diez rublos de aguinaldo para comprarse ropa. Pero como el desgraciado ponía una cara tan seria, con antipática expresión que más que lástima daba náuseas, abandonó tan generosa idea y el infeliz se quedó sin propina. Y no fue pequeña la sorpresa de Iván Ilich cuando una semana antes ese mismo Pseldonimov le había pedido permiso para casarse. No había tenido tiempo para entretenerse en este asunto, que fue despachado precipitadamente, pero ahora recordaba que Pseldonimov recibía en arras una casa de madera y cuatrocientos rublos en metálico; recordaba que había hecho un pequeño chiste barajando los nombres Pseldonimov y Mlekopitaev. Le recordaba muy bien.

Y recordándole quedó pensativo. Ya se sabe que a veces los pensamientos corren atropelladamente por nuestro cerebro como si fuesen impresiones instantáneas, sin que adquieran impresión fonética y mucho menos literaria. Pero queremos traducir las impresiones de nuestro hombre, presentando al lector aunque solo sea el meollo de los mismos, lo esencial, con la advertencia de que muchas de nuestras impresiones expresadas con palabras parecen completamente inverosímiles y por eso no llegan a expresarse aunque todos las sientan.

Desde luego las impresiones y pensamientos de Iván Ilich resultaban de lo más incoherente. Pero ya sabéis por qué.

«Todo se nos va en hablar y hablar —pensaba—; pero cuando llega el momento decisivo no hacemos nada. Aquí tenemos, por ejemplo, a este Pseldonimov: acaba de casarse henchido de esperanzas y de alegría, pensando en la fiesta organizada para celebrar su boda. Este es uno de los días más gloriosos de su existencia. Ahí le tenemos desviviéndose por obsequiar a los invitados, dándoles un banquete, tal vez modesto, hasta pobre, ¡pero animado y lleno de sincera alegría! ¿Qué ocurriría si supiera que en este momento, yo, su superior, su jefe, estoy en la puerta de su casa escuchando la música? Sería realmente muy interesante conocer el efecto que esto le produciría. Y más aún la sorpresa que tendría si de pronto me presentase... ¡Hum!... La primera impresión, no hay duda, sería de espanto, se quedaría desconcertado. Mi presencia sería un estorbo, todo se trastornaría. Sí, eso es lo que sucedería si entrase cualquier otro general, pero... no conmigo. Esta es la verdad, con otro, bueno, pero conmigo, no...

»¡Sí, Stepan Nikiforovich! Hace poco no me entendías, pero aquí tienes un ejemplo.

»Todos proclamamos los sentimientos de humanidad, pero somos incapaces no ya de heroísmos, sino de buenas acciones.

»¿Qué clase de heroísmo? Éste. Reflexionemos. Dada la relación que existe entre los miembros de las diversas escalas sociales, lo sería para mí, para mí, presentarme a medianoche en la boda de mi subalterno, un empleado del registro, con diez rublos mensuales de sueldo; porque esto equivaldría a un trastorno, una revolución, los últimos días de Pompeya, una locura, un disparate. ¡Nadie lo comprendería! Stepan Nikiforovich moriría antes que comprenderlo. Dice que caeríamos. Caerían los viejos, los atrasados, los inertes e inactivos; pero no yo. Yo haré del último día de Pompeya el día más feliz para mi subordinado. Convertiré un acto descabellado en uno normal, patriarcal, simpático y moral. ¿Cómo? Así. Tened la bondad de escuchar...

»Veréis... Supongamos que entro: se asustan, dejan de bailar, me miran como a una fiera, retroceden. Concedido. Pero... en seguida hablo claro: me aproximo al asustado Pseldominov y, con la más amable y afectuosa sonrisa y con el lenguaje más sencillo, le digo:

»—Ha pasado esto: he ido a casa de su excelencia. Stepan Nikiforovich, creo que ya sabe que vive cerca de aquí, en el mismo barrio...

»Y después, a la ligera y como por gracia, le explico mi aventura con Trifón. De esto paso a contarle lo del paseo a pie...

»—Oigo música, pregunto a un sereno y me dice que se celebra una boda. Y yo me he dicho:

»Déjame entrar a ver a mi subordinado; quiero ver cómo se divierte mi personal..., celebrando una boda. Espero que no me echará usted, ¿verdad?

»¡Echarme! ¡Qué palabra para un subalterno! ¿Cómo diablos se le iba a ocurrir echarme? ¡Ya me lo imagino medio loco, apresurándose a sentarme en un sillón, tembloroso de alegría y sin saber apenas lo que se hace en el primer momento!

»¿Puede haber acción más sencilla y elegante? ¿Por qué entro? Esto ya es otro asunto: puede decirse que el aspecto moral del asunto. ¡El meollo!

»¡Cielos! ¿En qué estaba pensando?

»¡Ah, sí! Sin duda alguna me harán sentar entre los invitados más importantes, al lado de algún consejero titular, o de algún pariente que a lo mejor será un capitán retirado de roja nariz. Gogol describe magistralmente esos tipos. Naturalmente se me presentará la novia, a quien puedo dirigir unas palabras de cumplido. Animaré a los invitados, rogándoles que no me guarden finezas, que se diviertan y continúen bailando. Diré algunos chistes..., reiremos, me mostraré amable, cariñoso, ameno...

»Sí, siempre suelo ser cariñoso y agradable cuando estoy satisfecho de mí mismo... ¡Hum! El caso es que me parece que sigo aún un poco... no digo bebido, no precisamente bebido, pero...

»Como caballero me mantendré en un plan de igualdad con ellos, sin esperar ni mucho menos exigir especiales muestras de... Pero moralmente, moralmente es distinto; ellos comprenderán y apreciarán mi conducta. Mi proceder despertará en ellos los sentimientos más nobles. Estaré media hora..., hasta una hora, y antes de la cena me levantaré; pero ellos me rodearán, me querrán retener, se inclinarán hasta el suelo suplicándome; pero yo no aceptaré más que una copa. Los felicitaré y rehusaré la cena.

»—Negocios —diré.

»Y en cuanto pronuncie la palabra "negocios" me mirarán todos con gravedad y respeto. Así les daré a entender de forma delicada que entre ellos y yo existe una distancia como entre el cielo y la tierra. Y no es que yo quiera producir en ellos esta impresión, pero es conveniente..., es necesario en un sentido de ética, cuando todo quede dicho y hecho. Pero sonreiré en seguida, hasta me reiré, y así les volveré a dar nuevo aliento... Volveré a bromear un poco con la novia. ¡Hum!... Insinuaré que dentro de nueve meses volveré para ser el padrino... ¡Je, je! Y seguramente estará de parto para entonces. Esta gente se multiplica como conejos. Todos se desternillarán de risa y la novia se pondrá encarnada. Paternalmente la besaré en la frente y hasta le daré mi bendición..., y al día siguiente se sabrá en la oficina mi hazaña. Y mañana volveré a ser circunspecto, ordenado, riguroso, hasta inflexible, pero todos sabrán ya quién soy. Sabrán qué corazón poseo, conocerán a fondo mi corazón: "Es severo como jefe pero como hombre, un ángel. Y los habré conquistado; serán míos incondicionalmente con un acto tan sencillo que nunca le cabrá a usted en la cabeza. Yo seré un padre y ellos serán mis hijos... Vamos a ver, excelentísimo Stepan Nikiforovich, haga usted otro tanto...

«Pero ¿no sabe usted, no comprende que Pseldonimov contará a sus hijos cómo el mismísimo general asistió a la fiesta de su boda y hasta bebió a su salud? ¿No sabe que sus hijos contarán a sus nietos, y estos a sus bisnietos, como la historia más sagrada, que un hombre, un estadista (ya entonces lo seré), les hizo el gran honor, etcétera? Porque ensalzando moralmente a los humildes los dignifico... ¡Pues solo gana diez rublos al mes!... Y si repito lo mismo, o algo parecido cinco o diez veces, conquisto la popularidad y me hago famoso en toda la población... ¡Mi nombre quedará impreso en todos los corazones y solo Dios sabe hasta dónde puede conducirle a uno la popularidad!...»

Estos eran poco más o menos los pensamientos de Iván Ilich (pues un hombre, amigos, se dice a sí mismo todo lo imaginable, sobre todo cuando se encuentra en excepcionales condiciones). Todos estos pensamientos cruzaron por su mente en menos de sesenta segundos, y sin duda hubiera podido limitarse a estos devaneos mentales y marcharse tranquilamente a dormir después de haber avergonzado *in mente* a Stepan Nikiforovich, en lo que hubiera hecho bien.

Pero, desgraciadamente, atravesaba un momento de raro estado psicológico, y como si el diablo lo hubiera dispuesto, se presentaron a su acalorada imaginación las satisfechas figuras de Stepan

Nikiforovich y Semion Ivanovich. «¡Caeremos!», repetía Stepan Nikiforovich, con despectiva sonrisa. «¡Je, je, je!», asentía con su estúpida risa Semion Ivanovich. «¡Bien! ¡Veremos si caemos!», se dijo resueltamente Iván Ilich, con rostro colérico.

Y con firme paso y decidido propósito cruzó la calle en dirección a la casa del empleado del registro Pseldonímov.

Confiando en la estrella que le guiaba, atravesó el abierto portal, apartando a un lado con el pie el híspido y ronco perrito que más por quedar bien que porque tuviera aviesas intenciones le salió al paso ladrando. Por un portal entarimado, semejante a la garita de un centinela, pasó al patio, donde tres escalones de carcomida madera llevaban a la puerta del piso.

Aunque en un rincón ardía una candileja o una palmatoria, era la luz tan tenue que Iván Ilich, al subir, metió sin querer el pie izquierdo, calzado con chanclos, en una masa gelatinosa que habían puesto a enfriar. Curiosamente se inclinó para mirar y vio varios platos de jalea y otros de una especie de manjar blanco. La aplastada jalea le causó tal desasosiego que le asaltó la idea de escabullirse; pero reflexionando que sería indigno, que nadie le había visto y que no sospecharían de él, sacudió el chanclo para que no fuera descubierta su torpeza y, a tientas, buscó la cerradura de la puerta. Abrió y se encontró en una reducida antesala.

La mitad de la antesala estaba ocupada por un montón de abrigos, pellizas, mantones, capas, chales y chanclos; el resto se había destinado a los músicos: dos violines, una flauta y un contrabajo; una orquesta de cuatro, reclutada en la vía pública, que se sentaban ante una mesa desnuda en la que ardía un gran candelabro. Por la puerta abierta de la sala se veía a los que bailaban entre una densa nube de vaho y humo de tabaco. Reinaba allí una alegría loca. Las risas, las voces de todos y los chillidos de las mujeres sonaban en confusa algarabía. Los hombres pateaban como un escuadrón de caballería. Y sobre esta Babel descollaban las voces de mando del director del baile, que debía de ser un despistado de rompe y rasga.

—¡Señores, avancen; cadena de señoras; cada una a su pareja!

Un tanto excitado se quitó el abrigo Iván Ilich, así como los chanclos, y, sombrero en mano, pasó a la sala sin pararse a reflexionar sobre nada más.

En un principio nadie se fijó en él, distraídos como se hallaban ejecutando la contradanza. Iván se quedó como encantado, y sin poder decidirse a nada en tamaña confusión, se entretuvo mirando los vestidos de las señoras, los movimientos de los hombres que bailaban con el cigarro entre los dientes; siguió con la vista el chal azul de una dama que pasó rozándole la nariz.

Un estudiante de medicina, desgreñado, que saltaba como una ardilla, borracho de alegría, tropezó violentamente con él. También se fijó en un oficial tan alto que parecía se iba a romper la cabeza contra el techo. Alguien, con voz afectadamente chillona, gritó: «¡Oh, Pseldonímov!», como brindándole el pateleo a que se entregaba. Iván Ilich sentía el suelo pegadizo; no había duda de que estaba encerado. En la sala, que era de pequeñas dimensiones, había alrededor de unas treinta personas.

Pero un instante después, acababa la contradanza, casi todo lo que Iván Ilich había imaginado en la calle sucedió realmente.

Un sordo murmullo corrió por toda la sala y entre los bailarines, que, jadeantes, se pasaban el pañuelo por la cara para limpiarse el sudor. Todos los rostros, todas las cabezas se volvían hacia el recién llegado. Después se produjo un ligero repliegue que le dejó algo aislado en su sitio.

Los que aún no se habían fijado sentían que les tiraban de la chaqueta para darles la noticia y retrocedían seguidamente como los demás. Iván Ilich seguía junto a la puerta sin dar ni un paso, viendo que entre él y los invitados iba ensanchándose el espacio libre, que aparecía lleno de papeles de envoltura de caramelos y de colillas.

De pronto un joven vestido de uniforme, al que caían dos mechones de pelo rubio y que tenía una nariz corva, salió con timidez hacia el espacio libre. Encogido de hombros, avanzaba mirando hacia la inesperada visita como un perro que acude al llamamiento de su amo y teme que le van a dar un golpe.

—Buenas noches, Pseldonimov; ¿me conoces? —dijo Iván Ilich, con cierto embarazo. Y tuvo la súbita idea de que estaba haciendo algo tremendamente estúpido en aquel instante.

—¡Su ex...ce...len...cia! —farfulló Pseldonimov.

—El mismo... He pasado a verle casualmente, amigo mío, como puede imaginar...

Pero Pseldonimov se sentía incapaz de imaginar nada y estaba frente a él con los ojos fijos en la más apurada actitud de perplejidad.

—Creo que no me echará usted... De grado o por fuerza ha de recibirse bien a una visita... —prosiguió Iván Ilich, que se sintió confuso y débil como nunca hubiese creído. Trató de sonreír y no pudo, pues cada vez le parecía más difícil referirse jocosamente a Stepan Nikiforovich y a Trifón. Y para mayor azoramiento Pseldonimov permanecía estupefacto, mirándole con expresión de idiota. Iván Ilich frunció el ceño, presintiendo que de un momento a otro iba a ocurrir algo extremadamente ridículo.

—¿Estorbo?... Si es así, me marcho —dijo débilmente, temblándole la comisura de los labios.

Entonces Pseldonimov reaccionó:

—¡Santo Dios, su excelencia! ¡Qué honor! —farfulló otra vez, con rápido acatamiento—. Tenga la bondad de sentarse, excelencia... —Y, ya más dueño de sí y de la situación, le señaló con ambas manos un sofá del que se había apartado una mesa para despejar la sala.

Sintiéndose aliviado, Iván Ilich se dejó caer en el sofá. Alguien se apresuró a acercar la mesa. Miró en torno y se dio cuenta de que era el único que estaba sentado; todos los demás, incluso las mujeres, permanecían de pie. ¡Malo! Pero aún no era oportuno infundirles confianza y valor. La reunión aún se mantenía alejada, mientras ante él, doblado por la cintura, estaba Pseldonimov completamente solo, abandonado a sí mismo y muy lejos de pensar en la conveniencia de sonreír.

¡Aquello era horrible! Tan desgraciado se sentía nuestro hombre, que en aquel acto de humillarse por principio ante sus subordinados había realmente cierto heroísmo. Pero de repente apareció al lado de Pseldonimov un hombrecito haciendo reverencias, y con placer indescriptible reconoció Iván Ilich en seguida al jefe de su oficina, Akim Petrovich Zubikov, y aunque no le trataba, le conocía como un hombre muy trabajador y modelo de empleados.

Iván Ilich se levantó en seguida y le tendió una mano..., pero no los dedos, sino toda la mano. El otro se la cogió con las dos, y con el más profundo respeto. El general se sentía triunfante. ¡Estaba salvada la situación!

Ya Pseldonimov no era la segunda persona, sino la tercera. Ya le era posible dirigir sus advertencias al jefe de oficina en caso necesario, tomándole por un conocido y hasta por un amigo íntimo, y entretanto Pseldonimov podía permanecer callado y temblando de respeto. Así se observan las normas de la conveniencia. Se imponía alguna explicación; todos se agrupaban a su lado, aupándose unos en otros en su afán por verle y oírle.

—¿Por qué no se sienta? —dijo Iván Ilich torpemente, indicándole que se sentase a su lado en el sofá.

—¡Oh! No se moleste... Me quedaré aquí. —Y Akim Petrovich se apresuró a ocupar una silla que le acercó Pseldonimov, el cual se obstinaba en permanecer de pie.

—Figúrese lo que ha ocurrido —dijo el general, dirigiéndose solamente a Akim Petrovich con despreocupada y trémula voz, arrastrando algunas sílabas como si estuviese emocionado y no pudiera disimularlo. Luchaba contra una fuerza interna que le privaba de la necesaria serenidad. En aquel momento, y por muchas circunstancias, se sentía penosamente contrariado—. Figúrese que acabo de llegar de casa de Stepan Nikiforovich, de quien acaso usted ha oído ya hablar, el consejero privado. ¿Sabe?... de aquel comité especial...

Akim Petrovich abatió todo el tronco respetuosamente, queriendo con ello significar: «Sí, ya sé de quién habla.»

—Ahora vive muy cerca de aquí —prosiguió Iván Ilich dirigiéndose esta vez a Pseldonimov, porque así lo exigían la noticia y los modales. Pero se volvió inmediatamente al ver que en los ojos de su subordinado se reflejaba la más absoluta indiferencia—. Como usted sabe, el viejo camarada deseaba de toda su vida comprarse una casa... Pues la ha comprado, y muy hermosa por cierto. Vaya... Y hoy además era su cumpleaños. No lo había celebrado nunca; siempre ocultaba la fecha para que no le felicitásemos, aunque en el fondo le dolía. ¡Je, je! Pero ahora está tan satisfecho con su casa que nos invitó a mí y a Semion Ivanovich Shipulenko. Ya le conoce usted.

Akim Petrovich se inclinó. Lo hizo con celoso fervor. Iván Ilich se sintió aliviado. Se le había ocurrido pensar que el alto empleado adivinaba que era un indispensable *point d´appui* para su excelencia en aquel momento, y esto hubiera sido peor que todo.

—Allí hemos estado los tres bebiendo champaña y charlando de problemas... Hasta hemos discutido... ¡Je, je,je!

Akim Petrovich levantó las cejas respetuosamente.

—Y no es solo eso. Cuando finalmente nos despedimos... Es un viejo metódico que se acuesta temprano y usted reconocerá que hace muy bien a sus años... Salgo a la calle... ¡Mi criado Trifón no se ve por parte alguna! Ansiosamente pregunto:«¿Qué ha hecho Trifón de mi coche?» Y resulta que, confiado en que yo no saldría tan pronto, se ha ido a la boda de un amigo, o acaso de una hermana suya..., vaya usted a saber..., por aquí, por las afueras de Petersburgo. Y se me llevó el coche.

El general, otra vez por cortesía, dirigió una mirada a Pseldonimov. Éste movió la cabeza, pero no como al general le habría gustado que lo hiciese.

Y pensó: «Este hombre ni es simpático, ni tiene espíritu».

—¡Qué me dice usted? ¡Parece increíble! —exclamó Akim Petrovich, impresionado vivamente. Por la sala pasó un ahogado rumor de sorpresa.

—Ya se imaginan ustedes mi situación...

E Iván Ilich miró a todo el auditorio.

—No me quedaba otro remedio que ir a pie. Decidí dar un paseo hasta la Gran Perspectiva, donde confiaba encontrar un coche de alquiler... ¡Je, je, je!

—¡Je, je, je! —imitó Akim Petrovich.

Un nuevo rumor, pero más perceptible, corrió por la multitud. Y en aquel momento se rompió con gran estallido el tubo de un quinqué colgado en la pared. Alguien, celosamente, se apresuró a ver qué había sido. Pseldonimov se movió un poco y dirigió una torva mirada al quinqué; pero el general no se dio cuenta de nada y todo continuó con idéntica tranquilidad.

—Me estaba dando un paseo, porque hace una noche tan magnífica, tan apacible... De pronto he oído música, pisadas de baile. Un sereno me ha dicho que se celebraba la boda de Pseldonimov. Tiene usted en movimiento a todo este barrio de Petersburgo, amigo. ¡Ja, ja! —se rio, volviéndose a Pseldonimov.

—¡Je, je, je! ¡Cierto, cierto! —aprobó Akim Petrovich.

En toda la sala pareció producirse cierta agitación, pero lo bueno del caso fue que Pseldonimov se limitó a volver la cabeza, pero serio como un muñeco.

«¿Es un precio o qué le pasa? —se preguntó Ivan Ilich—. Si el muy bruto hubiera sonreído, ahora todo iría estupendamente.» Empezaba a sentirse otra vez inquieto.

—Pensé que podía entrar a ver a mi empleado, confiando en que no me echaría a la calle..., porque, de grado o por fuerza, debe ser bien acogida una visita. Tenga la bondad de perdonarme, amigo. Si estorbo, me marcharé... Solo he entrado a dar un vistazo.

Poco a poco la agitación en la sala fue en aumento.

Akim Petrovich le miró con expresión de asombro y de disgusto, queriendo con ello decir: «¿Cómo puede estorbar su excelencia?»

Los invitados, todos, se movieron, empezando a salir de su encogimiento. Casi todas las señoras se sentaron, las más atrevidas se abanicaron con el pañuelo de bolsillo. Una de ellas, que vestía un traje raído de terciopelo, dijo intencionadamente algo en voz alta. El oficial que estaba a su lado le hubiera contestado en igual tono, pero viendo que todos los demás guardaban silencio no se atrevió a hacerlo. Los hombres, en su mayoría empleados del Estado, entre los cuales había dos o tres estudiantes, se miraban unos a otros dándose mutuamente ánimos para salir de aquel atolladero. Aclararon la garganta y dieron algunos pasos en todas direcciones. Nadie era muy tímido, pero todos se sentían indóciles y miraban hostilmente al ser que súbitamente había llegado para aguarles la fiesta. El oficial, avergonzado de su cobardía, fue aproximándose poco a poco a la mesa.

—Pero, diga usted, amigo mío... Permítame que le pregunte cómo se llama —dijo Iván Ilich dirigiéndose a Pseldonimov.

—Porfirio Petrovich, excelencia —contestó éste, abriendo los ojos como si le pasaran revista.

—Preséntame a la novia, Porfirio Petrovich. Acompáñame hasta ella... Yo...

Hizo ademán de levantarse, pero Pseldonimov se apresuró a recorrer la sala. La novia, que se hallaba junto a la puerta, se escondió al oírse nombrar; pero un instante después Pseldonimov la condujo de la mano entre los invitados, que se apartaban para dejarles paso.

Solemnemente Iván Ilich se levantó y se dirigió hacia ella con la más amable de sus sonrisas.

—Mucho, muchísimo gusto en conocerla —dijo, con una ligera inclinación de aristócrata—. Y especialmente hoy.

Sonrió con picardía y entre las mujeres hubo un movimiento de general regocijo.

—*Charmé* —exclamó casi en voz alta la señora vestida de terciopelo.

La novia era un buen partido para Pseldonimov. Menuda y delgadita, joven de diecisiete años, pálida, de facciones finas y una diminuta y afilada nariz, tenía unos ojos vivarachos que lejos de mirar con timidez se hinchaban entre una sombra de remordimiento. Sin duda Pseldonimov no la había elegido por su hermosura. Llevaba un vestido blanco de muselina con cenefa roja. La delgadez de su cuello y de su figura desmedrada la asemejaba a un pollito mal nutrido. No sabía corresponder a las preguntas afables que le hacía el general, que en voz queda dijo, dirigiéndose a Pseldonimov, pero de modo que le pudiera entender la novia:

—Pero si es guapísima.

Y ni por esas. Pseldonimov ni siquiera contestó ni se movió. Iván Ilich creyó percibir en sus ojos una fría reserva que ocultaba una aviesa intención. Y no obstante consideraba que era preciso a toda costa despertar la sensibilidad de aquel hombre, que por algo se había metido en aquel atolladero.

«Son una pareja de mochuelos», pensó.

Y se volvió hacia la novia, que se había sentado en el sofá, a su lado, pero no consiguió arrancar más respuestas a sus preguntas que un «Sí» o un «No».

«Si su parquedad se debiera solo a su encogimiento y confusión —pensó—, aún podría animarla. Pero si continúan así las cosas, mi situación se hará insostenible.»

Y para colmo de desdichas también Akim Petrovich permanecía callado; pero como esto se debía a su necedad, era más imperdonable aún.

—¡Amigos! —dijo, dirigiéndose a todos los invitados—. ¿He venido acaso a estorbarles en su esparcimiento?

Y notó que las manos le sudaban.

—No..., no se inquiete, excelencia: en seguida empezamos; ahora estamos descansando —contestó el oficial.

La novia le miró satisfecha. El oficial aún era joven y lucía el uniforme de determinado ministerio. Pseldonimov seguía en la misma postura, algo encorvado, y su nariz aguileña se le destacaba más que nunca. Miraba y escuchaba como un lacayo que con el abrigo en un brazo espera que su señor acabe la conversación y se despida. El mismo Iván Ilich hizo esta comparación. Empezaba a perder la cabeza; se sintió en una situación comprometida; se le hundía la tierra bajo los pies, se había metido en un laberinto y no daba con la salida, como si una densa oscuridad le envolviese por completo.

De pronto los invitados se hicieron hacia un lado y apareció una mujer de baja estatura, gruesa, de mediana edad, que vestía con sencillez, aunque llevaba lo mejor que tenía: un chal echado a la espalda y prendido en la garganta, y un sombrero al que evidentemente no estaba acostumbrada su cabeza. Sostenía en las manos una bandeja redonda con una botella llena de champaña, pero ya destapada, y dos copas, ni una más ni una menos. No había duda alguna de que aquella botella estaba destinada a los invitados.

La mujer se acercó al general, le hizo una reverencia y dijo:

—Excelencia, no nos haga un desaire. Ya que se ha dignado honrar a mi hijo viniendo a su boda, le rogamos, por favor, que beba a la salud de los jóvenes. Háganos este honor; no nos desprecie.

Iván Ilich se agarró a la tabla de salvación que le ofrecía aquella mujer. No era vieja: unos cuarenta y cinco o cuarenta y siete años, pero su cara regordeta y sonrosada tenía una expresión tan bonachona, de candidez genuinamente rusa, sonreía de tan buen humor y se inclinaba con tal sencillez que Iván Ilich casi se sintió sosegado y cobró confianza.

—¿Con que es usted la madre de... su hijo? —preguntó, levantándose.

—Sí, excelencia, mi madre —murmuró Pseldonimov alargando el cuello y sacando aún más la nariz.

—¡Ah! ¡Encantado, estoy encantado de conocerla!

—No nos desaire, excelencia.

—Con muchísimo gusto.

Se dejó la bandeja sobre la mesa y Pseldonimov se aproximó para servir el vino. Iván Ilich, de pie aún, cogió la copa y declaró:

—Siento una especial, una especialísima alegría en esta ocasión, al poder..., al poder... poner de manifiesto ante todos ustedes... En fin: como jefe... les deseo, a usted, señora —y se volvió hacia la novia—, y a usted, amigo Porfiri, les deseo la felicidad más completa por muchos años.

Y se bebió la copa, la séptima aquella noche. Pseldonimov le miró, grave y aun tétrico. El general sintió una profunda aversión por aquel estafermo.

«Y este esperpento —pensó, mirando al oficial—, que se mete donde no le llaman, al menos podía haber gritado "¡Hurra!", y la cosa hubiera marchado, hubiera marchado...»

—Y usted también, Akim Petrovich, beba una copa a su salud —dijo la madre al jefe de la oficina—. Es usted un superior y él trabaja bajo sus órdenes. Atienda a mi hijo, se lo pide una madre, y no nos olvide en lo futuro, nuestro bueno y generoso amigo Akim Petrovich.

«Qué diligentes y qué finas son estas rusas —pensó Iván Ilich—: ella nos anima a todos. Siempre he amado la democracia.»

En aquel momento se presentó con otra bandeja una doncella que vestía susurrantes faldas de algodón que nunca habían sido lavadas y que formaban miriñaque. Apenas podía respirar por el peso de la bandeja, que llena de platos con manzanas, caramelos, quesitos, merengues, nueces, había estado hasta entonces en la sala a disposición de los invitados y especialmente de las señoras y que ahora se ofrecían solo al general.

—No desprecie nuestro humilde obsequio, excelencia. Nos place ofrecerle cuanto tenemos —dijo la madre, inclinándose.

—¡Encantadísimo! —respondió Iván Ilich, aceptando y cogiendo una nuez, que partió con los dedos. Estaba decidido a conquistar la popularidad a toda costa.

Entonces la novia se agitó con una risita contenida.

—¿Qué sucede? —preguntó el general, con expresión alegre, animado por aquella señal de vida.

—Iván Kostenkinich, que me hace reír —contestó ella, bajando la vista.

El general se volvió hacia un joven rubio, tal vez demasiado guapo, que sentado en una silla, en uno de los extremos del sofá, decía algo al oído a la señora Pseldonimov. El muchacho se levantó. Era muy tímido.

—Hablaba a la señora de un libro de sueños, excelencia —dijo a guisa de excusa.

—¿De qué libro de sueños? —preguntó el general en tono de condescendencia.

—De un nuevo libro de sueños en el que hay mucha literatura. Decía a la señora que soñar para el señor Panaev es como tirarse café a la pechera.

«¡Qué ridiculez!», pensó Iván Ilich, con disgusto.

Aunque el joven enrojeció vivamente al hablar, no cabía en el pellejo de alegría por haber dicho aquello del señor Panaev.

—Es cierto, ya estaba enterado... —declaró su excelencia.

—Hay algo mejor que eso —dijo uno que estaba muy cerca de Iván Ilich—. Se va a publicar una nueva enciclopedia y dicen que el señor Kraevski quiere escribir artículos..., literatura satírica.

Era un joven que lejos de mostrarse embarazado hacía gala de una gran despreocupación. Llevaba guantes y chaleco blanco y tenía el sombrero en la mano. No bailaba, y permanecía en la sala como un honor para la familia. Era redactor de la revista satírica *El Tizón* y se daba humos de acuerdo con el título. Se había dignado corresponder a la invitación de Pseldonimov, con quien estaba en buenas relaciones desde que fueron compañeros de hospedaje en una humilde pensión regentada por una alemana a quien hacía apenas un año había abandonado. No obstante bebía vodka, y más de una vez había desaparecido en un cuartito interior muy bien dispuesto, cuyo camino sabían todos los invitados. Al general le fue antipatiquísimo.

—¡Tiene gracia! —exclamó, con júbilo, el joven rubio que acababa de hablar de la pechera y a quien el periodista había tomado ojeriza sin más razón—. Y la tiene, excelencia, porque supone el escritor que el señor Kraevski no sabe ni deletrear y se figura que la palabra «satírica» se escribe con *y* griega en vez de *i* latina.

El pobre apenas acabó de hablar al ver que el general hacía tiempo que estaba enterado de todo, pues se mostraba algo desconcertado y ello no podía atribuirse a otra causa. Lleno de vergüenza se apartó, hundiéndose en sí mismo, y ya no salió en toda la noche de su melancólico silencio. En cambio el redactor de *El Tizón* se acercó más, con el propósito decidido de sentarse al lado del general. Tal despreocupación no podía agradar a Iván Ilich.

—Dígame usted, Porfiri —exclamó, por decir algo—, siempre se lo quería preguntar en confianza: ¿por qué se llama usted Pseldonimov en vez de Pseudonimov? Porque de seguro que su nombre ha de ser Pseudonimov.

—No puedo informarle sobre ello, excelencia —dijo Pseldonimov.

—Debe de ser porque cuando su padre hizo el servicio se equivocarían al escribir el nombre y se le ha quedado Pseldonimov —apuntó Akim Petrovich—. Eso suele pasar.

—¡Indudablemente! —asintió calurosamente el general—. ¡Indudablemente! Porque figúrese que Pseudonimov viene de la palabra culta *pseudonimus*, seudónimo, mientras que Pseldonimov no significa nada.

—A causa de la estupidez —añadió Akim Petrovich.

—¡Usted cree que se debe a la estupidez?

—El pueblo ruso, en su ignorancia, a menudo altera las letras y pocas veces pronuncia bien. Dicen, por ejemplo, «cencia» por «ciencia».

—¡Ah! ¡Sí, «cencia»! ¡je, je, je!

—También suelen decir «cera», excelencia —dijo el oficial larguirucho, que desde hacía rato buscaba la ocasión de poderse distinguir por algo.

—¿Qué quiere decir con eso de «cera»?

—«Cera» en vez de «acera», excelencia.

—¡Ah! Sí, «cera»... por «acera»... Es verdad, es verdad... ¡Je, je, je! —rio Iván ilich en honor del oficial.

El oficial se arregló la corbata.

—Y otra de las cosas que dicen es «agüelo» —apuntó el redactor del periódico satírico. Pero su excelencia fingió no haberle oído. Su risa no estaba a disposición de todos.

El periodista, con visible irritación, insistió:

—«Agüelo» en vez de «abuelo».

Iván Ilich le dirigió una severa mirada.

—¿Por qué insiste, hombre? —le susurró Pseldonimov.

—¡Si estaba hablando! ¿Acaso uno no puede hablar? —protestó en voz baja el otro. Pero no insistió, y con un humor de todos los diablos abandonó la sala. Se dirigió al atractivo cuarto interior en que, para regalo de los que bailaban, se había preparado una mesita cubierta con un mantel de Yaroslav, donde había vodka de dos clases, pescado en salmuera, lonjas de caviar y una botella de vino ruso solo comparable al jerez. Se estaba llenando un vaso de vodka, para ahogar la cólera que le abrasaba el pecho, cuando hizo irrupción el desgreñado estudiante de medicina, el primer bailarín y rey de las cabriolas en el baile. Cayó sobre el bebedor como un potro desbocado.

—¡Ahora van a empezar! —dijo atropelladamente, sirviéndose—. Ven y verás: voy a bailar de coronilla, y después de cenar probaré la danza del pez. Es la propia de una boda. Como una alusión amistosa a Pseldonimov. ¡Qué divertida es esa Cleopatra Semionovna! Uno puede atreverse a todo con ella.

—Es un reaccionario —dijo el periodista satírico, con cara sombría, después de vaciar un vaso.

—¿Reaccionario? ¿Quién?

—Ese personaje ante quien han colocado los dulces. Es un reaccionario, créame.

—¡Qué estupidez! —murmuró rápidamente el otro. Y se marchó corriendo del cuarto, adonde llegaban ya las primeras notas de música.

El joven redactor de la revista satírica se llenó otro vaso para animarse y alimentar su espíritu de independencia; bebió y comió un bocado y nunca tuvo el consejero civil en activo, Iván Ilich, un adversario más sañudo, más implacable y deseoso de venganza que este joven redactor de *El Tizón*, a quien había desdeñado, y muy en especial tras haber ingerido dos vasos de vodka. ¡Ah! Poco lo sospechaba Iván Ilich.

Como tampoco sospechaba otra circunstancia importantísima que influía en las relaciones mixtas de los invitados y de su excelencia. Y era el caso que aunque había dado una conveniente y detallada explicación de su presencia allí, no había dejado satisfecho a nadie y los invitados continuaron encogidos. Pero súbitamente, como por encanto, todo cambió, todos se animaron y se dispusieron a divertirse, a reír, a chillar, a bailar, como si el huésped ilustre no se hallara en la sala.

La causa de esto fue un rumor, una noticia, que, sin saber por qué, se difundió rápidamente, sobre si el general no estaba del todo... Parecía que... se encontraba, en fin, «un poco más pesado por arriba que por abajo». Y aunque en un principio esto pareció una tremenda calumnia, poco a poco se fue justificando, hasta que finalmente apareció claro. Y es más: en un determinado momento se sintieron todos libres de un peso. Y fue entonces cuando la orquesta atacó las primeras notas del baile que había de preceder a la cena y que hizo correr al estudiante de medicina.

Y en el preciso instante en que Iván Ilich iba a dirigirse a la novia con ánimo de provocarla con una insinuación, el larguirucho oficial se acercó a ella y la invitó, hincando galantemente una rodilla en tierra. La novia se levantó de un salto y se perdió con él en el remolino de la contradanza. Ni el oficial pronunció una palabra de excusa, ni ella una mirada al general en el momento de alejarse. Realmente parecía que escapaba de allí, con alivio.

«Después de todo tienen razón —pensó el general—. Y además tampoco saben cómo han de comportarse.»

—¡Hum! No haga cumplidos, amigo Porfiri —dijo, dirigiéndose a Pseldonimov—. Quizá tenga usted... algo que atender..., algo que arreglar... No se moleste por mí. —Y pensó: «Cualquiera diría que me da guardia de honor.»

Pseldonimov, con su cuello alargado y los ojos intensamente fijos en él, empezaba a hacérsele insoportable. En realidad no se trataba de aquello ni mucho menos, pero Iván Ilich estaba aún muy lejos de sospechar la verdad.

El baile dio comienzo.

—¿Me permite usted, excelencia? —preguntó respetuosamente Akim Petrovich, con la botella en la mano, dispuesto a llenar la copa vacía del general.

—No sé..., no sé si...

Pero ya Akim Petrovich, con el rostro radiante y respetuoso, escanciaba el vino. Después de llenar la copa del general procedió, con muchas maniobras, como distraída y furtivamente, a echar vino en la suya con la diferencia de que no la llenó hasta el borde, lo que consideró como una delicada prueba de respeto. Sentado al lado del jefe parecía una mujer en los dolores del parto. ¿Qué podía decir? No lo sabía. Y no obstante se hallaba obligado a entretener a su excelencia ya que éste le honraba con su compañía. Encontró un buen recurso en la botella, y ciertamente que el general estaba satisfecho de que le hubiera llenado la copa; no por el champaña, que además de estar caliente era malísimo, sino porque moralmente se sentía satisfecho.

«Este pobre viejo quería beber —pensó Iván Ilich—, y no se atrevía hasta que lo hiciese yo. No se lo impediré. Además sería ridículo que se quedase entera la botella ante nosotros.»

Bebió un sorbo. Era preferible beber que seguir sentado sin hacer nada.

—Estoy aquí —dijo lentamente y rompiendo las frases—, estoy aquí, como ya sabe, por mera casualidad, y claro, es posible... que alguien considerase improcedente... que yo me halle en semejante... reunión.

Akim Petrovich no dijo nada, pero le escuchaba con tímida curiosidad.

—Yo confío en que usted comprenderá con qué objeto he venido... No he venido solo a beber... ¡Je, je!

Akim Petrovich trató de reír, siguiendo el ejemplo de su excelencia; pero no consiguió hacerlo ni se le ocurrió una palabra amable.

—Estoy aquí... para animar, por decirlo así..., con un fin moral —continuó Iván Ilich, maldiciendo la estupidez de Akim Petrovich y reduciéndose también al silencio. Vio que el pobre Akim Petrovich había bajado los ojos como si se sintiese culpable.

El general, un poco confuso, se apresuró a beber otro sorbo, y Akim Petrovich, agarrando la botella como la única esperanza de salvación, le volvió a llenar la copa.

«No tiene grandes recursos», pensó Iván Ilich mirando severamente a Akim Petrovich, el que, viendo aquella severidad en los ojos del general, decidió callar para siempre y no levantar los suyos. Permanecieron así durante dos minutos, dos minutos de agonía para Akim Petrovich.

Hemos de decir algo acerca de este hombre. Chapado a la antigua, era manso como un cordero, acostumbrado desde niño a un servilismo obsequioso, aunque al mismo tiempo bondadoso y honrado. Era un ruso petersburgués, es decir, que su padre y su abuelo se habían criado en Petersburgo y nunca habían salido de la capital. Estos rusos son de un tipo especial. Apenas tienen una idea de Rusia y no tienen por ello la menor preocupación. Todo su interés se limita a Petersburgo y principalmente al departamento en que prestan sus servicios. Todos sus pensamientos se concentran en más o menos ventajas de céntimos, en la tienda y en el sueldo del mes. No conocen ni una costumbre rusa, ni otra canción rusa que *Lutchiunshta*, y eso porque la tocan los organillos callejeros. Pero existen dos señales esenciales e invariables que os permiten distinguir en seguida a un ruso petersburgués de un ruso auténtico. La primera es que el ruso petersburgués, sin excepción, habla de los periódicos como de *Noticias académicas* y nunca los llama *Noticias de Petersburgo*; la segunda, en la que se puede confiar tanto como en la primera, es que el ruso petersburgués nunca usa la palabra «desayuno», sino siempre la de «almuerzo». Con estas señales tan destacadas se pueden diferenciar. En resumen: es un tipo humilde que se ha ido formando durante los últimos treinta y cinco años. Sin embargo Akim Petrovich no era un necio. Si el general le hubiese preguntado algo sobre su provincia, habría respondido y entablado una conversación. Pero como no le preguntaban nada, consideraba impropio de un subordinado exponer una opinión, aunque se moría de curiosidad por conocer más concretamente la intención del general.

Pero Iván Ilich, cada vez más pensativo, absorto por completo en las ideas que giraban vertiginosamente en su cabeza, bebía lentamente champaña en silencio. Akim Petrovich, con extremado celo, se apresuraba a llenarle la copa. Y los dos permanecían silenciosos. Iván Ilich observaba el baile, y algo llamó poderosamente su atención. Hasta hubo una circunstancia que le sorprendió...

Las danzas eran muy animadas. La gente bailaba en su natural ingenuidad para divertirse y para saltar como locos. Escasos eran los auténticos ágiles, pero aun los inexpertos pisaban tan fuertemente que podía tomárselos por hábiles bailarines. El oficial destacaba entre todos. Tenía predilección por la figura y por los solos, porque entonces ejecutaba pasos prodigiosos. A veces, después de mantenerse derecho como un poste, se inclinaba hacia un lado, doblándose, de forma que todos temían que cayese, pero se erguía en seguida para repetir por el otro costado...

Con el rostro completamente serio bailaba con el convencimiento pleno de que todos le admiraban. Otro señor, que había bebido más de lo regular, se caía de sueño y su pareja lo tenía que hacer todo. El joven empleado del registro que había bailado con la señora del chal azul toda la noche no dejaba de repetir la misma jugarreta, que consistía en asir al paso el extremo del chal y besarlo veinte veces, mientras ella seguía moviéndose ante él como si no advirtiese nada.

El estudiante de mediana edad bailaba de coronilla, despertando el entusiasmo, taconeando y chillando como un energúmeno. En resumen: era evidente la ausencia de todo freno. Iván Ilich, en quien el vino comenzaba a producir su efecto, sonreía, pero una amarga duda le impedía vivir en paz. Le agradaba, sí, la despreocupación y sencillez en los modales; él mismo había deseado que se manifestasen con desenvoltura, viéndolos a todos encogidos; pero ya no conocía límites la desenvoltura de aquella gente. Una señora, la del vestido de terciopelo azul, al final de la contradanza se prendió la falda a modo de pantalones. Era Cleopatra Semionovna, con quien uno se podía atrever a todo, como había dicho el estudiante de medicina. Y lo que éste hacía no es para ser descrito. Pero ¿cómo se explicaba que los que se mostraban tan reservados al principio se moviesen ahora tan libremente? Una cosa al parecer tan natural no dejaba de ser extraña, algo significaba; parecía habérseles olvidado la existencia de Iván Ilich. Y aunque éste era el primero en reír y aun en aplaudir, imitado respetuosamente por Akim Petrovich, la procesión iba por dentro, cosa que no sospechaba su compañero.

—Joven, baila usted formidablemente —se sintió obligado a decir el general, cuando pasó junto a él el estudiante de medicina.

Éste, volviéndose hacia él, hizo una mueca y se acercó con evidente descaro hasta la nariz de su excelencia, imitando el canto del gallo.

Aquello fue demasiado. Iván Ilich se levantó de la mesa. Pero, a pesar de todo, se produjo un estrépito de carcajadas, ya que toda la reunión estaba dispuesta a la risa, y la hazaña era inesperada por completo. Aún no había salido de su asombro el general cuando se presentó Pseldonimov y haciéndole una marcada reverencia le invitó a cenar.

Detrás de él apareció su madre.

—Excelencia —dijo, inclinándose—, esperamos nos haga el honor. No desdeñe nuestra humilde mesa.

—Verdaderamente... no sé... —comenzó a decir Iván Ilich—; no he venido con esa idea. Pensaba marcharme...

Efectivamente: tenía el sombrero en la mano. Es más: en aquel preciso momento había decidido en su interior despedirse sin más consideraciones y no quedarse por más tiempo aunque se lo pidieran de rodillas; pero... se quedó.

Un minuto más tarde se abrió la marcha hacia la mesa. Pseldonimov iba delante abriéndole paso. Le ofrecieron el puesto de honor, y ante él colocaron otra botella de champaña, destapada, pero sin empezar. Para *hors d'oeuvres* se sirvieron arenques y vodka. Alargó la mano, se llenó un vaso de vodka y lo bebió. Nunca lo había bebido. Sintió como si cayese rodando por una montaña; caía, caía, sin poder parar, sin que le fuera posible agarrarse a nada.

La situación se hacía cada vez más comprometida. Parecía cosa del destino. En menos de una hora Dios sabe lo que había sucedido. Entró abrazando a toda la humanidad, a todos sus subordinados y, apenas transcurrida una hora, ya odiaba a Pseldonimov con toda su alma apenada y maldecía de la novia y de la boda. Y lo peor de todo es que en la cara, en los ojos de Pseldonimov se veía odiado, que aquel hombre le miraba como diciéndole: «¡Si al menos te marcharas, condenado! ¿Quién te hace meter donde no te llaman?» Bien claro lo había leído en aquellos ojos.

Claro que una vez sentado a la mesa, antes se hubiera dejado cortar la cabeza que confesar, no ya en alta voz, sino a sí mismo la verdadera situación. Aún no era llegado el momento. Aún había una cierta duda de orden moral. Pero su corazón, su corazón... ¡se le oprimía! Le estaba pidiendo libertad, aire, descanso. No podía negarse que Iván Ilich era un hombre bondadoso.

Sabía que debía haberse marchado mucho antes, y no solo haberse despedido, sino escapado; que aquello no era lo que se imaginaba cuando estaba en la calle, sino todo lo contrario.

«¿Por qué entré? ¿Entré a comer y beber?», se preguntó al probar el arenque. Le asaltaron negras y escépticas ideas. En el fondo de su alma se atizaban la ironía contra la delicadeza de sus propios actos, y de vez en cuando se repetía la pregunta: «¿A qué he venido?»

Pero ¿cómo era posible iniciar tan solo una retirada? No había ni que pensar en marcharse sin dejar terminado el asunto. ¿Qué diría la gente? Le acusarían de frecuentar malas compañías. Y realmente a eso equivaldría su permanencia sin que terminase convenientemente. ¿Qué dirían Stepan Nikiforovich, Semion Ivanovich? —pues no había la menor duda de que al día siguiente lo sabría toda la ciudad—. ¿Qué se diría en las oficinas, en casa de los Shembels, de los Shubins?

No. Era preciso despedirse de tal forma que todos comprendieran por qué había entrado. Debía, con toda seguridad, explicar el fin moral que le movía... Y entretanto el momento culminante no se presentaba. «Ni siquiera me tienen respeto —siguió pensando—. ¿De qué se ríen? Están tan despreocupados como si no tuviesen sentimientos... ¡Ya pensaba yo hace tiempo que la joven generación está exenta de sentimientos! ¡He de permanecer aquí a toda costa! Hasta ahora han bailado; veremos cuando los tenga a todos reunidos a la mesa... Les hablaré de problemas, de reformas, de la grandeza de Rusia... ¡Aún puedo entusiasmarlos! ¡Sí! Quizá no esté aún todo perdido. Quizás en la realidad pase siempre lo mismo. ¿Sobre qué empezaré a hablar para atraerlos? ¿Qué plan puedo desarrollar? Estoy perdido, perdido sin remedio... Pero ¿qué desean, qué quieren? Todos se reían. ¿Se reían de mí? ¡Dios me ayude! Pero, ¿qué deseo? ¿Por qué estoy aquí? ¿Por qué no me marcho?...»

Y así pensando se sentía dominado por la mayor de las vergüenzas, por una vergüenza que se le hacía insoportable.

Pero todo continuó de la misma manera.

Apenas hacía unos instantes que se hallaba en la mesa, se sintió abatido por una idea terrible. Se sintió súbitamente embriagado, pero no un poco más que antes, sino borracho perdido. Ello se debía al vaso de vodka bebido después del champaña y que produjo inmediatamente su efecto. Consciente de que su debilidad iba en aumento, aun sintiéndose cada vez más confiado, se decía en su interior, con pena de no poder remediarlo: «¡Mal, muy mal, y del todo inconveniente!» Claro que en su estado de embriaguez no podía fijar mucho tiempo su reflexión en un mismo objeto, y esta se bamboleaba entre dos puntos que con el mismo interés se ofrecían a su consideración. Por una parte le dominaba una confianza jactanciosa, un loco deseo de conquista que le aconsejaba despreciar todo obstáculo en la insensata seguridad de conseguir su objeto; por otra le estrujaba el corazón y se lo atravesaba como un puñal la idea del «¿qué dirán? ¿Cómo acabará esto? ¿Qué pasará mañana, mañana, mañana?»...

Vagamente había presentido enemigos en la reunión. «Sin duda porque estaba mareado», pensó, con dudosa angustia. ¿Cuál no sería su horror al convencerse ahora de que realmente tenía enemigos en la mesa y de que era imposible dudarlo?

«¿Y por qué..., por qué?», pensó.

Los treinta invitados se sentaron a la mesa, la mayoría de los cuales estaban ya borrachos. Otros se comportaban con la más completa ausencia de consideración y con libertad excesiva, gritando hasta desgañitarse, voceando sus brindis a deshora y tirando a las señoras pequeños trocitos de pan. Un invitado, que iba vestido con un frac mugriento, cayó de la silla en cuanto quiso sentarse en ella y ya no se levantó hasta que acabó la cena. Otro se empeñaba, como un loco, en levantarse para pronunciar un brindis y solo el oficial, tirándole de los faldones de la levita, logró moderar su prematuro entusiasmo. La cena fue un desbarajuste, aunque habían contratado una cocinera que había estado al servicio de un general: se sirvió jalea, lengua con patatas, albondiguillas con guisantes, un pato y arroz con leche. Entre las bebidas había cerveza, vodka y vino añejo. La única botella de champaña se puso a disposición del general, que fue vaciada entre su copa y la de

Akim Petrovich, ya que éste, durante la cena, no se atrevió a obrar por iniciativa propia. Los demás invitados tuvieron que brindar con vino del Cáucaso o con lo que pudieron alcanzar.

La mesa estaba compuesta de varias unidas entre sí, y de espacio en espacio habían colocado la minuta. Estaba cubierta por varios manteles entre los cuales destacaba un paño encarnado de Yaroslav. Los hombres se sentaban entre las señoras. La madre de Pseldonimov no quiso sentarse a la mesa, para poder estar pendiente de todo. En cambio hizo su aparición otra mujer de siniestra catadura, con la cara vendada debido al fuerte dolor de muelas que sufría. Era la madre de la novia, que por fin consintió en salir del cuarto interior para cenar. Hasta entonces se había negado a dejarse ver, porque sentía una implacable hostilidad hacia la madre de Pseldonimov. Esta mujer miró al general con actitud desdeñosa y sarcástica y no quiso que se lo presentaran. Para Iván Ilich aquel tipo de mujer no podía ser más sospechoso; pero no era la única persona sospechosa y que inspiraba una irremediable aprensión y una desagradable inquietud. Parecía que se habían conjurado contra él. Así lo consideró por lo menos el general, y durante la cena se fue acentuando su convencimiento.

Un caballero barbudo, con trazas de artistas liberal, le presionó como un pajarraco de mal agüero, al ver que le miraba con cierta frecuencia y se volvía a decir algo al vecino. Otro, que a todas vistas se hallaba borracho como una cuba, también le inspiraba recelos. El estudiante de medicina no le dejaba esperar nada agradable. Ni el mismo oficial le inspiraba confianza. Pero el jovenzuelo redactor del periódico satírico ardía de ira. Se apoyaba en el respaldo de una silla, mirando, altanero y engreído, resoplando agresivamente. Y aunque los demás invitados no hacían caso del periodista, que por cuatro poesías mal rimadas que publicó en *El Tizón* ya se creía un liberal y por tanto con obligación de odiar a su excelencia, cuando una corteza de pan arrojada en dirección de Iván Ilich cayó sin dar en el blanco, nuestro hombre hubiera apostado la cabeza a que nadie más que el joven se la tiró.

Todo esto produjo en él un lastimoso efecto.

Otra observación fue para él también muy desagradable. Iván Ilich se percató de que pronunciaba mal y con cierta dificultad; de que quería decir muchas cosas y su lengua se resistía a obedecerle. Entonces pareció olvidarse de sí mismo y lo peor fue que por cualquier cosa se le saltaba una carcajada. Esta inclinación se le pasó pronto después de una copa de champaña que se llenó sin propósito de beberla y que de pronto se echó al coleto como por distracción.

Y esta copa le predispuso al llanto. Se sintió hundido en un estado de peculiar sentimentalismo; se sintió inundado por un deseo de infinito amor y los amó a todos, hasta a Pseldonimov, hasta al periodista satírico. De repente sintió un vivo anhelo de abrazar a todos, de perdonarlo todo y de reconciliarse con todo el mundo. Es más: ansiaba hablarles con franqueza, decírselo todo, todo, todo. ¡Qué hombre tan bueno era, qué sentimientos tan delicados tenía, qué talento tan prodigioso, qué buenos servicios prestará a la patria, cómo sabía divertir a las señoras, y, sobre todo, qué ideas tan avanzadas tenía, y qué dispuesto se hallaba a la indulgencia con todos, hasta con los más humildes; y a hablarles francamente de los motivos que le habían impulsado a presentarse sin ser invitado a la boda de Pseldonimov, a beber dos botellas de champaña y a contribuir con su presencia a la felicidad del matrimonio!

«¡La verdad, la verdad pura y la franqueza ante todo! Los cautivaré con la franqueza. Creerán en mí, ¿quién lo duda? Ahora me miran con aversión; pero cuando lo diga todo, me conquistaré su afecto por entero. Llenarán su vaso y beberán a mi salud. El oficial quebrará su copa con entusiasmo. ¡Quizá me aclamen! Aunque me matasen, como suelen hacer los húsares, no me opondría y hasta sería divertido. Besaré a la novia en la frente; es encantadora. ¡Qué hombre más bueno es Akim Petrovich! Pseldonimov se abrirá camino. Irá adquiriendo un brillo social... Y aunque la nueva generación carece de sentimientos delicados, les hablaré..., les hablaré de lo que Rusia significa ante los demás Estados europeos. También les hablaré del problema agrario... y..., y todos me querrán y podré marcharme cubierto de gloria...»

Estas ilusiones eran tremendamente agradables, pero por desgracia algo vino a enturbiar esta esperanza rosácea: una inesperada propensión a escupir. Contra su voluntad empezó a lanzar saliva por la boca. Lo notó en la cara de Akim Petrovich, que aun sintiendo una mejilla salpicada no se atrevía, por respeto, a enjugársela. El mismo Iván Ilich cogió una servilleta y se la limpió, pero en seguida le sorprendió aquel gesto como la cosa más incongruente y fuera del sentido común, y se hundió en un silencio reflexivo. Akim Petrovich bebía, pero continuaba taciturno.

Iván Ilich se daba ahora cuenta de que había estado hablando en voz alta durante un cuarto de hora sobre un asunto de enorme interés y de que Akim Petrovich le había escuchado, no solo con embarazo, sino con miedo. Pseldonimov, que se sentaba a su lado, torcía el cuello hacia él con la cabeza inclinada y le escuchaba con aire de disgusto. Parecía hallarse sobre aviso. Pasando una mirada por la mesa advirtió el general que muchos los miraban fijamente y se reían. Pero lo más extraño del caso era que no por eso se sintió cohibido; antes al contrario: volvió a beber y de repente empezó a hablar de modo que todos lo oyesen:

—Señoras y señores, le estaba diciendo a Akim Petrovich que Rusia..., sí que Rusia..., en fin: ya comprenden lo que quiero decir... Rusia está pasando..., tengo en ello el más profundo convencimiento, por un período de hu... humanidad...

—De hu... humanidad —gritaron al otro extremo de la mesa.

—Hu... hu...

—Hu... hu...

Iván Ilich se detuvo. Pseldonimov se levantó de la silla y trató de averiguar quién había gritado. Akim Petrovich movió la cabeza como reprendiendo a los comensales. Iván Ilich se dio cuenta de lo que ocurría, pero en su confusión no hizo caso alguno y prosiguió:

—Humanidad; y esta noche precisamente le decía a Stepan Nikiforovich..., eso es..., que... la regeneración de las cosas...

—¡Excelencia! —gritaron desde el extremo de la mesa.

—¿Qué se le ofrece a usted? —preguntó Iván Ilich, incorporándose un poco para ver quién le llamaba.

—Nada, excelencia. Ha sido un arrebato. ¡Siga, siga! —gritó la misma voz.

Iván Ilich estaba trastornado.

—La regeneración, como decía, de esas mismas cosas...

—¡Excelencia! —volvieron a gritar.

—¿Qué desea?

—¿Cómo está usted?

Iván Ilich no pudo contenerse más. Interrumpiendo su discurso se volvió hacia el importuno que perturbaba el orden. Era un muchacho, un estudiante que había bebido algo más de lo que podía y que inspiraba grandes recelos al general. Hacía ya mucho rato que gritaba, había ya roto un plato y dos vasos, afirmando que aquello era lo más propio de una boda. Cuando Iván Ilich se volvió a mirarle, el oficial le estaba pellizcando y le decía:

—¡Cállate, animal! ¿Qué gritas? Como vuelvas a chillar te sacamos a rastras.

—No me refería a usted, excelencia, no me refería a usted. ¡Continúe! —gritó el bullicioso, colgándose en el respaldo—. ¡Continúe, que escucho, y me tiene usted muy, pero que muy requete..., muy encantado! ¡Plausible, plausible!

—Ese mocoso está borracho —dijo Pseldonimov.

—Ya lo veo que está borracho, pero...

—Le contaba una anécdota divertidísima excelencia —intervino el oficial—. La de un teniente de nuestra compañía que siempre habla así a sus superiores; y ahora este necio le imita. A cada frase de un jefe contestaba: «¡Plausible, plausible!» Por eso hace diez años que le expulsaron del ejército.

»Pertenecía a mi compañía, excelencia. La palabra «plausible» acabó por volverle loco. Al principio le pusieron correctivos leves y luego tuvieron que arrestarle... El comandante le amonestaba de forma fraternal, y él replicaba: «Plausible, plausible.» Y cosa rara:

el teniente era un muchacho guapo. Querían formarle consejo de guerra, pero luego vieron que estaba loco.

—De modo que es un estudiante. ¿Quién se toma en serio las bromas de un estudiante? Por mi parte estoy dispuesto a no hacer caso...

—Le sometieron, excelencia, a una revisión médica.

—¡Válgame Dios! ¿Pero no estaba vivo?

—¡Cómo! ¿Le hicieron la autopsia?

Un conjunto de risas lanzadas por los invitados que hasta entonces se habían conducido con relativo comedimiento puso un comentario a la pregunta.

—¡Señoras y señores! —gritó, enfurecido, el general, con inseguro acento—. Aún me encuentro con la suficiente capacidad para comprender que a un hombre no se le hace la autopsia en vida. Me figuraba que durante su locura había dejado de existir..., es decir, que había muerto..., esto es, quería decir..., que ustedes no me quieren..., y sin embargo yo los quiero a todos ustedes... Sí, quiero a Por...Porfiri..., aunque me rebaje al hablar así... Y en aquel preciso momento Iván Ilich lanzó cierta cantidad de saliva en el punto más visible de la mesa. Pseldonimov se apresuró a secarla con una servilleta. Aquel desastre acabó de hundir al general.

—Amigo mío, esto pasa ya de la raya... —gritó, desesperado.

—Excelencia, está borracho; no le haga caso —le suplicó Pseldonimov.

—Porfiri, ya veo que usted..., todos..., ¡sí! Digo que confío..., sí, los requiero a todos para que me digan en qué me he rebajado.

Iván Ilich estaba a punto de llorar.

—¡Excelencia, por Dios!

—¡Porfiri, a ti apelo!... Dime: cuando vine..., sí..., sí, a tu boda, tenía un propósito. Tenía un fin elevado de carácter moral... Deseaba haceros comprender... Apelo a todos: ¿me he rebajado a los ojos de ustedes?

Hubo un silencio de muerte.

A una pregunta tan clara seguía un silencio de muerte.

«¡Bien podían gritar ahora!», pensó su excelencia.

Pero los invitados se limitaban a mirarse unos a otros. Akim Petrovich estaba más muerto que vivo, mientras que Pseldonimov, mudo de terror, se repetía la horrible pregunta que ya se había hecho más de mil veces: «¿Cómo lo pagaré yo todo mañana?»

En esto el joven redactor de la revista satírica, que aunque completamente borracho se había mantenido en su arisco silencio, se dirigió a Iván Ilich y, echando fuego por los ojos, contestó en nombre de todos:

—Sí —dijo a voz en grito—; sí se ha rebajado usted. Sí, es usted un reaccionario..., ¡un reaccionario!

—¡Joven, usted ha perdido la cabeza! ¿A quién se refiere, si se puede saber? —gritó Iván Ilich, levantándose en el paroxismo de su furor.

—A usted; y yo además no me llamo joven... Usted ha venido aquí a darse tono, a conquistar popularidad.

—Pseldonimov, ¿qué significa esto? —gritó el general.

Pero Pseldonimov estaba tan asustado que permanecía tieso como un huso sin saber qué hacer. Todos los demás invitados permanecieron callados, a excepción del artista y el estudiante, que aplaudieron y gritaron:

—¡Bravo, bravo!

El periodista siguió gritando con voz que no podía dominar:

—¡Sí, vino usted a hacer ostentación de humanidad! Y les ha quitado a todos la alegría. ¡Ha bebido usted champaña a todo pasto sin pensar que un empleado de diez rublos mensuales de sueldo no puede hacer esos gastos! ¡Y sospecho que es usted de esos altos jefes aficionados a las jóvenes esposas de sus subalternos! Aún diré más: estoy convencido de que usted sostiene monopolios del Estado... ¡Sí, sí, sí!

—¡Pseldonimov, Pseldonimov! —gritó Iván Ilich, tendiéndole las manos. Cada palabra pronunciada por el periodista se le clavaba en el corazón como un puñal.

—En seguida, excelencia. ¡No se moleste! —dijo con energía Pseldonimov. Y acercándose a su amigo el periodista le agarró por el cuello de la chaqueta y le apartó de la mesa.

Nadie hubiera esperado aquel alarde de fuerza en un hombre de aspecto tan débil; pero es que él tenía serena la cabeza, mientras el otro se encontraba borracho perdido. Después le propinó un par de puñetazos y le puso ante la puerta.

—¡Sois unos canallas! —gruñó el expulsado—. Mañana desde *El Tizón* os pondré a todos en ridículo.

La totalidad de los invitados se había levantado.

—¡Excelencia, excelencia! —gritó Pseldonimov acercándose al general, con su madre y otros de los invitados—. ¡Por favor, excelencia, no se incomode usted!

—No, no —murmuró el general—. Lo que estoy es anonadado... Vine..., quería bendecirlos. ¡Y así me lo pagan todo, todo!

Se dejó caer en una silla como un pelele, con los brazos a lo largo de la mesa, y al bajar la cabeza la hundió en una fuente de arroz blanco. No es necesario describir el horror que aquello produjo en todos. Un instante después se levantó, con muestras evidentes de querer marcharse, dio un paso, tropezó con la pata de la silla, cayó al suelo como un plomo y empezó a roncar sonoramente.

Esto es lo que ocurre a quien, sin tener costumbre, abusa del vino. Conservan la conciencia de sus actos hasta el último instante y luego caen como derribados por un golpe. Iván Ilich yacía en el suelo como un tronco. Pseldonimov se mesaba los cabellos y permanecía como petrificado. Los invitados se apresuraron a despedirse, comentando cada uno a su manera el incidente. Eran las tres de la madrugada.

Lo peor era que dentro de todo Pseldonimov se encontraba en una situación mucho más apurada de lo que uno podía imaginar por el desagradable aspecto que ofrecía su casa. Mientras Iván Ilich sigue tumbado en el suelo y Pseldonimov se mesa los cabellos con desesperación, rompemos el relato para decir algo sobre Porfiri Petrovich Pseldonimov.

Un mes tan solo antes de su boda Pseldonimov se hallaba en la más completa miseria. Llegó de una provincia donde su padre, empleado de un departamento, había muerto mientras esperaba el juicio por ciertos cargos que se le hicieron. Cuando cinco meses antes de su boda Porfiri, que había pasado en Petersburgo un año de privaciones, obtuvo el empleo de diez rublos mensuales, se renovó física y moralmente; pero pronto cayeron sobre él otras calamidades. Solo quedaban en el mundo dos Pseldonimov: él y su madre, que al verse viuda abandonó todo para seguir a su hijo. Ambos vivían milagrosamente en el rigor del invierno y se sustentaban de los alimentos más dudosos. Había días en que el mismo Pseldonimov iba con un botijo a la fuente para poder beber agua.

Cuando consiguió la plaza pudo instalarse con su madre en un rincón.

La buena mujer hacía de lavandera y él ahorraba hasta el último céntimo para comprarse unas botas y un abrigo. En la oficina pasaba las moradas. «¿Cuánto hace que no se ha lavado?», le preguntaban los superiores. Se decía de él que bajo el cuello del uniforme criaban las chinches. Pero Pseldonimov era un hombre de carácter. Su porte era humilde y sumiso, tenía una educación moralmente superficial; nunca se le oía hablar de nada y no puede asegurarse si pensaba, si hacía proyectos, si tenía ilusiones. Aunque por otra parte tenía un firme deseo, inquebrantable y solapado, casi instintivo, de abrirse paso y salir de aquella mala situación. Poseía la constancia de una hormiga. Si destruimos un hormiguero, veremos cómo las hormigas vuelven a construirlo, y así tantas veces como queramos, sin cansarse nunca. Era un animalito de esos que se construyen la casa. Se leía en su ceño la decisión de seguir un camino, de hacerse un nido y de tener un techo sobre su cabeza para un día de lluvia. Era su madre el único ser de este mundo que le quería, y le quería sobre todas las cosas. Era una mujer de carácter, infatigablemente trabajadora y muy bondadosa. Hubiera podido, tal vez, vivir en un rincón cinco o seis años, hasta que las circunstancias hubieran cambiado, si no hubiese dado con el consejero titular Mlekopitaev, que después de ser empleado del tesoro y de haber trabajado durante algún tiempo en provincias, se había trasladado a Petersburgo, instalándose con su familia. Conocía a Pseldonimov, y hasta debía algún favor a su padre. Tenía algún dinero, no mucho; pero tenía. Nadie, ni su mujer, ni su hija mayor, ni sus parientes sabían cuánto dinero guardaba. Tenía dos hijas, y como era un pendenciero, borrachín y dominante en su hogar, hallándose por añadidura inválido, un día le pasó por el magín casar a una de sus hijas con Pseldonimov. «Conocí a su padre —se decía—: era un buen hombre y su hijo será un buen hombre.» Y como lo pensó lo hizo, porque su palabra era ley. Era fanfarrón y extraño. Se pasaba la mayor parte del tiempo sentado en un sillón, porque estaba baldado de los pies a consecuencia de una enfermedad que no le impedía beber vodka. Frecuentemente se pasaba los días bebiendo y jurando. Era malo por naturaleza. Siempre deseaba tener a su lado alguien a quien molestar continuamente. Y solo para eso acogió a varios parientes más o menos lejanos: a su hermana, mujer enfermiza y quisquillosa; a dos cuñados, de mal genio y mal hablados, a una tía suya que se rompió una costilla en un accidente; acogió también a una subordinada, una alemana nacionalizada, por su talento para divertirle con sus cuentos de las *Mil y una noches*. Toda su gratitud consistía en escarnecer a aquellas desgraciadas insultándolas a cada momento con toda la furia de que era capaz, mientras ellas, incluso la mujer, que tenía dolor de muelas, no se atrevían a pronunciar una palabra en su presencia. Se mofaba e inventaba las más necias calumnias para poner discordia entre ellas y reía y se regocijaba cuando las veía finalmente tirarse de los pelos, dispuestas a despedazarse.

Cuando su hija mayor quedó viuda con tres hijos, después de diez años de matrimonio con un oficial pobre como una rata, se alegró de que fuese a vivir con él. No soportaba los niños, pero como venían a aumentar el material para sus diarios experimentos, el viejo estaba encantadísimo. Todas estas mujeres, malas como arpías, y estos niños anémicos vivían hacinados en una casa de madera, en las afueras de Petersburgo, y no comían lo suficiente, porque el viejo era un tacaño y solo les daba el dinero en cantidades irrisorias, aunque no le dolía para vodka. Además ni siquiera dormían lo bastante, porque el viejo sufría de insomnio y quería siempre que le distrajesen. Eran unas desgraciadas y maldecían su destino. Fue entonces cuando Mlekopitaev puso los ojos en Pseldonimov, ya que éste le había impresionado con su enorme nariz y su aire de sumisión. La hija pequeña, enclenque y desprovista de atractivos, acababa de cumplir diecisiete años. Aunque había asistido a una escuela alemana, apenas sabía más que mal leer. Creció enclenque y raquítica, temiendo siempre la muleta de su borracho padre, y en un mare mágnum de intrigas domésticas, espionajes, escándalos y reprimendas. No tenía amigas ni talento. Hacía tiempo que deseaba casarse. Fuera de casa se estaba quieta y callada; pero entre sus padres y las demás mujeres se mostraba desdeñosa y pendenciera. Disfrutaba sobre todo pellizcando y besando a sus sobrinos, contando sus pequeñas raterías de pan y azúcar, lo cual originaba unas interminables peleas con su hermana mayor. Su mismo padre la ofreció a Pseldonimov, y éste, aun en su penosa situación, pidió algún tiempo para pensarlo.

Y tanto él como su madre dudaron mucho, pero aquella señorita traía en dote una casa que, aunque era de sórdido aspecto y solo de un piso, no dejaba de ser una propiedad. Además, con la novia le darían cuatrocientos rublos, y ¡cuánto tiempo necesitaría él para reunirlos!

«¿Qué por qué acojo a ese hombre en mi casa? —gritaba el fanfarrón, siempre borracho—. En primer lugar porque ya estoy hasta la coronilla de tratar solo con mujeres y quiero que Pseldonimov baile cuando yo silbe, que por algo soy su protector. Y además porque estáis todas en contra suya y os quiero fastidiar. ¿Enterados? Y tú, Porfiri, zúrrala cuando sea tu mujer; desde que nació está poseída por siete diablos. Sácaselos a estacazos. Yo mismo te daré el palo.»

Pseldonimov no contestó nada, pero estaba ya decidido. Antes de la boda madre e hijo pasaron a vivir a casa de la novia y recibieron ropa limpia, zapatos y dinero para la fiesta. El viejo tomó a ambos bajo su protección, simplemente porque toda la familia les tenía ojeriza. En realidad apreciaba a la madre de Pseldonimov, ya que se dominaba, absteniéndose de molestarla. Sin embargo hizo bailar a Pseldominov la danza cosaca una semana antes de la boda.

—Bueno: ya basta. Solo quería saber si habías olvidado tu situación ante mí o la recordabas —dijo al terminar la danza.

Entregó bastante dinero para que no faltase nada en la boda e invitó a todos sus amigos y parientes. Por parte de Pseldominov no asistieron más que el redactor de *El Tizón* y Akim Petrovich, invitado de honor. Pseldonimov sabía perfectamente que la novia tenía hacia él cierta aversión y que hubiera preferido casarse con el oficial. Pero pasó por todo, de acuerdo con su madre. El viejo estuvo todo el día bebiendo, gritando e injuriándolos a todos con las palabras más soeces. La familia se refugió en un cuarto interior, donde permaneció amontonada con ahogos. Las piezas delanteras se destinaban a sala de baile y a comedor. Cuando por fin, a las once, el viejo cayó dormido, ebrio como una cuba, la madre de la novia, que aquel día sentía una inquina especial contra la madre de Pseldonimov, resolvió dominar su ira, se mostró dicharachera y se dejó ver. La llegada de Iván Ilich lo había trastornado todo y la señora Mlekopitaev, cohibida por la presencia del general, empezó a gruñir que a ella no le habían notificado la invitación de su excelencia, y aunque le aseguraron que había entrado sin ser invitado, era tan estúpida que no quiso creerlo. Se había de comprar champaña, y la madre de Pseldonimov solo tenía un rublo. A su hijo no le quedaba un céntimo. Éste hubo de hacer mil cambalaches para sacar a la suegra dinero con que comprar una botella primero y otra después. Le expusieron la conveniencia del sacrificio, que podía redundar en provecho de la carrera de Pseldonimov y lograron persuadirla. Ella pagó las botellas de su bolsillo, pero le obligó antes a tragar tal copa de amargura y de insolencia que más de una vez se retiró el infeliz al cuarto de las nupcias y arrancándose el pelo como un loco estremecido de impotente rabia cayó de bruces sobre el lecho destinado a los goces del paraíso.

No, Iván Ilich no tendría la más remota idea del precio a que se habían pagado las dos botellas de Jackson que bebió aquella noche. ¡Cuál no sería el horror, la pena y la desesperación de Pseldonimov al ver que la visita de Iván Ilich acababa de manera tan inesperada! Se ofrecía ante él la más lastimosa de las perspectivas: solo le era dado esperar una noche de quejas y de llantos de la novia encolerizada y los más crudos insultos hacia su insensata parentela.

Y además la cabeza le dolía horriblemente, tenía vértigos y todo aparecía negro a su alrededor. Pero tenía que socorrer a Iván Ilich; a las tres de la madrugada había que llamar a un médico o buscar un coche para llevarle a su casa, y en aquel estado no podían meterle en un coche de punto; era preciso alquilar un carruaje de lujo. Pero ¿de dónde iba a sacar el dinero? La señora Mlekopitaev, enfurecida porque el general no le había dirigido ni una palabra ni una mirada siquiera durante toda la noche, dijo resueltamente que no tenía un céntimo. Y era muy posible que así fuese. ¿De dónde, pues, sacaría el dinero? ¿Qué podía hacer?

Realmente que no le faltaban motivos para tirarse de los pelos.

Entretanto Iván Ilich había sido instalado en un sofá de cuero, y mientras quitaban los manteles y apartaban las mesas, Pseldonimov iba de un lado a otro pidiendo dinero prestado, intentando, incluso, sacar algo al servicio. Pero resultó que nadie tenía nada. En su desesperación se atrevió a molestar a Akim Petrovich, que había esperado un poco más que los otros a despedirse, y aunque era un buen hombre, se aturdió de tal forma al oír hablar de dinero que contestó la más inesperada estupidez:

—En otra ocasión, con mucho gusto; pero ahora..., realmente habrá de perdonar...

Y cogiendo su sombrero, salió tan rápidamente como pudo. Solo el bondadoso muchacho que había hablado del libro de los sueños fue útil en algo, y aun resultó vano su servicio. También él se quedó, al marcharse todos, compadeciendo sinceramente al desventurado Pseldonimov. Y éste, finalmente, resolvió, de acuerdo con su madre y con el muchacho, no llamar al médico pero sí alquilar un coche para trasladar a casa al enfermo y, entretanto, aplicarle remedios caseros, tales como mojarle las sienes, ponerle compresas de hielo en la frente y cosas por el estilo, de lo que se encargó la madre de Pseldonimov. El amigote corrió en busca de un coche, y como a tales horas era imposible hallar un coche de alquiler en las afueras de Petersburgo, tuvo que ir a una cochera muy distante y despertar a los encargados. Éstos empezaron a regatear, pretendiendo que por menos de cinco rublos no podían enganchar a tales horas de la noche, pero finalmente consintieron por tres. Cuando poco antes de las cinco llegó el joven con el coche, se había cambiado de parecer. Resultaba que el general continuaba sin recobrar el conocimiento, empeorado incluso, gimiendo y agitándose de forma tan espantosa que sacarle de allí en aquellas condiciones era tan imprudente como peligroso.

«¿Cómo acabará esto?», se preguntaba Pseldonimov, completamente desanimado. ¿Qué podía hacerse? Se le presentaba otro conflicto: si el enfermo se quedaba en casa, ¿dónde le pondrían?

Allí disponían tan solo de dos camas: la de matrimonio en que dormían los suegros y la de nogal, recién comprada, para los novios. Todos los demás dormían en el suelo, sobre colchones de pluma, casi todos en tan deplorable estado que no eran presentables. Además de que no sobraba ninguno. ¿Dónde poner al enfermo? En último recurso podía disponerse de uno de los colchones de plumas, pero ¿dónde y cómo improvisar una cama? Ésta debía prepararse en la sala, que era la habitación más apartada del dormitorio de la familia. Pero ¿cómo hacerla? ¿Con sillas? Todos sabemos que puede improvisarse una cama con sillas para que los colegiales puedan quedarse el domingo a dormir en casa, pero sería una imperdonable falta de consideración y de respeto tratar como a un niño a todo un general. ¿Qué diría, cuando al despertar, se viese acostado entre sillas? Pseldonimov no quería ni oír hablar de eso. Solo cabía ponerlo en el lecho nupcial.

El dormitorio de los novios estaba instalado en un cuarto contiguo a la sala y la cama tenía dos colchones comprados nuevos y aún sin estrenar, sábanas limpias, cuatro almohadas de indiana encarnada con fundas guarnecidas de finísimos encajes. La colcha era de satén rosa con bonitos dibujos. De una anilla dorada pendían cortinas de seda. No faltaba nada. El dormitorio había sido la admiración de todos los invitados de aquel día que lo visitaron, y aunque la novia no podía soportar a Pseldonimov, varias veces se había deslizado aquella noche a su cuarto para contemplar su lecho matrimonial.

¿Se comprende, pues, cuál no sería su indignación y su cólera cuando se enteró de que querían acostar en su cama a un enfermo que nada más y nada menos sufría un trastorno intestinal?

La madre de la novia se puso de parte de su hija; empezó a proferir injurias y juró que al día siguiente se quejaría a su marido; pero Pseldonimov se mantuvo firme en su decisión: Iván Ilich fue acostado en el lecho nupcial y con sillas se arregló una cama para los novios.

La novia lloró; sentía deseos de arañar a Pseldonimov, pero no se atrevió a desobedecer: su padre tenía una muleta con la que estaba lo suficientemente familiarizada y sabía que éste le llamaría a capítulo en cuanto se enterase. Para consolarla tuvieron que quitar de la cama la colcha y las almohadas. En aquel momento llegó el coche y el jovencito se mostró consternado al saber que no lo necesitaban.

Le encargaron que pagase y no tenía más que una moneda de diez copecks. Pseldonimov dijo que no tenía un céntimo. Trataron de convencer al cochero, pero éste se puso a chillar, golpeando en la puerta.

No sé a ciencia cierta cómo acabó el incidente. Creo que el joven se fue en el coche a la calle Roshdenski, decidido a despertar a un amigo de quien confiaba obtener algún dinero. Eran las seis de la mañana cuando los novios se quedaron solos en la sala. La madre de Pseldonimov pasó todo el tiempo cuidando del enfermo. Se echó en el suelo sobre una manta, envuelta en una más vieja, pero no pudo dormir porque tenía que levantarse a cada momento: Iván Ilich sufría un tremendo cólico. La señora Pseldonimov, mujer valiente y animosa, le desnudó, le guardó bien la ropa, le cuidó como a su propio hijo y se pasó la noche yendo y viniendo por el pasillo, vaciando la bacinilla. Pero sus desgracias no acabaron aquí.

Apenas habían transcurrido diez minutos desde que los novios se habían quedado solos en la sala cuando se oyó un penetrante chillido, no precisamente de alegría, sino de la alarma más espantosa. A los gritos siguió un ruido, un estrépito como de sillas derribadas e inmediatamente hizo su aparición en la sala, que aún estaba a oscuras, un grupo de mujeres en pintoresca y variada *déshabillé*, lanzando asustadas exclamaciones. Eran la madre de la novia, la hermana mayor y las tías, entre las cuales se contaba también la de la costilla rota, que se había arrastrado hasta allí como pudo. Hasta la cocinera y la señora alemana de los cuentos, cuyo colchón, el mejor de la casa y lo único que le pertenecía, le habían quitado para los novios, se unieron al grupo.

Todas aquellas señoras respetables y de vista penetrante se habían acercado, pasando por la cocina de puntillas así como por el pasillo, y hacía quince minutos que estaban en la antesala escuchando, devoradas por la más extraña curiosidad. De pronto alguien encendió una luz y se les ofreció el más sorprendente espectáculo.

Las sillas que sostenían el amplio colchón de plumas se habían separado con el peso de los cuerpos y el joven matrimonio estaba hundido entre ellas. La novia lloraba de rabia, mortalmente ofendida. Aniquilado por completo y herido en lo más profundo de su alma, Pseldonimov permanecía como un criminal cogido en flagrante delito y ni siquiera trataba de excusarse, para acallar los chillidos y exclamaciones que le envolvían. La madre, al oír el ruido, acudió, pero en aquel momento su suegra, que había perdido ya el dominio de sus nervios, le lanzó una lluvia de insultos a cual más injusto:

—¡Ya se ve qué marido eres! ¿Para qué sirves tú, si consientes esta vergüenza? —le decía.

Y cuando se cansó de gritar cogió a su hija y la arrancó del lecho conyugal, cargando con la responsabilidad que pudiera venirle por parte del fiero marido, que no dejaría de pedirle cuentas.

Todas siguieron tras ellas lanzando exclamaciones y moviendo la cabeza.

Y con Pseldonimov quedó solamente su madre, la cual procuró consolarle. Pero él en seguida le dijo que se marchara también.

En un terrible estado de desconsuelo fue a sentarse al sofá con la cabeza hecha un verdadero caos, descalzo, y en ropas menores como se hallaba. Los pensamientos se enredaban en la cabeza como los hilos de una madeja en las manos de un niño, en una triste y oscura confusión. De vez en cuando pasaba una mirada por la estancia donde poco antes habían bailado como locos los invitados y donde aún flotaba el humo de los cigarros. El suelo se veía todavía sembrado de colillas y de envoltorios de caramelos, todos sucios de polvo. Las sillas caídas y el hundido lecho nupcial eran mudos testigos de lo deleznable de las esperanzas mejor fundadas y del fin triste de las ilusiones más hermosas.

Una hora se pasó así, atormentado incesantemente por los pensamientos más sombríos. ¿Qué le aguardaba ahora en la oficina? Con penosa clarividencia reconoció que, a toda costa, era preciso cambiar de departamento; que después de lo ocurrido aquella noche le sería de todo punto imposible seguir en el mismo puesto. Pensó también en Mlekopitaev, que probablemente le haría bailar la danza cosaca para probar su mansedumbre. También recordó que aunque su suegro le había dado cincuenta rublos para celebrar la boda, llevaba gastado hasta el último céntimo y ni siquiera había mencionado hasta entonces los cuatrocientos que le tenía prometidos. Ni se había formalizado siquiera aún el traspaso del inmueble. Pensó en su mujer, que le había abandonado en el momento más crítico de su vida; en el oficial larguirucho que se había arrodillado ante ella. ¿No lo había visto acaso? Pensó en los siete demonios que la poseían según el propio testimonio de su padre, y en la muleta que tenía a punto para librarla de ellos...

Naturalmente que estaba capacitado para soportar grandes calamidades, pero le había sorprendido tal cúmulo de desgracias a un mismo tiempo que motivos tenía para dudar de su propia fortaleza. Tales eran las tristes reflexiones de Pseldonimov. Se consumía la vela y la luz mortecina proyectaba en la pared la gigantesca sombra del infeliz, exagerando la largura de su cuello y la magnitud de su nariz picuda, mientras sus mechones de pelo rubio se prolongaban hacia arriba como unos cuernos. Finalmente, cuando se dejó sentir en la habitación el frío de la madrugada, se levantó, temblando y entumecido, y se tumbó en el blando colchón hundido entre las sillas y, sin arreglar siquiera la ropa, sin apagar al luz, sin poner la almohada en la cabeza, cayó en un pesado sueño, en un sueño de muerte, como debe de ser el de los condenados a recibir al día siguiente una buena paliza.

Pero ¿qué podría compararse con las angustias que pasó aquella noche Iván Ilich en el lecho nupcial del desventurado Pseldonimov? Durante unas horas no le dejaron ni un instante de tranquilidad los vómitos y otros síntomas no menos desagradables. Fue una verdadera noche infernal. Los breves momentos de lucidez por que atravesó su espíritu le alumbraron tal abismo de horrores, cuadros tan tristes y repulsivos, que mejor para él hubiera sido permanecer toda la noche en un estado de inconsciencia. Pero lo veía todo aún de una forma confusa y entre nieblas. Por ejemplo, reconocía a la madre de Pseldonimov y oía de sus labios muy dulces palabras de consuelo.

—Tenga paciencia, amigo; tenga paciencia, señor mío, que no será nada...

La reconocía, pero no podía darse una explicación razonable de su permanencia al lado de su cama. Le rodeaban fantasmas, dejándose ver más que nadie Semion Ivanovich; pero fijándose bien veía que no era Semion Ivanovich, sino la nariz de Pseldonimov. También se le aparecía el despreocupado artista, el oficial y la vieja con la mejilla vendada. Lo que más interés despertaba en él era la argolla dorada de que pendían las cortinas. La distinguía perfectamente a la débil claridad de una vela y pensaba para sí: «¿Qué objeto tiene esa anilla? ¿Por qué está aquí? ¿Qué significa?» Varias veces preguntó a la vieja sobre aquello, pero no debía explicarse bien o ella no comprendió lo que preguntaba por muchos esfuerzos que hizo el enfermo para darse a entender.

Las molestias cesaron por la mañana y el enfermo cayó en un sueño profundo y reparador. Durmió casi una hora y al despertar tenía despejadas las facultades, pero sentía un dolor de cabeza insoportable y un gusto amargo en la boca donde la lengua le parecía áspera como un trapo. Se incorporó en la cama, pasó una mirada a su alrededor y permaneció pensativo. La primera luz del día penetraba por las rendijas de la ventana, y, atravesando el cuarto en estrecho haz, temblaba en la pared. Eran las siete de la mañana. Pero cuando, de pronto, Iván Ilich se dio exacta cuenta de su situación y recordó lo que le había sucedido la víspera; cuando recordó sus aventuras en la cena, el fracaso de sus ideales, su discurso; cuando comprendió con la claridad más horrenda los resultados que aquello podía tener, lo que diría la gente y lo que pensarían de él; cuando, pasando la vista en torno vio el lamentable estado en que había puesto la pacífica cámara nupcial de su subordinado..., ¡fue tan grande la vergüenza que sintió, se apoderó de él tal angustia, que ocultando el rostro entre las manos se dejó caer sobre la almohada en un estado de enorme desesperación!

Un momento después se levantó, vio su ropa muy bien cepillada y plegada en una silla y se vistió apresuradamente, mirando a su alrededor como si temiese algo. En otra silla estaban su abrigo y su gorra de piel. Quería marcharse sin que le vieran, pero de pronto se abrió la puerta y apareció la anciana señora Pseldonimov con una jarra y una palangana. Al hombro llevaba una toalla.

Dejó la jarra en el suelo y sin ningún cumplido le indicó que debía lavarse.

—Lávese, señor mío; no puede marcharse sin haberse lavado antes... En aquel instante comprendió Iván Ilich que si existía alguien en el mundo de quien nada debía temer y ante quien no tenía por qué avergonzarse era aquella anciana.

Se lavó. Más adelante, en momentos penosos de su vida, había recordado con remordimiento las circunstancias de aquel despertar, aquella palangana, aquella jarra japonesa llena de agua helada en la que aún flotaban carámbanos y la pastilla de jabón barato envuelta en papel encarnado e impreso, comprado sin duda alguna para los novios, aunque el destino dispuso que fuese él quien lo usase antes, y la anciana con la toalla blanca sobre el hombro. El agua fresca le despejó; se secó la cara y, sin dar las gracias a aquella hermana de la caridad, se encasquetó la gorra, se echó sobre los hombros el abrigo y atravesando el pasillo y la cocina, donde ya maullaba el gato y la cocinera le miraba con ojos de viva curiosidad desde el colchón en que estaba incorporada, salió al patio y a la calle y subió corriendo al primer trineo que encontró al paso.

La mañana era helada. Una bruma amarillenta cubría aún la casa y lo cubría todo. Iván Ilich se levantó el cuello del abrigo. Pensó que todos le miraban, que todos le reconocían, que todos...

Durante ocho días permaneció sin salir de casa, sin acercarse siquiera a la oficina. Se sentía enfermo, seriamente enfermo, pero más moral que físicamente. Vivió unos días de verdadero infierno, y le deben ser descontados en el otro mundo. A ratos pensaba encerrarse en un monasterio y hacerse monje. En serio. Su imaginación, durante aquellos días, estuvo en una incesante actividad. Se representaba la vida que llevaría: cantos cavernosos, un ataúd abierto esperándole, la soledad en la celda, selvas y grutas de penitente... Pero en seguida reaccionaba y se llamaba imbécil, exagerado, y se avergonzaba de tanta insensatez. Luego le acometían angustiosas ideas sobre su *existence manquée*. Y la llama de la vergüenza prendía otra vez en su alma, le consumía, le devoraba y avivaba sus heridas.

Su imaginación le presentaba unos cuadros tan horribles que se estremecía hasta temblar. ¿Qué diría la gente de él? ¿Qué pensarían cuando apareciese por la oficina? ¿Qué murmuraciones se producirían a su paso durante un año, durante diez, durante toda la vida?

No había duda alguna de que aquella anécdota de su vida pasaría a la posteridad.

A ratos caía en el más profundo de los abatimientos, hasta tal punto que estaba dispuesto a ir a pedir perdón a Semion Ivanovich para volver a su amistad. Ni siquiera se justificaba, en la ciega obstinación de culparse. Además de no encontrar ninguna circunstancia atenuante se avergonzaba de buscarla.

Pensaba incluso renunciar a su empleo para dedicarse por entero a la felicidad de los demás, como un simple ciudadano, sin ayuda de nadie. En todo caso prescindiría de sus viejas amistades para desarraigar por completo todo recuerdo de su vida pasada. Después se le ocurría pensar que también esto era una necedad y que todo quedaría arreglado si adoptaba una actitud más severa con sus subordinados. Esto le dio ánimo y renació en él la esperanza.

Finalmente, al cabo de ocho días de dudas y de angustias, no pudiendo soportar más aquella incertidumbre, una buena mañana decidió volver a la oficina.

Mil veces había imaginado cómo iba a ser ese regreso. Con una seguridad que le causaba horror se decía que oiría murmuraciones a su espalda, que vería caras dudosas, sonrisas solapadas... Y ¡cuál no fue su sorpresa al no encontrar nada de lo que tanto había temido! Se le saludó con respeto; se le recibió con acatamientos; todos se mostraron serios; todos trabajaban. Con el corazón lleno de dicha pasó a su despacho.

Se puso a trabajar revistiéndose de un aire grave, escuchó algunos informes, aclaró algunas dudas. Le pareció que nunca había resuelto las dificultades con tanta penetración y claridad como aquel día. Vio que estaban satisfechos de él, que le apreciaban, que le trataban con respeto. Ni el más avisado, ni el de más fina sensibilidad hubiera descubierto nada.

Akim Petrovich entró con un expediente.

Al verle sintió que algo le traspasaba el corazón; pero solo fue un momento. Hablaron de diversos asuntos con toda dignidad y dio las órdenes precisas. Lo único que notó es que evitaba mirar a Akim Petrovich, o acaso que éste rehuía su mirada, como si ambos se tuviesen miedo, durante el despacho; pero ya Akim Petrovich recogía los papeles sin que nada hubiera ocurrido.

—Y hay otro asunto —dijo al terminar, en un tono marcadamente seco—: la instancia de Pseldonimov solicitando el traslado. Su excelencia Semion Ivanovich Shipulenko le ha prometido una plaza. Espera el consentimiento de su excelencia.

—¡Ah! ¿Pide el traslado? —murmuró Iván Ilich, sintiendo cómo su corazón se aliviaba de un gran peso. Miró a Akim Petrovich y entonces fue cuando sus miradas se encontraron—. Por mi parte no hay inconveniente alguno... Sí, sí, aceptado.

Akim Petrovich deseaba salir de allí sin más explicación, pero Iván Ilich, movido por un impulso generoso, quiso hablar claramente. Parecía dejarse llevar por la inspiración del momento.

—Dígale —dijo, a la vez que dirigía una mirada sincera y llena de intención a Akim Petrovich—, diga a Pseldonimov que no le guardo rencor. ¡En absoluto! Que por el contrario estoy dispuesto a olvidarlo todo, a olvidarlo todo...

Calló admirado de la conducta extraña de Akim Petrovich, que de repente parecía haberse vuelto de un hombre juicioso en un loco terrible. En lugar de escuchar hasta el final lo que Iván Ilich le estaba diciendo, se puso encarnado hasta las orejas y torpe y apresuradamente se retiró hacia la puerta, haciendo ligerísimas reverencias.

Todo el aspecto de Akim Petrovich delataba su vehemente deseo de que se lo tragase la tierra, o mejor aún, volver a su mesa cuanto antes.

Una vez solo, Iván Ilich se levantó, muy confuso y mirándose al espejo no halló en su rostro nada alarmante.

—Severidad, severidad y nada más que eso: severidad —murmuró sin darse casi cuenta, y una llamarada encendió sus mejillas. Súbitamente se sintió más avergonzado, más agobiado que en los más malos momentos de los ocho últimos días de aflicción—. ¡He caído! —confesó, abatiéndose sobre su asiento.

ÍNDICE